우리 동네 아이들 2

أولاد حارتنا

세계문학전집 330

우리 동네 아이들 2

أولاد حارتنا

나지브 마흐푸즈

배혜경 옮김

민음사

차례

1권 차례

일러두기

1. 본문에 등장하는 아랍어 고유명사는 국립국어원 외래어표기법을 참고하되 가급적 현대 표준 아랍어 발음을 따랐다.
2. 「작가 연보」속 발표 작품의 제목은 영어판을 따르고 괄호 안에 아랍어 원제를 표기했다.

까심

64

동네에 변한 것은 아무것도 없었다. 아직도 흙먼지 풀풀 날리는 길에 맨발 자국이 선명하게 남아 있었고, 파리 떼가 쓰레기 더미와 사람들 눈 주변을 오가며 날아다녔다. 사람들의 얼굴은 여전히 수척하고 초췌했고, 옷은 다 헤어져 누더기 차림이었다. 욕설이 인사말처럼 오가고 위선적인 말들이 너무도 난무해 사람들에게는 무감각하게 여겨졌다. '대저택'은 여전히 침묵과 추억 속에 잠겨 높다란 담 위로 우뚝 솟아 있었고, 그 오른쪽에는 관재인의 집이, 왼쪽에는 수장 두목의 집이 그대로 있었다. 그다음에 자발 구역이, 그리고 그 끝에서부터 시작되어 동네 한복판에 리파아 구역이 있었다. 그리고 리파아 구역 끝에서부터 알자말리야에 이르는 동네의 나머지 지역에는 족보를 알 수 없는 상스러운 사람들 또는 '사막쥐들' 구역이라 불리는 동네에서 가장 가난하고 불쌍한 사람들이 모여 사는 부랑자들의 구역이 있었다. 당시 동네의 관재인 직책은 리파아트가 맡고 있었는데 그는 전임자들과 조금도 다르지 않았다. 수장 두목은 키가 작고 마른 라히타였다. 그는 유약해 보였지만 싸울 때는 마치 화염을 집어삼키듯 재빠르고 위험스럽기 짝이 없는 인물로 돌변했다. 그는 동네를 피로 물들인 싸움을 끊임없이 벌인 끝에 수장 두목이 되었다. 자발 구역의 수장은 잘타였다. 자발 구역 사람들은 자신들이 자발라위와 가장 가까운 사람들이고, 자신들이 사는 곳이 가장 좋은 땅이라고 여전히 우쭐댔다. 그들은 자발이야말로 자발라위가 이야기를 하고 좋아했던 처음이자 마지막 인물이라고 자랑했다. 그 때문에 그들은 다른 구역 사람들에게 미움을 받았다. 하자즈는 리파아 구역의 수장이었다. 그는 알리와 유사한 점이라곤 거의 없었고, 쿤피스와 잘타, 그리고 그 밖의 수탈자들과 같은 길을 걸었다. 그는 부동산에서 나온 수익을 독식하고 불평하는 사람들에게는 매질을 가하고, 권위와 부를 경멸한 리파아를 따르도록 사람들에게 강요했다. '사막쥐들' 구역에도 사와리스라 불리는 수장이 있었지만 그는 재산과 관련한 어떤 권한도 없었다. 이런 식으로 동네는 안정을 찾았다. 리벡을 연주하는 이야기꾼에게도, 몽둥이를 휘두르는 사람에게도 그것은 공정한 제도였다. 자발라위의 재산을 관리 감독하는 관재인과 수장들에게도 그의 열 가지 조건을 지키게 하는 공정한 제도라고 했다. '사막쥐들' 구역에는 고구마 장수인 자카리야라는 선량한 사람이 있었다. 그는 구역 수장인 사와리스와는 먼 친척 간이었다. 그는 수레를 끌고 고구마를 사라고 외치며 이곳저곳을 돌아다녔다. 그의 수레 한가운데에는 향로가 놓여 있었다. 거기서 퍼져 나오는 향기는 리파아 구역과 자발 구역의 아이들은 물론 알자말리야, 알아투프, 알디라사, 카프르 알자가리, 바이트 알까디의 아이들도 매혹시켰다. 자카리야는 오래전에 결혼했지만 자식이 없었다. 어린 조카 까심이 부모를 잃자 그는 까심을 데려와 함께 살았다. 자카리야는 조카를 조금도 부담스럽게 생각하지 않았다. 달동네인 그곳에서는 사는 것은 쓰레기 더미에서 먹을 것을 찾아서 해결하는 개나 고양이, 파리처럼 돈이 그다지 들지 않았기 때문이다. 자카리야는 부성이 넘쳤다. 어린 조카를 데려다 키운 후 그의 아내가 임신을 했을 때도 그는 조카를 복덩이라 믿고 더욱 애정을 쏟았다. 그가 아들 하산을 얻었을 때도 조카에 대한 애정은 조금도 식지 않았다. 까심은 어린 시절을 거의 혼자서 지냈다. 그도 그럴 것이 삼촌인 자카리야는 하루 종일 밖에 나가 있었고 숙모는 집안일과 갓난애를 돌보느라 바빴기 때문이다. 자라나면서 그의 세계는 점점 넓어져 갔다. 마당과 골목길에 나가 놀게 되면서부터 그는 자신의 구역은 물론 리파아 구역과 자발 구역의 또래 아이들과 친구가 되었다. 그는 힌드 바위로 놀러 가면서 사막에 대해 많은 것을 알게 되었고 산에도 올랐다. 그는 다른 아이들과 함께 '대저택'을 올려다보면서 자신의 조상에 대해 자부심을 느꼈다. 그러나 누군가 자발에 대해 이야기하고 또 다른 누군가가 리파아에 대해 이야기하면 그는 할 말이 없었다. 그리고 사람들이 서로 욕을 하고 말다툼을 하고 싸움을 할 때면 그는 어떻게 해야 좋은 건지 알 수가 없었다. 그는 감탄하며 관재인의 집을 얼마나 많이 바라보았던가! 그리고 그는 굶주린 배를 움켜쥐고 나무에 달린 열매들을 얼마나 많이 바라보았던가! 하루는 문지기가 졸고 있는 것을 보고 누구에게도 들키지 않게 마당 안으로 몰래 숨어들었다. 신이 난 그는 잔디 위에 떨어진 구아버 열매를 주워 먹으며 정원 산책로를 따라 걷다 분수 앞에 이르렀다. 그는 바닥에서 솟아오르는 물줄기를 신기한 듯 바라보다가 옷을 벗어 던지고 그 속으로 뛰어들어 가 물놀이를 하며 자신이 어디에 있는지도 까맣게 잊은 채 물장난에 몰두했다. 어디선가 고함 소리가 들려왔다.

"오스만! 개새끼! 당장 이리 와! 눈먼 놈! 봉사 새끼!"

그는 목소리가 들리는 쪽으로 돌아다보았다. 객사 테라스에 붉은 옷을 입은 남자가 화가 나 얼굴이 붉으락푸르락 달아올라 손가락으로 그를 가리키고 서 있었다. 까심은 얼른 물가로 달려가 팔뚝으로 가장자리를 딛고 물 밖으로 뛰어나왔다. 그때 문지기가 서둘러 달려오는 것을 보고 그는 벗어 놓은 옷을 까맣게 잊어버리고 담 옆의 재스민 울타리 쪽으로 뛰어갔다. 그러고는 대문을 향해 밖으로 달려 나와 젖 먹던 힘까지 다해 달아났다. 아이들이 그를 보고 소리를 지르며 따라왔고, 개들도 짖어 댔다. 그는 뒤쫓던 문지기 오스만에게 팔을 잡혔다. 그는 숨을 헐떡거리며 그곳에 멈춰 섰다. 까심은 온 동네가 떠나가도록 소리를 질렀다. 얼마 지나지 않아 그의 숙모가 갓난애를 안고 나타났고 사와리스도 카페에서 나왔다. 숙모는 그의 모습에 놀라 손을 잡으며 문지기에게 물었다.

"도대체 무슨 일이에요, 오스만 아저씨? 어린애에게 겁을 주셨네요. 애가 무슨 짓을 저질렀나요? 애 옷은 또 어디 있어요?"

"관재인 나리께서 이 녀석이 분수 못에서 물장난을 치고 있는 것을 보셨어. 이런 못된 놈은 맞아도 싸. 이 개구쟁이 녀석이 내가 잠시 졸고 있는 사이 몰래 집 안으로 들어왔잖아. 왜 너희들은 우리를 귀찮게 하는 거냐?"

"그 애를 용서해 주세요, 오스만 아저씨. 이 아이는 고아예요. 물론 당신 말이 맞지만요…….."

숙모가 문지기의 손에서 어린 조카를 구해 주었다.

"제가 당신 대신 타이를게요. 그런데 제발 단벌옷인 이 아이의 옷만은 돌려주세요."

문지기는 화가 안 풀리는지 손사래를 치며 몸을 돌려 돌아갔다.

"저 버러지 같은 놈 때문에 욕만 실컷 먹었네. 악마 같은 놈들! 개 같은 놈들!"

숙모는 하산을 들쳐 업고 까심의 팔을 잡아끌면서 집으로 돌아갔다. 그는 엉엉 울었다.

자카리야는 대견한 듯 까심을 바라보며 말했다. "너는 이제
어린애가 아니야, 까심. 벌써 열 살이 됐구나. 일을 해야 할 나
이가 됐어." 까심의 눈은 기쁨으로 반짝였다.

"삼촌이 저를 데리고 일을 나가시길 늘 바랐어요."

자카리야가 큰 소리로 웃었다.

"네 목적은 일이 아니라 장난이겠지. 그러나 이제는 철이
들었으니 나를 도와줄 수 있을 거야."

소년은 수레가 놓인 곳으로 달려가 밀어 보려고 안간힘을
썼다. 자카리야가 그 일을 못하게 말렸다. 그때 숙모가 "고구
마가 쏟아지지 않게 해야 해. 그러지 않으면 우리 모두 굶어
죽게 된다."라고 말했다.

"수레 앞에 서서 걸어가며 소리를 치는 거다. '세상에서 제
일 맛있는 고구마예요! 군고구마!' 내가 말하고 행동하는 것

을 잘 봐야 한다. 너는 위층에 사는 손님들에게 고구마를 갖다 드릴 거야. 항상 눈을 똑바로 뜨고 있어라."

까심은 슬프게 수레를 바라보며 "저도 손수레를 밀 수 있어요."라고 말했다.

자카리야가 수레를 밀고 집을 나섰다.

"고집 부리지 말고 내가 시키는 대로 해라. 네 아버지는 아주 유순한 분이셨다."

수레는 알자말리야를 향해 삐걱거리며 굴러 갔다. 그 앞에서 까심은 목이 터져라 쩨지는 목소리로 "세상에서 제일 맛있는 고구마예요! 군고구마요!"라고 소리쳤다. 낯선 동네를 돌아다니며 마치 어른처럼 일할 때 그는 더없이 즐거웠다. 수레가 알와타위트에 도착하자 까심은 사방을 둘러보며 삼촌에게 말했다. "이곳이 이드리스가 아드함의 길을 가로막은 곳이지요?" 자카리야는 흥미가 없는 듯 고개만 끄덕였고 소년은 웃으면서 말을 이었다.

"아드함은 그때 삼촌처럼 수레를 밀면서 가고 있었어요."

수레가 다니는 하루의 노정은 알후사인을 거쳐 바이트 알까디로, 그다음에는 알다라사로 이어졌다. 까심은 신기한 듯 행인들과 가게들과 사원을 쳐다보며 걸었다. 드디어 그의 삼촌이 무깟탐 시장이라고 알려 준 작은 광장에 도달했다. 소년은 그곳을 감탄하며 둘러보았다.

"정말 여기가 무깟탐 시장이에요? 이곳은 바로 자발이 도망 온 곳이고 리파아가 태어난 곳이잖아요."

"그래. 하지만 그 두 사람은 우리하고는 아무 상관이 없다."

자카리야는 무심하게 대답했다.

"그렇지만 우리 모두 자발라위의 후손들이에요. 왜 우리는 그분을 좋아하지 않나요?"

자카리야가 소리 내어 웃고 "우리 모두 가난하기는 매한가지야."라고 우습다는 듯 말했다.

그는 사막 바로 옆 광장 끝에 있는 양철 오두막으로 수레를 밀고 갔다. 그곳에서는 염주와 향과 부적을 팔고 있었다. 가게 앞에는 흰 수염을 기른 노인이 가죽 매트를 깔고 앉아 있었다. 자카리야는 가게 앞에 수레를 세우고 노인과 다정하게 악수를 나누었다.

"오늘은 고구마를 충분히 먹었어."

자카리야가 노인 곁에 앉았다.

"고구마 장사보다는 할아버지와 함께 앉아 있는 게 더 좋아서요."

노인은 관심을 갖고 흥미로운 표정으로 소년을 눈여겨보았다. 자카리야가 그를 불렀다.

"이리로 와라, 까심. 야흐야 씨의 손에 입을 맞춰 드려라."

소년은 노인에게 다가가 쭈글쭈글 주름이 깊게 팬 손에 공손하게 입을 맞췄다. 야흐야는 까심의 머리를 쓰다듬으며 잘생긴 그의 얼굴을 찬찬히 살펴보았다.

"자카리야, 이 애가 누군가?"

자카리야는 햇살 아래로 다리를 쭉 뻗으며 말했다.

"형님의 아들입니다."

가죽 매트 위에 앉아 있던 노인은 소년에게 자신의 옆자리를 내주었다.

"네 아버지를 기억하니?"

아이는 머리를 가로저어 도리질을 쳤다.

"아니요, 아저씨."

"네 아버지는 내 친구였단다. 싹싹한 사람이었지."

까심은 진열 상품들을 올려다보고 종류를 살펴보았다. 야흐야가 손을 뻗어 가까운 선반에서 부적을 집어 소년의 목에 걸어 주었다.

"이걸 잘 보관해라. 너를 악마로부터 지켜 줄 것이다."

"야흐야 씨는 우리 동네 리파아 구역 출신이야." 자카리야가 까심에게 말했다.

까심은 야흐야를 쳐다보았다.

"왜 동네를 떠나셨어요?"

"오래전에 리파아 구역 수장이 나에게 화가 나 떠났어."

"리파아의 아버지 샤피이와 같네요." 까심이 크게 놀라며 말했다.

야흐야는 이빨 없는 잇몸을 드러내고 한참을 웃었다.

"얘야, 그걸 어떻게 알았니? 우리 동네 사람들은 옛날 일들은 잘 알고 있으면서 머리가 어떻게 된 건지 거기서 교훈을 얻어 낼 줄을 몰라!"

카페 종업원 소년이 차 두 잔을 쟁반에 받쳐 들고 와 야흐야 앞에 내려놓고는 돌아갔다. 야흐야는 가슴께 주머니에서 조그만 뭉치를 끄집어내더니 풀면서 흐뭇하게 말했다.

"나한테 아주 귀중한 게 있어. 효과가 내일까지 지속되네."

그러자 자카리야가 관심을 보이며 "그럼, 함께 드시죠."라고 말했다.

야흐야가 소리 내 웃었다.

"나는 자네가 '아니요.'라고 말하는 걸 들어 본 적이 없어."

"이런 즐거움을 어떻게 마다합니까?"

두 사람은 그 덩어리를 쪼개어 함께 씹기 시작했다. 까심이 두 사람을 어찌나 열심히 지켜보는지 삼촌이 웃음을 터뜨렸다. 노인은 차를 한 모금 마시고 까심에게 물었다.

"너도 동네 사람들처럼 수장이 되길 꿈꾸니?"

까심이 "네!"라고 웃는 얼굴로 대답했다.

자카리야가 껄껄 웃고 나서 사과하는 말투로 말했다.

"야흐야 씨, 저 아이를 용서하세요. 당신도 아시다시피 우리 동네에는 두 부류의 인간이 있어요. 수장과 그들에게 시도 때도 없이 뒤통수나 얻어맞는 인간이죠."

야흐야가 한숨을 쉬었다.

"하느님, 리파아를 고이 잠들게 하소서. 리파아, 당신은 어떻게 지옥 같은 동네에서 성장하셨습니까?"

"그렇기 때문에 당신도 알다시피 그런 종말을 맞았죠."

야흐야는 미간을 찌푸렸다.

"리파아는 살해당한 날 죽은 게 아니야. 그는 자신의 후계자가 수장이 된 날 죽었어!"

까심이 관심 있는 듯 물었다.

"그분이 어디에 묻혔어요? 리파아 구역 사람들은 자발라위가 그의 집 정원에 묻었다고 말하고, 자발 구역 사람들은 그의 시체를 사막에서 잃어버렸다고 해요."

"못된 놈들! 아직까지 그를 증오하다니!" 야흐야는 화가 나 큰 소리로 말했다. 그러고는 마음을 가라앉히고 물었다.

"까심, 내게 말해 보렴. 너는 리파아를 좋아하니?"

소년은 조심스럽게 삼촌을 쳐다보고 간단하게 대답했다.

"네, 삼촌. 저는 그분을 매우 좋아해요."

"네가 좋아하는 것은 어느 쪽이냐? 그 사람처럼 되는 거냐, 아니면 수장이 되는 거냐?"

까심은 노인을 올려다보았다. 까심의 눈은 웃고 있었지만 당황한 듯 보였고 입술만 움직일 뿐 목소리는 들리지 않았다. 자카리야가 웃음을 터뜨렸다.

"저처럼 고구마 장사로 만족하게 해야죠."

그들 사이에 정적이 흘렀지만 시장에서는 소동이 벌어졌다. 마차를 끌고 가던 당나귀가 쓰러지는 통에 마차가 넘어간 것이었다. 수레에 탄 여자들이 땅바닥에 나동그라졌다. 마부는 당나귀를 매로 심하게 때렸다.

자카리야가 자리에서 일어나 인사를 했다.

"갈 길이 멀어 그만 가야겠습니다. 안녕히 계세요."

"이곳에 올 때마다 아이를 데려오게."

그는 까심과 악수를 하고 머리를 쓰다듬었다.

"너 정말 재미있는 아이구나!"

66

힌드 바위는 사막에서 이글거리는 태양을 피할 수 있는 유일한 곳이었다. 까심은 한 떼의 가축을 몰고 와 바위 아래 바닥에 앉았다. 그는 깨끗한 ── 양치기 치고는 비교적 깨끗하다는 말이다. ── 푸른색 질밥을 입고 강렬한 햇빛으로부터 머리를 보호하는 두툼한 터번을 쓰고 발가락이 드러날 정도로 해진 낡은 가죽신을 신었다. 그는 한참 무엇인가를 혼자 골똘히 생각하다 양과 염소를 차례로 살펴보았다. 그의 옆에 막대기가 놓여 있었다. 그가 앉은 곳에서 을씨년스럽게 우뚝 솟은 커다란 무깟탐 산이 보였다. 그 산은 구름 한 점 없이 맑은 하늘 아래 마치 태양의 분노에 도전하는 유일한 생명체처럼 보였다. 타는 듯한 뜨거운 공기와 무거운 정적 속에 잠긴 사막은 지평선까지 쭉 뻗어 있었다. 생각에 생각을 거듭하고 꿈을 꾸고 치기 어린 덧없는 상상의 나래를 펼치며 시간을 보낸 뒤 그는 시선을 돌려 양 떼를 바라보았다. 장난을 치고 싸움을 하고 사랑을 나누며 활발하게 움직이는 양도 있었고 유유자적하는 양도 있었다. 특히 그의 마음을 녹이고 사랑이 샘솟게 하는 새끼 양들을 바라보았다. 그는 새끼 양의 까만 눈에 애정을 느꼈고 그 눈을 볼 때면 마치 그에게 말을 걸어오는 것처럼 느껴져 가슴이 마구 뛰었다. 그러면 그는 양들에게 말을 걸며 자신이 사랑하며 돌보는 새끼 양들과 교만한 수장들에게 모욕을 당하고 있는 동네 사람들을 비교했다. 그는 처음부터 양치기가 사기꾼이나 부랑자나 거지보다는 훨씬 낫다고 믿었기 때문에 동네 사람들이 양치기를 얕잡아 보는 태도에 전혀 아랑곳하지 않았다. 게다가 그는 사막과 맑은 공기가 마음에 들었고 무깟탐 산과 힌드 바위와 시시때때로 경이롭게 변하는 하늘을 벗 삼아 유유자적한 삶을 즐겼고 자주 야흐야를 찾아갈 수 있어 양치기가 좋았다. 야흐야는 양치기가 된 그를 처음 보았을 때 물었다.

"고구마 장수에서 양치기가 된 거냐?"

"왜 안 되나요? 양치기는 우리 동네의 할 일이 없어 빈둥거리는 수백 명의 사람들이 부러워하는 일이에요!" 까심은 거침없이 술술 대답했다.

"어떻게 네 삼촌이 네가 그 일을 하게 했을까?"

"사촌 동생 하산이 컸기 때문이에요. 저보다는 그 애가 삼촌과 함께 고구마 장수를 할 권리가 있으니까요. 양 떼를 돌보는 것이 동냥하는 것보다 나아요."

그는 하루도 빠지지 않고 야흐야를 찾아갔다. 까심은 야흐야를 무척 따랐고 그와 이야기를 할 때면 행복을 느꼈다. 까심은 야흐야가 동네의 과거와 현재를 훤히 꿰뚫고 있는 사람이라는 것을 알게 되었다. 그는 이야기꾼이 들려주는 이야기는 모두 알았고 거기에 더해 그들이 모르는 이야기까지 알고 있었다. 까심은 야흐야에게 "저는 동네의 양이란 양은 다 돌보는 양치기예요. 자발 구역 사람들의 양, 리파아 구역 사람들의 양, 그리고 우리 구역의 부자의 양을 돌보고 있어요. 신기한 것은 모든 양이 동네 사람들 가운데 무자비한 그들의 주인들도 모르는 형제애를 잘 알고 있다는 거예요."라는 말을 자주 하곤 했다. 그는 또 그에게 이런 말도 했다. "후맘도 양치기였어요. 양치기를 무시하는 사람들이 누군지 아세요? 거지, 백수, 비참하기 짝이 없는 구질구질한 사람들이에요. 그런 사람들이 염치없는 도둑놈이자 피를 빨아먹는 흡혈귀에 지나지 않는 수장들을 우러러본다는 거예요. 하느님, 우리 동네 사람들을 용서해 주소서!"

언젠가 까심이 야흐야에게 농담을 건넨 적이 있다.

"저는 가난하지만 괜찮아요. 저는 사람을 해치는 데 손을 담근 적이 없어요. 해치기는커녕 양들은 저의 사랑을 받아요. 제가 리파아와 같다고 생각하지 않으세요?"

야흐야는 못마땅한 듯이 그를 뚫어져라 바라보았다.

"리파아라! 네가 리파아 같다! 리파아는 형제들에게 행복을 가져다주기 위해 그들을 악령에게서 벗어나게 하는 데 자기 인생을 바쳤어."

그런 뒤 노인은 소리 내어 웃고 고쳐 말했다.

"그런데 너는 여자를 너무 좋아하는 청년이야. 어두워지면 숨어서 사막의 아가씨들을 기다리지!"

까심은 웃으며 "아저씨, 그게 잘못된 거예요?"라고 반문했다.

"그렇지, 그건 네 문제지. 하지만 리파아와 같다는 말은 하지 마라."

까심은 그가 한 말을 한참 생각했다.

"자발, 그는 우리 동네의 훌륭한 분들 가운데 한 분인 리파아와 같은 분이 아닌가요? 그런 그분도 사랑에 빠져 결혼을 하고 집안사람들의 재산에 대한 권한을 부여받고 거기서 나온 수익을 공평하게 나누어 주었어요."

"그의 목표가 단지 재산이었더냐!" 야흐야가 매섭게 말했다.

까심은 잠시 곰곰이 생각해 보고 솔직하게 대답했다.

"아니요, 공존, 정의, 질서가 그의 목표였어요."

"그렇다면 너는 리파아보다 자발이 낫다는 거냐?" 야흐야가 언짢은 듯 물었다.

까심의 검은 눈이 당혹스러워 보였다. 그는 한참을 머뭇거렸다.

"두 분 다 훌륭한 분이세요. 그런데 어쩌면 그렇게 우리 동네에는 훌륭한 분이 없을까요! 아드함, 후맘, 자발, 리파아뿐이에요. 그에 반해 깡패 같은 수장들은 얼마나 많은데요."

"아드함은 울화병으로 죽고 후맘과 리파아는 살해당했다." 야흐야는 비통하게 말했다.

'그들 모두 동네 사람들 가운데 정말로 훌륭한 분들이다. 향기로운 일생에 안타까운 종말이다.' 이렇게 그는 큰 바위 그늘에 앉아 혼잣말을 하곤 했다. 그분들처럼 되고 싶다는 뜨거운 욕망이 그의 가슴속에서 솟구쳤다. 수장들, 그들의 행동은 얼마나 추악한가! 가슴속에서 알 수 없는 슬픔이 일면서 불안해졌다. 그는 나쁜 생각을 잠재우기 위해 혼잣말을 했다. '이 바위는 참으로 많은 사람과 많은 사건을 지켜봤어! 까드리와 힌드의 사랑, 후맘의 살해 장면, 자발과 자발라위와의 만남, 리파아와 자발라위와의 대화. 그런데 지금 이런 이야기와 그 주인공들은 어디 있는 걸까? 좋은 기억은 양 떼나 염소 떼보다 훨씬 더 소중하게 길이길이 남는 건데! 이 바위는 우리의 위대한 조상이 이 광활한 사막에서 혼자 돌아다니며 악당들을 물리치고 그가 원하는 것을 얻는 것을 보았다. 그는 어떻게 그렇게 홀로 있을 수 있었을까?'

해가 뉘엿뉘엿 서쪽으로 지기 전 까심은 자리에서 일어나 기지개를 켜고 하품을 했다. 그가 막대기를 집어 들고 휘파람을 불자 양들이 울면서 모여들었다. 그는 양 떼를 몰고 동네로 향했다. 그는 배가 고팠다. 온종일 먹은 것이라고는 정어리 한 마리와 빵 한 조각뿐이었다. 삼촌 집에서 맛있는 저녁이 기다리고 있을 것이다. 그는 '대저택'의 높은 담과 굳게 닫힌 창문들과 나무 꼭대기가 멀리서 보일 때까지 걸음을 재촉했다. 이야기꾼들이 노래하고 아드함이 그리워하다 죽은 정원은 어떻게 생겼을까? 동네 어귀에 이르자 시끄러운 소리가 들려왔다. '대저택'의 높은 담을 마주 보는 길로 해서 그는 어둠에 잠긴 동네 안으로 접어들었다. 그는 흙을 던지며 싸움하고 장난을 치고 있는 아이들 사이를 뚫고 앞으로 나아갔다. 장사꾼들이 외쳐 대는 소리, 여자들의 수다, 무위도식하는 남자들의 욕설과 비방, 미치광이의 비명 소리, 그리고 관재인의 마차에 달린 방울 소리가 그의 귓전을 때렸다. 꿀이 들어간 담배 냄새, 쓰레기 악취, 맛있는 마늘과 고수 소스 냄새가 코끝을 자극했다. 그는 양들을 돌려주기 위해 양들을 맡긴 집들을 찾았다. 그는 자발 구역을 먼저 들르고 다시 리파아 구역을 돌며 양들을 돌려주었다. 그에게는 단 한 마리의 양만 남았다. 그것은 '사막 쥐들' 구역에서 재산이 있는 유일한 여자인 까마르 부인의 암양이었다. 그 양의 이름은 은총을 뜻하는 '니으마'였다. 그녀는 크지도 작지도 않은 적당한 안마당이 딸린 단층집에 살고 있었다. 안마당 한가운데 야자수 한 그루가, 한쪽 구석에는 구아버나무가 있었다. 까심은 '니으마'를 안마당으로 끌고 갔다. 가는 길에 우연히 곱슬머리에 새치가 희끗희끗한 노비 사키나를 만났다. 그가 그녀에게 인사를 하자 그녀는 미소를 지으며 쇳소리 나는 목소리로 물었다.

"니으마는 어때?"

그는 니으마가 사랑스럽다고 말한 후 양을 그녀에게 인계하고 집을 막 나오려는 순간 마침 집으로 돌아오는 까마르 부인과 마주쳤다. 그녀가 그 앞에서 걸음을 멈췄다. 그녀는 밀라야로 통통한 몸매를 가렸고 눈만 드러낸 니깝을 쓰고 있었다. 그녀의 검은 눈이 그를 다정하게 바라보았다. 까심은 시선을 피하며 옆으로 비켜섰다.

"안녕." 그녀는 그에게 상냥하고 정중하게 말했다.

"안녕하세요, 마님."

그녀는 천천히 걸으며 니으마를 살펴본 후 다시 그를 바라보았다.

"니으마가 날마다 살이 찌네. 덕분이야."

그는 그녀의 친절한 말보다 다정한 눈길에 감동했다.

"하느님과 마님께서 보살펴 주시는 덕분이지요."

까마르 부인이 사키나를 돌아다보았다.

"이 사람에게 저녁 식사를 가져다줘."

그는 손을 높이 들고 고마움을 표시했다.

"너무나 감사합니다, 마님."

그는 작별 인사를 하며 다시 한 번 그녀의 시선을 느꼈다. 그는 그녀의 호의와 친절에 깊이 감동을 받고 집으로 돌아갔다. 운 좋게 그녀를 만날 때마다 그는 그러한 감정을 느끼곤 했다. 그것은 그가 지금까지 한 번도 느껴 보지 못한 모성애 같은 사랑이었다. 만약 그의 어머니가 살아 있었다면 그녀의 나이와 얼추 비슷한 사십 대였을 것이다. 힘과 폭력을 자랑하는 동네에 이런 사랑이 존재하다니 얼마나 경이로운 일인가! 그녀의 수줍은 듯 절제된 아름다움과 그의 영혼에 불어넣는 잔잔한 기쁨 또한 정말로 경이로웠다. 그것은 그가 그간의 무의식적인 맹렬한 허기와 슬픈 만족감을 주는 사막에서의 열정적인 모험과는 달랐다. 그는 막대기를 어깨에 둘러메고 삼촌의 집을 향해 발걸음을 재촉했다. 그는 너무나 흥분해 앞도 살피지 않고 무턱대고 걸었다. 그는 삼촌 가족들이 안마당이 바라보이는 발코니에서 자신을 기다리고 있는 것을 보았다. 그는 이미 저녁 식사가 차려진 식탁에 삼촌 식구들과 함께 앉았다. 팔라펠, 리크, 수박이 저녁 식사였다. 하산은 열여섯 살에 불과했지만 키가 크고 건장해 자카리야는 언젠가 아들이 수장이 되기를 꿈꿨다. 저녁 식사가 끝나자 숙모가 식탁을 치웠고 자카리야는 외출을 했다. 친구 같은 까심과 하산은 발코니에 나가 이야기를 나누었다. 잠시 후 안마당에서 누군가가 까심을 불렀다.

"까심!"

두 사람이 동시에 일어났다.

"사디끄, 우리 둘 다 가고 있어."

사디끄는 반갑게 그들을 맞았다. 그는 까심과 나이도 키도 같았지만 좀 마른 편이었다. 그는 알자말리야에 가까운 동네의 맨 끝 쪽에 위치한 대장간에서 조수로 일했다. 세 친구는 딘질의 카페로 향했다. 그들이 카페 안으로 들어서자 안쪽의 긴 의자에 책상다리를 하고 앉아 있던 이야기꾼 타자가 그들을 바라보았다. 사와리스는 카페 입구 딘질 가까이에 앉아 있었다. 그들은 수장에게 다가가 악수를 했다. 까심과 하산은 수장과 친척 간이었지만 매우 공손하게 그와 악수를 했다. 그들이 자리에 앉자 어린 종업원 소년이 그들이 항상 주문하는 것을 가져왔다. 까심은 물담배와 민트차를 좋아했다. 사와리스가 까심을 경멸에 찬 눈길로 바라보고 퉁명하게 물었다.

"야, 마치 아가씨처럼 말쑥한 게 무슨 일 있냐?"

까심은 민망해 얼굴을 붉혔다.

"깔끔한 게 잘못된 것은 아니잖습니까?"

수장이 눈살을 찌푸리며 비꼬았다.

"너희들 또래는 그래서는 안 되지."

카페에 침묵이 흘렀다. 마치 카페의 손님과 집기와 벽들이 수장의 말에 귀를 기울이는 것처럼 카페는 고요했다. 사디끄는 까심이 마음이 여려 쉽게 상처받는 것을 잘 알고 있었기 때문에 안타깝게 그를 바라보았다. 하산은 수장이 그가 화가 났다는 것을 알 수 없게 생강차 컵 뒤로 얼굴을 숨겼다. 타자가 리벡을 들고 연주를 시작했다. 그는 관재인 라파아트, 수장 두목인 라히타, 이 구역 수장 사와리스에게 차례로 인사를 한 뒤 이야기를 시작했다.

아드함의 귀에 낯설지 않은 발소리가 들렸습니다. 둔탁하고 무거운 발소리는 무엇인지 명확하게 알 수 없는 방순한 향기처럼 희미한 기억을 되살아나게 했습니다. 그는 고개를 돌려 오두막 입구를 바라보았습니다. 문이 열렸습니다. 그러자 엄청난 거구가 문간을 가로막은 채 비좁은 듯 서 있는 것이 보였습니다. 그는 놀라서 뚫어지게 바라보았습니다. 만감이 교차한 눈으로 응시했습니다. 마음속 깊은 곳에서 탄식이 흘러나왔죠. 그리고 그가 중얼거렸습니다.

"아버지?"

"잘 있었느냐, 아드함."

낯익은 목소리였습니다. 그는 눈물이 핑 돌아 일어서려 했지만 일어설 수 없었죠. 그는 지난 이십여 년간 느껴 보지 못했던 기쁨과 행복을 느꼈습니다.

67

"기다려, 까심. 너에게 줄 게 있어." 노비 사키나가 말했다.

까심은 양을 묶어 둔 야자수 옆에서 가슴을 두근거리며 집 안으로 들어간 사키나가 돌아오기를 기다렸다. 그는 그녀가 약속한 것이 이 집 여주인의 마음이 담긴 물건일 것이라고 생각했다. 그는 온종일 사막에서 혹 달아오른 몸을 기분 좋게 식혀 줄 그녀의 눈길을 바라보거나 그녀의 목소리를 듣기를 원했다. 사키나가 조그만 뭉치를 들고 돌아와 그에게 건네주며 말했다.

"파이야. 맛있게 먹어."

그는 두 손으로 받아 들었다.

"나 대신 친절한 마님에게 고맙다는 인사를 전해 줘요."

그녀의 목소리가 창문 너머로 들려왔다.

"감사는 하느님께 해, 착한 젊은이."

그는 쳐다보지 않고 손으로 감사의 손짓을 해 보였다. 그는 행복에 젖어 '착한 젊은이'라는 말을 되풀이했다. 양치기는 이제껏 한 번도 그런 말을 들어 본 적이 없었다. 그런데 그 말을 누가 했더라? 바로 그가 사는 가난한 구역의 존경받는 부인이다. 그는 어둠에 잠기는 구역을 애정 어린 눈으로 바라보고 혼잣말을 했다. '우리 구역이 비참하긴 해도 지친 마음을 달래줄 행복을 가져다줄 수 있는 게 전혀 없는 것은 아니야.'

그때 고함 소리에 놀라 꿈에서 깨어났다.

"내 돈……. 내 돈……. 도둑이야!"

그는 헐렁한 하얀색 질밥을 걸치고 터번을 쓴 한 남자가 그가 사는 구역에서 나와 알자말리야 쪽으로 달아나는 것을 보았다. 동네 사람들의 시선 모두가 소리를 지르는 그 남자에게로 향했다. 아이들은 그의 뒤를 쫓았고 행상을 하는 장사꾼들과 집 앞에 앉아 있던 사람들은 고개를 쭉 빼고 그 사람을 돌아다보았다. 그 사람을 보기 위해 집 안에 있던 사람들은 창밖으로 머리를 내밀고, 지하실에 있던 사람들은 들창을 통해 지상으로 얼굴을 내밀었다. 카페에 있던 손님들은 밖으로 뛰어나와 그 사람을 에워쌌다. 까심은 그의 곁에서 무표정한 얼굴로 옷 속에 막대기를 집어넣고 등을 긁고 있던 사람을 쳐다보고 그에게 물었다.

"저 남자가 누구예요?"

"관재인의 집에서 일하던 목수야." 그는 계속 등을 긁으며 대답했다.

사와리스, 하자즈, 잘타가 그 남자에게 다가갔다. 그들이 모여든 모든 사람에게 뒤로 물러서라고 명령하자 그들은 곧 몇 걸음 뒤로 물러섰다. 리파아 구역의 한 집에서 여자의 목소리가 들려왔다.

"저 남자는 악령이 들린 거예요."

그러자 이번에는 자발 구역의 첫 번째 집에서 여자의 목소리가 들려왔다.

"맞아요. 누구나 그가 관재인 댁 가구를 고치고 받게 될 돈을 부러워했어요. 하느님, 저희를 악마로부터 지켜 주소서!"

이번에는 집 앞에서 아이의 머리에서 이를 잡던 여자가 말했다.

"저런! 저 남자 울며불며 아우성을 치게 될 줄도 모르고 관재인 댁에서 나올 때는 웃고 있었구먼. 지긋지긋한 돈!"

그 남자가 악을 썼다.

"그놈이 내가 갖고 있던 돈을 몽땅 훔쳐 갔어요! 일주일 품 삯과 주머니에 있던 돈까지 모조리 훔쳐 갔단 말이에요! 집과 가게와 아이들에게 쓸 돈인데! 20파운드가 넘는 돈을 도둑맞았어요! 빌어먹을 도둑놈!"

"쉿! 모두 조용히 해! 바보 같은 놈들! 조용히 해! 동네의 명성이 걸린 일이야. 마지막에 비난은 수장들의 몫이 될 거야." 자발 구역의 수장 잘타가 외쳤다.

"누가 누구를 비난해! 그런데 그가 우리 동네에서 돈을 도둑맞았는지 우리가 어떻게 알아?" 리파아 구역의 수장 하자즈가 말했다. "그 돈을 당신네 동네에서 도둑맞았단 말입니다. 거짓말이라면 마누라와 이혼을 하겠어요. 관재인 나리의 문지기에게서 돈을 받고 이 동네를 벗어나기 전 주머니를 만져 보니까 없어졌단 말입니다." 목수가 쉰 목소리로 외쳤다.

다시 사람들이 웅성거렸다.

"조용히 해! 그리고 내 말 잘 들어! 어디서 돈이 없어졌다는 것을 알았다고?" 하자즈가 외쳤다.

그는 '사막쥐들' 구역의 끝을 가리켰다.

"대장간 앞에서요. 그런데 사실 그곳에서는 제 주변에 아무도 없었어요."

"그렇다면 돈은 우리 구역에 오기 전에 도둑맞은 거네." 사와리스가 말했다.

"그가 지나갈 때 나는 카페에 앉아 있었는데 그의 옆을 지나가는 리파아 구역 사람을 보지 못했어." 하자즈가 말했다.

"자발 구역 사람 중에는 도둑이 한 명도 없어. 그들은 이 동네의 신사야." 잘타가 소리쳤다.

"그만해, 잘타. 신사라니 무슨 소리야?" 하자즈가 화를 내며 대답했다.

"멍청이들만 그걸 모르지!"

"나를 화나게 만들지 마! 무례한 놈들은 그냥 안 둬." 하자즈가 쩌렁쩌렁하게 울리는 큰 목소리로 소리를 질렀다.

"제기랄, 빌어먹을 놈들. 우리보다 못한 비열한 놈들은 다 뒈져라." 잘타도 그에 못지않게 큰 소리로 고함을 질렀다.

"나리, 제 돈을 나리 동네에서 도둑맞았습니다. 모두 신사인 줄은 알고 있습니다만, 그럼 제 돈은요? 불쌍한 판자리, 너는 망했어!" 목수가 울음 섞인 목소리로 말했다.

"우리들이 찾아봐야겠다. 주머니는 다 뒤져 볼 거다. 남자고 여자고 아이들이고 할 것 없이 모조리 뒤져 볼 거야." 하자즈가 도전적으로 말했다.

"뒤져 봐. 도둑놈은 찾겠지, 그러나 우리 구역 사람은 아닐걸." 잘타가 비아냥거리며 말했다.

"이 사람은 관재인 댁을 나와 자발 구역을 먼저 지나갔어. 그러니 자발 구역부터 찾아보자." 하자즈가 말했다.

"내가 살아 있는 한 그렇게는 못해, 하자즈. 네가 뭔데? 내가 누군지 모르는 거냐?" 잘타가 콧방귀를 뀌었다.

"잘타, 잘 들어. 네 머리카락 수보다 더 많은 상처를 몸에 지닌 사람이야!"

"내 몸에는 상처로 털이 날 곳도 없어!"

"하느님, 제발 제 안에 잠자는 악마를 깨우지 마소서!"

"세상에 있는 악마 모두 다 덤비라고 해!"

"이것 보세요! 당신네 동네에서 돈을 잃어버렸다고 하지 않습니까?" 목수인 판자리가 다시 소리를 질렀다.

"올빼미 같은 놈, 조심해! 너 때문에 우리의 명예가 실추되게 생겼어!" 한 여자가 화가 나 그에게 소리를 질렀다.

그때 누군가 "돈을 '사막쥐들' 구역에서 도둑맞은 게 아닐까? 그곳에 사는 놈들 대부분이 도둑놈이고 거지잖아."라고 의문을 던졌다.

"우리 구역의 도둑들은 자기 구역에서는 도둑질을 하지 않아." 사와리스가 소리쳐 대답했다.

"우리가 그것을 어떻게 알아."

"더 이상 무례한 말은 못 참겠다. 도둑놈을 찾아야지 그러지 않으면 동네는 끝장이야." 사와리스가 분노로 눈이 벌겋게 충혈되어 말했다.

"'사막쥐들' 구역부터 시작합시다." 여러 사람이 소리쳤다.

"아까 말한 대로 차례로 수색을 해야 해. 반대하는 놈은 누구든 내 몽둥이로 머리통을 부셔 놓고 말 테다!" 사와리스가 소리쳤다.

사와리스가 몽둥이를 치켜들자 그의 주위로 부하들이 몰려들었다. 하자즈도 그처럼 행동하자, 잘타도 그들처럼 몽둥이를 높이 들고 자기 구역으로 돌아갔다. 목수는 울면서 어느 한 집의 대문으로 대피했다. 어느덧 날이 저물고 어둑한 밤이 찾아왔다. 모두가 유혈극을 예상했다. 이때 까심이 동네 한가운데로 뛰어나와 목청껏 소리쳤다.

"기다리세요! 피를 흘려도 잃어버린 돈은 찾지 못할 겁니다. 관재인과 수장들의 보호를 받고 있는데도 불구하고 자발라위 동네에서 돈을 도둑맞았다는 소문이 알자말리야, 알다라사, 알아투프에 쫙 퍼질 겁니다."

"저 양치기가 뭐라는 거요?" 자발 구역 사람이 물었다.

"싸우지 않고 주인에게 돈을 돌려줄 해법이 저에게 있습니다." 까심이 열심히 말했다.

목수가 "정말 고맙네."라고 소리치며 그에게 달려왔다.

"저는 도둑이 누군지 밝히지 않고 돈을 주인에게 돌려줄 것입니다." 까심이 군중을 향해 말했다.

사방이 쥐 죽은 듯 조용해졌다. 사람들의 관심과 시선이 까심에게 쏠렸다. 그가 다시 말하기 시작했다.

"칠흑같이 어두워질 때까지 함께 기다려야 합니다. 촛불 하나라도 밝혀서는 안 됩니다. 우리 모두 동네 한쪽 끝에서 다른 쪽 끝까지 걸어가야 합니다. 그래야 어떤 구역도 의심을 사지 않을 거예요. 걸어가는 동안 돈을 훔친 사람은 자신을 노출시키지 않고 돈을 땅바닥에 내려놓을 수 있을 겁니다. 그렇게 하면 돈을 찾고 쓸데없는 싸움은 피할 수 있습니다."

목수가 까심의 팔을 힘주어 잡고 큰 소리로 애원했다.

"예, 참 좋은 생각이오. 나를 위해서 제발 그리 해 주시오!"

"좋은 해결책이야, 젊은이!" 누군가가 외쳤다.

"도둑은 자신을 구할 기회고 동네는 명성을 되찾을 기회야!" 누군가 소리쳤다.

한 여자가 한참 동안 기쁨의 환성을 질렀다. 사람들은 희망 반, 공포 반을 느끼며 수장 셋을 번갈아 쳐다보았다. 어떤 수장도 그 제안을 받아들이려 하지 않았다. 그렇게 하기에 그들은 너무나 자존심이 강하고 오만했다. 사람들은 이성이 승리할까 아니면 몽둥이가 난무하고 피를 흘리게 될까 하고 생각했다. 그때 낯익은 목소리가 들려왔다.

"자, 자!"

모든 사람이 일제히 소리 나는 쪽을 바라보았다. 수장 두목인 라히타가 자신의 집 앞에서 멀지 않은 곳에 서 있었다. 모두가 침묵했다. 모두가 그의 말이 떨어지기를 기다렸다. 그는 경멸하듯 말했다.

"그 계획을 받아들여라. 이 멍청이 같은 놈들아! 오죽 못났으면 양치기가 너희를 구하냐!"

주위가 술렁거렸다. 사람들이 안도했다. 그리고 여자들의 환성이 터져 나왔다. 까심은 심장이 마구 뛰었다. 그는 까마르의 집을 바라보았다. 길로 난 창문 두 개 가운데 하나에서 그녀의 까만 눈동자가 그를 응시하고 있었다. 그는 온 세상을 다 가진 것처럼 뛸 듯이 기뻤고, 지금까지 느끼지 못했던 승리의 기쁨도 맛봤다. 모두는 어두워지기를 기다리며 하늘 한 번, 사막 한 번을 바라보았다. 세상이 천지가 구분이 안 될 정도로 깜깜해졌다. 사람들의 얼굴을 분간하지 못할 정도로 어두워졌다. '대저택' 주위의 두 가닥의 길 중 사막으로 난 길은 어둠에 잠겨 보이지 않았다. 사람들은 유령처럼 '대저택'을 향해 걷기 시작했다. 거기서 그들은 다시 알자말리야를 향해 두 구역을 차례로 거치며 내려갔다. 라히타가 소리쳐 명령했다.

"모두 불을 밝혀라!"

맨 처음 불이 켜진 곳은 '사막쥐들' 구역의 까마르 집이었다. 뒤이어 손수레에 불이 켜지고 카페에도 불이 켜졌다. 동네는 다시 생기를 되찾았다. 사람들은 땅바닥을 찬찬히 바라보며 돈을 찾기 시작했다.

"여기 지갑이 있다!"

누군가 소리쳤다. 목수는 그곳으로 달려가 지갑을 주워 돈을 세어 보고는 뒤도 돌아보지 않고 알자말리야 쪽으로 달아났다. 그곳은 시끌벅적 소란스러워졌다. 사람들의 웃음소리와 여자들의 환성이 이어졌다. 까심은 자신이 주목을 받고 있음을 눈치챘다. 사람들로부터 축하 인사와 농담조의 찬사가 줄을 잇고, 사람들이 그에 대해 이러니저러니 말들을 하자 그는 마치 관중이 환호하고 장미 꽃잎이 흩날리는 꽃길을 걷고 있는 것 같은 생각이 들었다. 그날 밤 까심이 하산과 사디끄와 함께 '사막쥐들' 카페로 들어서자 사와리스가 환영의 미소를 지으며 그를 반겼다.

"까심에게 공짜로 물담배를 주게."

68

얼굴에 홍조를 띠고 눈을 반짝이며 기쁨에 들뜬 까심은 양을 데려가려고 까마르 부인의 안마당으로 들어섰다. 그는 양에게 "나, 왔어."라고 말하고, 계단 밑에 묶인 밧줄을 풀었다. 그때 문이 열리며 "잘 잤나!" 하고 말하는 부드러운 목소리가 들렸다.

"마님, 안녕히 주무셨어요? 정말 좋아 보이세요!" 까심이 마음이 담긴 인사를 했다.

"어젯밤 동네를 위해 대단한 일을 했어."

"하느님께서 도와주셨어요." 그는 대답을 하며 뛸 듯이 기뻤다.

"너는 지혜가 힘보다 강하다는 것을 우리에게 가르쳐 주었어." 그녀는 감탄해 마지않는 목소리로 노래하듯 말했다.

'당신의 사랑이 지혜보다 나아요.' 그는 혼자 생각했다.

"마님은 정말 친절하십니다."

"우리는 네가 양 떼를 이끌듯이 동네 사람들을 이끌어 가는 것을 보았어. 잘 가. 몸조심해!" 그녀는 웃음 섞인 목소리로 말했다.

그는 니으마와 함께 집을 나왔다. 집 앞을 지나갈 때마다 양과 염소의 수가 늘었다. 모든 사람이 그를 반겼다. 이전에 그를 무시하던 수장들도 그의 인사를 받아 주었다. 그는 사막으로 가기 위해 '대저택'의 정원을 둘러싼 담 옆을 지나갔다. 그의 뒤로 양과 염소들이 긴 행렬을 이루었다. 산 정상 위로 솟아오른 태양은 작열했고 아직 후끈 달아오르지 않은 아침 바람이 불어왔다. 양치기들이 산기슭 여기저기에 있었다. 누더기를 걸친 한 남자가 피리를 불면서 그의 곁을 지나갔다. 구름 한 점 없는 하늘에 매들이 원을 그리며 날았다. 그가 들이마시는 공기는 맑고 깨끗했다. 커다란 산이 장밋빛 희망이란 보석을 숨기고 있을 것 같았다. 이상하리만치 편안한 마음으로 사막을 둘러보자 가슴이 기쁨으로 벅차오르고 노래가 흘러나왔다.

귀엽고 사랑스러운 나의 누비아[1] 여인이여!
그대의 이름은 내 손에 새겨져 있다오.

그는 까드리와 힌드의 바위, 후맘과 리파아가 살해된 장소,

---

1) 고대에 아프리카 북동부를 가리키던 지명으로, 현재 수단 북동부에 해당한다.

자발라위와 자발이 만난 곳을 바라보았다. 이곳에는 태양과 산과 모래, 그리고 장엄함과 사랑과 죽음이 존재했다. 그리고 사랑이 샘솟는 마음이 존재했다. 그러나 그는 이 모든 게 무슨 의미가 있는지 스스로에게 물어보았다. 이미 지나간 것과 앞으로 올 것이 무슨 의미가 있는지도 물어보았다. 그는 서로 반목하는 구역과 수장들이 존재하는 동네와 카페마다 서로 다르게 전해지는 이야기에 관해서도 스스로에게 물어보았다.

정오가 되기 조금 전 그는 양 떼를 몰고 무깟탐 시장으로 갔다. 그는 야흐야의 가게로 가 그와 함께 앉았다.

"사람들이 어젯밤 네가 한 일을 이야기하던데 무슨 일이야?"

까심은 쑥스러워 차를 마셨다. 노인은 다시 입을 열었다.

"모두들 죽을 때까지 싸우도록 내버려 두는 것이 좋을 뻔했어."

"말로만 그러시는 거죠?" 까심은 눈을 맞추지 않고 말했다.

"수장들을 자극하면 안 돼." 야흐야가 조심스럽게 말했다.

"저 같은 사람들이 그들을 자극할 수 있나요?"

노인은 한숨을 쉬었다.

"리파아가 배반당할 것이라고 누가 상상이나 할 수 있었겠니?"

"위대한 리파아와 제가 닮았나요?" 까심이 놀라며 말했다.

그가 돌아가려 하자 노인은 작별 인사를 하며 당부했다. "내가 준 부적을 잊지 말고 항상 지녀라."

그날 오후 그는 '힌드 바위' 뒤 그늘에 앉아 있었다. 사키나가 니으마를 부르는 소리가 들렸다. 그는 벌떡 일어나 바위를 돌아 그녀에게 다가갔다. 사키나가 니으마의 머리를 쓰다듬고 있었다. 그는 미소를 짓고 그녀에게 인사를 했다.

"알디라사에 심부름을 갔다 오는 길이야. 지름길로 가면서 이곳에 들렀어." 그녀가 쉰 목소리로 말했다.

"이 길은 몹시 더운데……?"

"그래서 이 바위 그늘에서 쉬어 가려고." 그녀는 웃으며 대답했다.

두 사람은 막대기가 놓여 있던 그늘로 가서 앉았다.

"네가 어젯밤에 한 일을 보고 네 엄마가 돌아가시기 전 너를 위해 기도를 많이 한 덕분이라고 생각했어."

"당신도 저를 위해 기도했죠?" 그가 웃으며 물었다.

그녀는 교활한 눈으로 그를 보았다.

"네가 훌륭한 집안의 아내를 맞을 수 있도록 기도할게."

그가 소리 내서 웃었다.

"누가 양치기를 남편으로 맞아요?"

"행운은 기적을 만들어. 너는 피 한 방울 흘리지 않고 오늘 수장의 반열에 올랐잖아."

"말만 들어도 정말 기분이 좋네요."

그녀는 침침한 눈으로 그를 빤히 바라보았다.

"내가 놀라운 방법을 알려 줄까?"

"예." 그가 재까닥 대답했다.

"네 운을 시험해 봐. 우리 구역의 숙녀 분께 청혼을 해." 그녀는 흑인답게 솔직하게 말했다.

갑자기 세상이 달라져 보였다.

"사키나, 누구를 말하는 거예요?"

"내 말뜻 모르는 척하지 마. 우리 구역에 숙녀는 단 한 분 아니니?"

"까마르 마님이요?"

"그래."

"그녀의 남편은 동네 유지였지만 나는 하잘것없는 양치기에 불과해요." 그가 떨리는 목소리로 말했다.

"행운이 네 편이면 무슨 일이든 만사형통이야. 가난도 문제 없어."

"제가 청혼하면 그녀가 화내지 않을까요?" 그는 거의 들리지 않게 중얼거렸다.

"여자가 언제 즐거워하고 언제 화가 나는지 아는 사람은 한 명도 없어. 하느님의 뜻에 맡겨 봐." 사키나가 자리에서 일어서며 말했다.

그리고 그녀는 "몸조심해."라고 말하고 그 자리를 떴다.

그는 고개를 들고 하늘을 바라보고 마치 피로가 몰려오는 것처럼 눈을 감았다.

69

자카리야는 어리둥절해서 까심의 얼굴을 빤히 쳐다보았다. 그의 아내와 하산도 마찬가지였다. 그들은 저녁 식사를 마치고 집 앞에서 쉬고 있었다.

"그런 소리 하지 마라. 네가 가난하지만…… 물론 우리도 가난하지만 나는 네가 상식과 명예의 귀감이 된다고 생각해 왔다. 그런데 너의 상식은 어디로 간 거냐?"

숙모의 눈이 호기심으로 초롱초롱 빛났다.

"그럴 만한 이유가 있어요, 삼촌. 그녀의 하녀가 바로 저에게 넌지시 알려 줬어요."

"그녀의 하녀가?"

숙모는 놀라 말문이 막혔지만 그녀의 얼굴에는 더 듣고 싶어 하는 표정이 역력했다. 삼촌은 어처구니가 없는지 입에서 웃음이 툭 터져 나왔다.

"네가 오해한 것이겠지."

"아니요, 삼촌." 까심은 자신의 감정을 감추고 차분하게 말했다.

"알았다! 하녀가 그렇게 말했다면 여주인이 그렇게 말한 게 틀림없어."

"까심 형은 진정한 남자예요. 형보다 나은 남자는 흔치 않아요." 하산이 말했다.

자카리야가 고개를 흔들고 '맛있는 고구마……. 군고구마.' 를 중얼거렸다. 그러고는 까심에게 "너는 돈이 한 푼도 없을 텐데."라고 말했다. 그러자 숙모가 "얘는 당신도 아시다시피 그녀의 양을 돌보고 있잖아요?"라고 말하고 웃었다. "까심, 여생을 생각해서 제발 그 양을 죽지 않게 조심해라."

하산이 곰곰 생각했다.

"채소 가게 주인인 우와이스 씨가 까마르 부인의 삼촌이에요. 그는 우리 동네에서 제일 부자죠. 사와리스가 우리의 친척인 것처럼 그도 우리와 사돈이 되겠네요. 정말 멋지네요!"

"까마르 부인은 관재인의 아내인 아미나의 친척이야. 사망한 그녀의 남편이 아미나의 친척이지."

"그런 것들이 일을 어렵게 만들까요?" 까심이 염려스럽게 말했다.

자카리야는 결혼으로 자신의 처지가 나아질 것이라는 생각이 들자 갑자기 열성적으로 말했다.

"목수가 돈을 도둑맞은 날처럼 말하면 돼. 너는 정말 현명하고 용감해. 그러니 그 일을 솔직하게 상의하러 우리 함께 부인을 찾아가 보자. 그런 뒤 우와이스 씨와 얘기해 보자. 우와이스 씨가 이 말을 들으면 우리를 정신병원에 보내려 하겠지?"

자카리야가 생각한 대로 일이 척척 진행되었다. 우와이스가 까마르의 집 응접실에 앉아 그녀를 기다리며 복잡한 심정을 감추려고 연신 덥수룩한 수염을 만지작거렸다. 까마르가 수수한 옷차림에 갈색 히잡을 쓰고 응접실 안으로 들어왔다. 그녀는 우와이스에게 공손히 인사를 하고 차분하지만 결연한 표정으로 의자에 앉았다.

"얘야, 내가 너 때문에 아주 난처한 입장에 처했다. 얼마 전 내 일을 맡아 보는 무르시의 청혼을 거절하지 않았니? 그 사람이 네게 어울리지 않는다는 이유로 말이다. 그런데 지금 양치기가 마음에 드는 거냐?"

그녀는 부끄러워하며 얼굴을 붉혔다.

"삼촌, 그는 정말 가난해요. 하지만 이 구역에 사는 사람은 모두 그와 그의 가족이 선량하다는 것을 잘 알고 있어요."

우와이스는 얼굴을 찌푸렸다.

"그래, 네 하인이 충실하고 선량한 것과 마찬가지야. 그러나 결혼은 그와는 전혀 다른 문제야."

"이 구역에 그 사람처럼 예의 바르고 점잖은 남자가 있다면 알려 주세요. 약자를 못살게 굴고 잔인하고 야비한 행동을 자랑하지 않는 남자가 있던가요?" 까마르가 공손하게 말했다.

우와이스는 화를 버럭 낼 뻔했지만 말 상대가 단지 조카가 아닌 그의 사업에 막대한 돈을 댄 투자자라는 사실을 깨달았다. 그래서 그는 화를 억누르고 조용히 이야기했다.

"까마르, 너만 좋다면 이 동네 수장들 누구라도 너와 결혼시켜 줄 수 있어. 너만 좋다면 라히타의 아내가 될 수도 있고."

"저는 수장들을 좋아하지 않아요. 저는 그런 부류의 남자들은 좋아하지 않아요. 우리 아버지는 삼촌처럼 좋은 분이셨어요. 그들에게 얼마나 많이 시달리셨는데요. 그래서 저는 그들에 대한 증오심을 물려받았어요. 까심은 점잖은 사람이에요. 그는 돈이 없지만 제가 돈이 많아요."

우와이스는 한숨을 짓고 오랫동안 그녀를 바라보았다. 그러고는 마지막 희망을 품고 그녀를 설득했다.

"나는 관재인의 부인 아미나에게서 편지를 받았다. 그녀가 나에게 부탁을 했어. '까마르에게 정신 차리라고 하세요. 우리를 동네 사람들의 화젯거리가 될 잘못된 행동을 삼가라고 전해 주세요.'라고 말이다."

"저는 그 여자의 충고 따윈 관심 없어요. 유감스럽게도 그녀는 동네에서 화젯거리가 될 인물들이 누군지 잘 모르는 것 같군요." 까마르가 날카롭게 쏘아붙였다.

"애야, 그녀는 너의 체면과 자존심을 걱정하는 거야."

"삼촌. 그녀가 우리를 걱정한다는 말은, 아니 우리를 잊지 않고 있다는 말은 절대 믿지 마세요. 십 년 전 남편이 죽고 난 이후 그녀는 한 번도 저한테 관심을 보인 적이 없어요."

우와이스는 거북한 듯 잠시 망설이다 유감스러워 하며 말했다.

"그녀는 전혀 어울리지 않은 남자와 결혼하는 것은 어리석은 일이라고도 했다. 특히 형편 때문에 여자의 집을 줄곧 들락

거리던 남자와는 말이다."

분노로 새하얗게 질린 얼굴로 까마르가 벌떡 일어나 언성을 높였다.

"말도 안 되는 소리 그만하라고 하세요. 저는 이 동네에서 태어나고 자라 결혼도 하고 과부가 되었어요. 모두가 저를 잘 알아 저에 대한 평판은 흠잡을 데가 없어요."

"물론 그렇고말고. 그녀의 말은 앞으로 그런 소리를 듣게 될지도 모른다는 거지."

"삼촌, 그 여자 얘기 그만하세요. 그 여자는 우리에게 골칫거리예요. 제가 이미 까심과 결혼하기로 마음먹었다는 것을 삼촌께 말씀드렸어요. 제 뜻을 따라 주시고 저의 결혼식에 참석해 주셨으면 좋겠어요."

우와이스는 아무 말 없이 골똘히 생각했다. 그녀를 말리는 것은 불가능했다. 그녀를 화나게 해 투자한 돈을 빼내게 한다면 현명치 못한 일이었다. 그는 언짢고 비참한 기분으로 바닥만 내려다보았다. 그는 무언가 말하려고 입을 열었지만 입에서 나온 말은 자신도 알 수 없는 중얼거림이었다. 까마르는 인내심을 가지고 삼촌을 응시했다.

자카리야는 결혼에 앞서 조카에게 결혼 준비금으로 — 대부분 빌린 것이긴 하지만 — 얼마간의 돈을 주었다.

"까심, 나에게 여력이 있다면 네가 필요로 하는 돈을 주었을 게다. 형님은 너그러운 분이셨어. 내가 결혼할 때 형님이 나에게 베푼 호의를 잊을 수가 없구나."

까심은 질밥 한 벌, 속옷 몇 개, 수놓인 터번, 연노랑 가죽신, 담뱃대, 코담배 한 갑을 샀다. 날이 밝자마자 그는 목욕탕에 가서 사우나를 하고 욕조에 몸을 담근 뒤 마사지를 받고 목욕을 했다. 목욕을 끝낸 후 향을 피우고 좁은 방에서 두 다리를 쭉 뻗고 앉아 차를 마시며 행복을 꿈꾸었다.

결혼 잔치는 까마르가 도맡아 준비했다. 그녀는 옥상에 여성 하객을 위한 자리를 마련하고 유명 여가수와 인근의 제일가는 요리사를 불렀다. 남성 하객들과 남자 가수를 위해서는 마당에 대형 천막을 쳤다. 까심의 가족과 친구들, 그리고 구역 사람들이 사와리스를 선두로 식장에 몰려왔다. 맥주잔과 스무 개의 담뱃대가 돌았다. 그 바람에 환하던 불빛이 자욱한 해시시 연기로 희미해졌고 질 좋은 해시시 향이 진동했다. 아랍 여인 특유의 환성과 유쾌하게 웃고 떠드는 여자들의 목소리가 집 안 가득 울려 퍼졌다. 자카리야가 술에 취해 자랑을 늘어놓기 시작했다.

"우리 집안은 뼈대가 있는 꽤 괜찮은 집안이에요."

자카리야와 사와리스 사이에 앉아 있던 우와이스는 분노를 감추고 딱 한마디 대꾸했다.

"사와리스 수장님 친척이면 말 다한 것 아닌가?"

자카리야가 무게를 잡고 큰 소리로 외쳤다.

"하느님, 사와리스 수장님을 축복하소서!"

자카리야가 말을 마치자마자 미소를 지으며 손을 흔드는 사와리스를 위하여 악단이 연주를 하기 시작했다. 예전에 그는 자카리야가 자신의 먼 친척이라고 말하고 다니는 것을 언짢게 생각했더랬다. 그러나 까심이 까마르와 결혼한다는 소식을 듣고 나서는 마음이 변했다. 이미 그는 보호세 대상자에서 그를 제외하기로 마음먹었다. 자카리야가 말을 계속했다.

"까심은 사랑받는 청년이죠. 우리 동네에서 그를 좋아하지 않는 사람이 어디 있습니까?"

그는 사와리스의 곱지 않은 시선을 의식해 말을 덧붙였다.

"도난 사건이 있던 날도 그의 지혜가 없었더라면 리파아 구역 사람들과 자발 구역 사람들의 머리통이 우리의 수장 사와리스의 몽둥이 앞에서 무사하지 못했을 거예요!"

사와리스의 표정이 밝아지자 우와이스는 얼른 자카리야의 말에 맞장구를 쳤다.

"그 말이 맞소. 암 그렇고말고요!"

남자 가수가 「축하를 받으며 하나될 시간이 다가왔다」라는 노래를 불렀다. 까심은 점점 흥분되고 불안해졌다. 사디끄가 여느 때처럼 그의 상태를 알아채고 술 한잔을 권했다. 그는 한 손에는 여전히 해시시 담뱃대를 쥔 채 한 방울도 남기지 않고 단숨에 잔을 비웠다. 하산은 눈앞에서 천막들이 춤을 추고 있다고 생각할 정도로 취했다. 우와이스가 그것을 눈치채고 자카리야에게 말했다.

"하산이 나이에 비해 지나치게 과음을 하는군요."

자카리야는 술잔을 들고 일어나 충고하듯 아들 하산에게 말했다.

"하산, 그렇게 마시면 안 돼."

그는 한바탕 기분 좋게 웃고 나서 술잔을 비우고 "그렇게." 라는 말로 대답했다. 우와이스는 치밀어 오르는 화를 누르며 혼잣말을 했다.

'조카딸이 바보가 아니었다면, 오늘 밤 네가 마신 술값은 네가 가진 것을 전부 내놓아도 모자라.'

한밤중에 까심은 신랑 행렬에 불려 갔다. 남자 하객들도 하객 측 대표이자 보호자인 사와리스의 인솔하에 딘질의 카페로 향했다. 집 앞의 길은 아이들과 거지들, 그리고 음식 냄새를 맡고 모여든 고양이들로 발 디딜 틈이 없었다. 까심은 하산과 사디끄 사이에 앉았다. 딘질이 그들에게 인사를 하고 카페 종업원 소년에게 말했다.

"행복한 밤이야! 저 청년들에게 내 담뱃대를 갖다 줘라."

그러자 부자들도 한턱을 내 카페 안에 있던 모든 사람이 해시시를 공짜로 피웠다. 가수들이 피리와 북을 연주하는 악사들을 앞세우고 왔다. 사와리스가 일어나 명령조로 말했다.

"신랑 행렬을 시작합시다."

카아부라가 행렬의 선두에 섰다. 맨몸에 질밥을 입은 그는 몽둥이를 머리 위에 올려놓고 떨어지지 않게 재주를 부리며 맨발로 춤을 추었다. 그의 뒤를 이어 가수와 사와리스, 그리고 신랑이 행렬을 이루어 줄지어 걸었고, 호롱불을 든 사람들이 그들 주위를 에워싸고 따라왔다. 가수가 달콤한 목소리로 노래를 불렀다.

처음에는 아! 내 눈으로
다음에는 아! 내 손으로
그다음에는 아! 내 발로
처음 나를 사랑에 빠지게 한 건 내 눈이라오.
내 사랑에 인사를 한 건 내 손이라오.
사랑하는 이에게 나를 이끈 건 내 발이라오.

술과 해시시에 취한 사람들의 입에서 노래와 "와!"하는 감탄사가 터져 나왔다. 알자말리야, 바이트 알까디, 알후사인, 알디라사를 거쳐 신랑 행렬이 지나갔다. 즐거운 하객들은 시간 가는 줄 모르고 밤을 지새웠다. 신랑 행렬은 출발할 때처럼 즐겁고 유쾌하게 돌아왔다. 신랑 행렬이 이 동네에서 아무 사고 없이 평화롭게 지나간 것은 처음이었다. 몽둥이 한 차례 휘두르는 일 없이, 피 한 방울 흘리지 않고 지나갔다. 자카리야는 너무나 기쁜 나머지 지팡이를 들고 춤을 추기 시작했다. 그는 거만한 태도로 지팡이를 휘두르고 머리를, 가슴을, 허리를 흔들며 춤을 추어 댔다. 그의 유려한 춤사위는 점점 공격적이고 관능적으로 변해 갔다. 그는 환호와 갈채 속에서 제자리를 한 바퀴 도는 것으로 피날레를 장식했다.

바로 그 무렵 까심은 하렘으로 갔다. 그는 한 줄로 앉아 있는 여자 하객들 틈에 앉아 있는 까마르를 보고, 일제히 질러 대는 여자들의 환성을 들으며 그녀에게 다가갔다. 까심이 까마르의 손을 잡자 그녀가 자리에서 일어났다. 그들에게 마지막 교육을 하는 것 같은 야릇한 춤을 추는 무용수의 뒤를 따라 나란히 걸어 신방으로 갔다. 방문을 잠그자 방은 외부 세계와는 단절된 둘만의 공간이 되었다. 들리는 것이라고는 발소리와 나직한 속삭임뿐이었다. 이전에는 상상도 못해 본 장밋빛 침대보와 폭신한 소파와 화려한 문양의 카펫이 까심의 한눈에 들어왔다. 그는 머리 장신구를 벗는 까마르에게서 시선을 떼지 않았다. 그녀는 기품 있어 보였고 피부는 곱고 눈부시게 아름다웠다. 방 안의 벽들이 불빛으로 은은하게 빛나고 있었다. 행복에 겨운 그는 무척 들뜨고 흥분해서 방 안의 모든 것을 살펴보았다. 실크 질밥 차림의 그가 그녀 앞에 다가와 걸음을 멈췄다. 후끈 달아오른 그의 몸에서 술 냄새가 났다. 그는 무언가를 예상하고 있는 것처럼 다소곳이 앉아 있는 그녀를 위에서 내려다보았다. 그는 두 손으로 그녀의 얼굴을 감싸고 무슨 말을 하려다가 마음을 바꾸고 아무 말도 하지 않았다. 그는 그녀의 머리카락이 그의 숨결에 흔들릴 정도로 허리를 굽혀 그녀의 이마와 볼에 입을 맞췄다.

방문 틈 사이로 밖에서 향 냄새가 스며들어 왔다. 알아들을 수 없는 주문을 외우는 사키나의 목소리가 들려왔다.

71

밤낮 구분 없이 사랑이 넘쳐 났고 마음의 평화가 지속되었다. 정말이지 이곳에서 그는 행복하기 그지없었다. 그는 결혼식 이후 단 한 번도 외출하지 않았다는 말을 듣는 게 부끄러워 딱 한 번 외출을 했다. 그의 마음에는 늘 기쁨이 넘쳐흘렀고 늘 행복에 취해 있었다. 그는 그간 소망했던 사랑과 애정, 그리고 보살핌을 듬뿍 받았다. 그는 깨끗한 것을 좋아했는데, 이 집의 가재도구는 늘 흐트러짐 없이 말끔하게 정돈되어 있었고 집 안에서는 늘 향긋한 냄새가 났다. 그녀는 늘 곱게 화장을 하고서 그를 마주했다. 그럴 때 그녀의 얼굴은 환히 빛났고 애정이 넘쳐흘렀다. 어느 날 두 사람이 거실에 나란히 앉아 있었다. 그녀가 먼저 말을 꺼냈다.

"나에게 당신은 순한 양이야. 아무것도 요구하지 않고 명령도 하지 않고 야단도 치지 않잖아. 이 집에 있는 모든 것이 다 당신 것인데도."

그는 헤나 염색을 한 그녀의 타래진 머리칼을 어루만졌다.

"나는 더 바랄 게 없어요."

그녀는 그의 손을 꼭 잡았다.

"나는 처음부터 당신이 좋은 사람이라는 것을 알았어. 그런데 당신 집인 여기서 당신이 지나치게 예의를 차리는 바람에 가끔 나는 당신이 낯선 사람처럼 느껴져. 그것 때문에 내가 얼마나 가슴이 아픈지 모르지?"

"저는 운이 좋아 따가운 모래사막에서 천국 같은 이 행복한 집으로 옮겨 온 남자인걸요."

그녀는 심각한 표정을 지으려 했지만 떠오르는 미소를 감출 길이 없었다.

"계속 이렇게 쉬고 있을 것이라고 생각하지 마. 조만간 당신은 내 재산을 관리하는 삼촌의 일을 맡아 보게 될 거야. 부담스럽진 않지?"

그가 소리 내어 웃었다.

"양 치는 일에 비하면 어린아이 장난 같은 일이에요."

그는 알자말리야와 '사막쥐들' 구역 사이에 산재한 부동산 관리를 맡아 보았다. 시비를 일삼는 세입자를 다루는 일은 뛰어난 수완이 요구되었지만 그는 최선을 다해 융통성 있게 대처했다. 그 일은 한 달 중 고작 이삼 일 정도 걸리는 일이어서 나머지 시간은 한가했다. 그는 이 한가한 시간이 익숙하지 않았다. 새로운 생활에서 그가 달성한 가장 큰 수확이 있다면 그것은 아마도 처삼촌인 우와이스의 신임을 얻은 것이다. 그는

처음부터 각별한 관심으로 처삼촌을 대하고 그를 존경하는
마음으로 자진해서 그의 일을 도왔다. 마침내 처삼촌 우와이
스도 그를 신뢰하게 되었다. 지성이면 감천이라고 그도 그를
좋아하고 존중하게 되었다. 어느 날 그가 솔직히 털어놓았다.

"사실 몇 가지 잘못된 생각을 했었네. 내가 자네를 동네 바
람둥이 중 하나라고 생각했다는 걸 몰랐지? 조카딸의 환심을
사서 그 애의 돈으로 딴짓하며 돈을 낭비하거나 그 돈으로 다
른 여자와 결혼할 거라고 생각했어. 그런데 자네가 현명하고
믿을 수 있는 사람이라는 것과 그 애의 선택이 옳았다는 것을
알았네."

딘질의 카페에서 사디끄는 기쁜 나머지 계속 웃으며 "자축
의 의미로 우리들에게 물담배를 사는 걸로 한턱내. 너 같은 큰
인물들은 그렇게 하는 거야."라고 말했다. 하산이 "형은 왜 우
리를 술집으로 데려가지 않는 거야?"라고 묻자, 그는 진지하
게 대답했다.

"내 수입은 아내의 재산 관리를 하고 받는 돈과 우와이스
아저씨의 일을 거들고 받는 것이 전부야."

사디끄는 깜짝 놀랐다.

"사랑에 빠진 여자는 남자에겐 노리갯감인데!"

그러자 까심이 화를 내고 따가운 시선으로 그를 뚫어지게
바라보았다.

"남자도 사랑에 빠지지 않았다면 그렇겠지. 사디끄, 너도
사랑을 돈을 뜯어내는 수단으로만 생각하는 동네 사람들과
다르지 않구나!"

사디끄가 멋쩍게 씩 웃고 변명하듯 말했다.

"나약한 놈들은 그렇게 생각해. 나는 하산처럼 힘도 없어, 아니 너만큼 강하지도 않아. 그래서 나는 수장이 되고 싶은 야망도 없어. 이 동네에선 때리는 사람, 아니면 맞는 사람 둘 중 하나인데 말이야!"

그의 변명을 받아들인 것처럼 까심의 까칠했던 말투가 바뀌었다. "정말 기막힌 동네야! 사디끄, 네 말이 맞아. 우리 동네의 현실이 우리를 슬프게 한다!"

"아! 외부 사람들이 바라보는 그런 동네라면 얼마나 좋을까!" 하산이 미소를 지으며 말했다.

사디끄가 그의 말에 동감했다.

"그들은 말하지, '자발라위 동네! 진짜 사나이들의 동네!'라고."

까심의 얼굴이 수심에 어두워졌다. 그는 카페 앞에 앉아 있는 사와리스를 흘끗 쳐다보고 그에게 자신들의 이야기가 들리지 않는다는 것을 확인하고 말했다.

"그들은 우리들의 고통은 못 듣는 것 같아."

"사람들은 힘을 숭배해. 심지어 그 힘에 희생되는 희생자조차 그 힘을 숭배하지!"

한참 동안 생각에 잠겨 있던 까심이 말문을 열었다.

"중요한 건 강도나 죄인들의 힘이 아닌, 자발과 리파아처럼 선을 구축하는 힘의 의미를 아는 거야!"

이야기꾼 타자가 이야기를 계속했다.

"네 형을 데려가라!" 아드함이 그를 향해 소리쳤습니다.

"그렇게 할 수 없어요." 까드리는 신음하듯 대답했습니다.

"너는 그 애를 죽일 수 있었다."

"아버지, 저는 할 수 없어요."

"아버지라 부르지 마. 형제를 죽인 놈에게는 부모도 형제도 없어."

"할 수 없어요."

"살인자가 희생자를 지고 가야 해." 그는 까드리를 꽉 잡고 말했습니다.

그다음 이야기꾼은 리벡을 연주하며 노래를 부르기 시작했다. 그때 사디끄가 까심에게 말했다.

"넌 요즈음 아드함이 꿈꾸던 삶을 살고 있어!"

까심은 정색하는 표정을 지었다.

"그렇지만 나는 한걸음 나아갈 때마다 마음을 어지럽히고 마음의 평화를 깨는 것과 우연히 만나곤 해. 아드함은 진정한 행복에 이르는 길이 여유와 풍요라고만 생각했지."

그들 모두 한동안 말이 없었다.

"이런 순수한 행복은 절대 없어!" 하산이 순진하게 말했다.

까심이 꿈을 꾸듯 초점 잃은 눈으로 말했다. "하긴 모든 사람이 행복을 누릴 기회를 가질 때의 이야기지!"

까심은 곰곰이 생각했다. 그는 여유와 풍요를 누리고 있었지만 다른 사람들의 불행으로 인해 행복하지 않을 때가 있었다. 그는 사와리스에게 보호세를 고분고분하게 바쳤다. 그래서 그는 한가해지면 자신에게서, 아니 이 참혹한 동네에서 벗어나려고 일에 몰두하려 했다. 만약 아드함이 이와 비슷한 상황에서 원하던 것을 얻었더라면 그도 아마 행복한 것이 지겨워 일에만 전념했을 것이다.

당시 까마르에게 이상한 증상이 나타나기 시작했다. 사키나는 임신 증세라고 했다. 까마르는 믿을 수 없었다. 임신하고 싶다는 소망은 꿈에도 꾸지 않았기에 그녀는 너무나 기뻐 제정신이 아니었다. 뛸 듯이 기쁜 까심도 친구들에게 아내의 임신 소식을 알렸다. 그리고 삼촌 집에도, 대장간에도, 우와이스 가게에도, 그리고 야흐야의 오두막에도 알렸다. 까마르는 눈에 띄게 지나치게 자신에게 신경을 쓰고 염려했다.

"힘든 건 전부 다 멀리해야겠어."

그는 그녀의 말뜻을 알아차리고 미소를 지었다.

"사키나가 당신 대신 집안일을 할 거고 나도 힘껏 도울게요."

그녀는 그에게 키스를 하고 어린아이같이 기뻐했다.

"너무나 고마워서 흙에라도 키스하고 싶어."

그는 야흐야를 만나러 사막으로 향했다. 가는 길에 그는 힌드 바위를 찾아 바위 그늘 아래 앉았다. 멀리 양에게 풀을 뜯어 먹이는 양치기가 보였다. 그러자 가슴이 아리고 미어져서 양치기에게 말을 건네고 싶어졌다. '사람은 힘이 있다고 행복한 게 아니야. 그것만으로는 절대 행복해질 수 없어. 차라리 라히타와 사와리스 같은 사람들에게 그 말을 들려주는 게 낫지 않을까?' 무모하게 행복을 꿈꾸는 동네 사람들로 인해 그는 얼마나 가슴이 저렸는지 모른다. 그들이 꿈꾼 행복은 얼마 못 가 쓰레기 더미 속의 지저분한 쓰레기가 되었다. 그는 어째서 자신에게 허락된 행복을 누리지 못하고, 주위의 비참한 현실에도 눈을 감지 못하는 것일까? 그것은 어쩌면 일생을 평온하고 안락하게 지낼 수 있었던 자발과 리파아를 괴롭혔던 문제일지도 모른다. 우리들을 쫓아다니며 괴롭히는 이 고통의 숨은 뜻은 무엇일까? 그는 산 너머 하늘을 바라보며 생각에 잠겼다. 흰 장미 꽃잎처럼 작은 구름들이 떠 있는 맑고 푸른 하늘이었다. 그는 갑자기 지친 듯 고개를 숙이고 움직이는 물체를 들여다보았다. 전갈 한 마리가 바닥 틈새로 급히 들어가고 있었다. 그는 얼른 전갈을 향해 지팡이를 힘껏 내리쳤다. 잠시 징그러운 듯 바라보던 그가 일어나 길을 떠났다.

72

까심의 집에 새로운 생명이 탄생했다. 구역의 가난한 사람들도 모두 새 생명의 탄생을 기뻐했다. 아기의 이름은 얼굴도 본 적이 없는 까심의 어머니의 이름을 따 이흐산이라고 지었다. 아기가 태어나면서 그 집 식구들은 아기 울음소리와 더러움, 그리고 잠 못 드는 밤과 같은 새로운 고달픈 생활에 길들어져 갔지만 동시에 아이가 주는 기쁨을 흠씬 느끼고 가슴이 뿌듯했다. 그런데 왜 아기 아빠는 걱정이 마를 날 없는 사람처럼 마음과 시선이 종잡을 수 없이 흔들리는 것일까? 까마르가 무척 걱정되어 어느 날 물었다.

"몸이 안 좋아?"

"아니요."

"그런데 평소 같지 않아."

그는 눈을 내리깔고 대답했다.

"하느님께서는 제가 어떤지 아세요."

그녀는 묻기 전에 잠시 망설였다.

"당신이 싫어하는 걸 내가 하고 있나?"

그러자 그는 강한 어조로 대답했다.

"당신과 귀여운 아기보다 더 소중한 사람은 없어요."

그녀는 한숨을 쉬었다.

"악마가 질투하나 봐."

그가 웃었다.

"그럴지도 모르지."

그녀는 향을 피우며 마음속으로 그를 위해 기도문을 외웠다. 어느 날 밤 이흐산이 울어 잠에서 깨어난 그녀는 곁에 까심이 없음을 알았다. 처음에 그녀는 남편이 아직 카페에서 돌아오지 않았다고 생각했다. 그러나 아기가 울음을 그치고 잠이 든 후 그녀는 카페가 문을 닫은 후에나 가능한 한밤의 정적을 느꼈다. 그녀는 미심쩍은 생각이 들어 자리에서 일어나 창밖을 내다보았다. 칠흑 같은 어둠이 동네를 뒤덮었다. 그녀는 잠에서 깨 다시 울기 시작한 아기에게 젖을 물렸다. 결혼한 이후 처음으로 그녀는 이런 야심한 시각까지 그가 집에 돌아오지 않은 까닭을 생각해 보았다. 이흐산이 잠들자 그녀는 침대를 빠져나와 창가로 갔다. 아무 소리도 들리지 않자 거실로 나가 사키나를 깨웠다. 그녀는 몽롱하게 부스스 일어나다가 까마르를 알아보고는 깜짝 놀라 벌떡 일어났다. 까마르가 잠을 깨운 이유를 말하자 그녀는 즉시 주인의 일을 알아보기 위해 자카리야의 집에 가 보기로 했다. 까마르는 무슨 일로 이 시각

까지 삼촌의 집에 있는지 생각해 보았다. 그러자 희망이 사라
졌다. 그래도 그녀는 사키나가 가는 것을 막지는 않았다. 그것
은 아마 기대 심리가 작용했거나 시삼촌이 적어도 혼란스러
운 자신을 도와주기 바라는 마음 때문이었을 것이다. 사키나
가 나가자 까마르는 다시 한 번 궁금해졌다. 그가 갑자기 달라
졌는데 그 이유인가? 아니면 저녁마다 그가 사막을 찾던 것과
관련이 있는 것일까?

자카리야와 하산은 사키나가 부르는 소리에 놀라 잠에서
깨어났다. 하산은 까심과 저녁 시간을 함께 보내지 않았다고
말했다. 자카리야가 그녀에게 까심이 언제 집을 나갔는지 묻
자 그녀는 한낮이라고 대답했다. 세 사람은 가게가 있는 건물
을 나왔다. 하산은 이웃 건물로 가 사디끄를 데리고 왔다.

"곧 날이 밝아 올 텐데 어디로 갔지?" 사디끄가 근심 어린
얼굴로 말했다.

"아마 바위 옆에서 잠이 들었는지도 몰라." 하산이 말했다.

자카리야는 사키나에게 집으로 돌아가라고 하고 그가 갈
만한 곳은 다 찾아보겠다고 까마르에게 전하라고 말했다. 세
남자는 사막을 향했다. 차고 눅눅한 가을밤의 공기를 맞으며
그들은 터번을 꼭 동여맸다. 그들은 밤하늘에 비스듬히 걸려
있는 초승달에 의지해 먼 길을 걸었다. 하늘을 수놓은 구름 사
이로 별들이 빛나고 있었다. 하산이 큰 소리로 "까심"을 계속
해서 부르자 그 까심 소리가 겹겹의 메아리가 되어 무깟탐 산
절벽에서 다시 돌아왔다. 그들은 힌드 바위까지 부지런히 걸
었다. 주위를 살펴보면서 바위를 한 바퀴 돌았지만 그의 모습

은 어디에도 없었다. 자카리야가 낮고 굵은 목소리로 물었다.

"어디로 갔지? 장난을 칠 사람도 아니고 외부에 적이라곤 한 명도 없는데!"

"그럼, 도망갈 이유가 없잖아요." 하산이 떨떠름해서 중얼댔다.

사디끄는 사막에 노상강도가 있다는 것을 떠올리고 가슴이 철렁 내려앉아 아무 말도 하지 않았다.

"야흐야 씨와 함께 있나?" 자카리야가 자신 없게 말했다.

두 젊은이는 안도하며 동시에 힘껏 소리를 질렀다.

"야흐야 씨!"

"뭐 때문에 그 사람과 함께 있단 말이니?" 자카리야가 슬프게 물었다.

그들은 아무 말 없이 상념에 빠져 사막을 건넜다. 멀리서 새벽닭의 울음소리가 들려왔다. 짙은 구름 때문에 어둠이 걷히지 않았다. 사디끄에게서 탄식이 흘러나왔다. '까심, 어디에 있는 거니?' 길을 나선 것이 부질없어 보였지만 그들은 계속 걸어 깊은 잠에 빠져 있는 야흐야의 오두막에 닿았다. 자카리야가 다가가 주먹으로 문을 두들겼다. 야흐야의 목소리가 들렸다.

"누구요?"

문이 열리고 지팡이에 의지한 사람이 모습을 드러냈다.

"실례합니다, 까심 일로 왔어요." 자카리야가 말했다.

"기다리고 있었네." 야흐야가 조용히 말했다.

그들은 잠시 안도의 한숨을 쉬었지만 곧 걱정이 들었다.

"그의 소식을 아세요?" 자카리야가 물었다.

"안에서 자고 있네."

"괜찮습니까?"

"나도 그렇길 바라."

그러더니 그는 자연스러운 어투로 말하려 애쓰면서 "지금은 괜찮아. 이웃 사람들이 알아투프에서 돌아오던 길에 힌드 바위에서 정신을 잃고 쓰러진 그를 발견했어. 사람들이 그를 여기로 데려와 정신이 들 때까지 얼굴에 향유를 뿌렸지. 피곤해 보여 쉬게 했더니 곧 잠이 들었어."라고 했다.

"저희들한테 전갈이라도 보냈으면 좋았을 텐데." 그가 아주 정중하게 말했다.

"병이 난 게 틀림없어." 사디끄가 걱정스레 말했다.

"아침이 되면 좋아질 거야." 야흐야가 말했다.

"깨워서 상태를 좀 보죠." 하산이 말했다.

"스스로 잠에서 깰 때까지 기다려야 해." 야흐야가 단호하게 말했다.

73

그는 등에 베개를 괴고 침대에 앉아 있었다. 담요가 가슴께까지 덮여 있었고 눈동자는 사색에 잠겨 있었다. 까마르는 이흐산을 안고 그의 발치에 앉아 있었다. 아기는 팔짓을 하며 아무도 알아들을 수 없는 옹알이를 했다. 방 한가운데 놓인 향로에서 한 줄기 가느다란 연기가 피어올라 향긋한 냄새가 방 안을 한 가득 채웠다. 까심은 침대 옆 탁자에 손을 뻗어 캐러웨이 차가 담긴 컵을 들고 천천히 조금씩 마셨다. 몇 모금 남긴 채 다시 컵을 제자리에 놓았다. 그사이 까마르는 아기의 옹알이에 대답하며 함께 놀고 있었다. 그러나 간간이 근심스러운 표정으로 남편을 쳐다보는 걸로 미루어 아기에게 관심을 쏟는 척하는 것이 속마음을 감추기 위한 것임을 알 수 있었다. 한참 후 그녀가 "지금 어때?"라고 물었다.

그는 닫힌 문 쪽을 향해 마지못한 듯 고개를 돌렸다가 다시 그녀를 바라보며 조용히 말문을 열었다. "난 병이 든 게 아니에요."

그녀의 눈에 심란한 기색이 역력했다.

"그 말을 들으니 기쁘긴 한데, 대체 무슨 일이 있는지 말 좀 해 줘."

그는 잠시 망설였다.

"모르겠어요. 아니, 이걸 꼭 내가 말해야 하는 것은 아니죠. 난 다 알고 있어요. 하지만……. 사실 난 우리가 함께하는 이런 평온한 시간이 끝날까 겁이 나요."

이흐산이 갑자기 울기 시작했다. 까마르는 조용히 아기에게 젖을 물린 뒤 궁금증을 풀려고 걱정스러운 얼굴로 다시 그를 바라보았다.

"왜요?"

그는 자신의 가슴을 손으로 가리키며 한숨을 내쉬었다.

"여기에 너무나 엄청난 비밀이 들어 있어 나 혼자 감당하기 벅차요."

그녀는 더욱 걱정이 되어 안타깝게 말했다. "나에게 다 말해 줘, 까심."

그가 조금 뒤로 물러나 앉았다. 그의 두 눈에 진지함과 결의가 서려 있었다.

"이건 처음 밝히는 거예요. 당신이 처음이에요. 나를 믿어야 해요. 나는 오직 진실만을 말하는 거예요. 어젯밤 사막에 혼자 있었을 때 힌드 바위 아래서 이상한 일이 일어났어요."

그가 침을 꿀꺽 삼켰다. 그녀는 따스한 눈길로 그에게 용기를 북돋아 주었다.

"초승달을 바라보며 앉아 있었는데 갑자기 초승달이 구름에 가려 사위가 너무 깜깜해 자리에서 일어나려고 하는 찰나였어요. '안녕하세요, 까심!' 하는 소리가 가까이에서 들려왔어요. 난 너무나 놀라 몸이 후들거렸죠. 어떤 소리도 미동도 없었거든요. 올려다보니 유령처럼 한 남자가 내가 앉아 있던 곳에서 한 걸음 떨어진 곳에 서 있는 것이 보였어요. 얼굴을 알아볼 수는 없었지만 흰 터번과 아바는 식별할 수 있었어요. 난 분노를 감추고 '안녕하세요. 당신은 누구십니까?' 하고 물었어요. 그가 대답을 했지만 예상했던 것과는 달랐어요."

까마르가 걱정스럽게 고개를 끄덕였다.

"말해 봐. 빨리 듣고 싶어."

"'저는 낀딜입니다.'라고 말했어요. 난 깜짝 놀라 '실례지만…….' 하고 말하는데 그가 내 말을 가로막고 '저는 자발라위를 모시는 낀딜입니다.'라고 말했어요."

"그가 뭐라고 말했다고?" 그녀가 큰 소리로 말했다.

"'저는 자발라위를 모시는 낀딜입니다.'라고요."

그녀가 놀라는 바람에 이흐산의 입이 젖에서 떨어졌다. 아기의 얼굴이 금방이라도 울음이 터질 듯 찡그려졌다. 까마르가 다시 젖을 물렸다. 그녀의 안색이 창백해졌다.

"자발라위의 하인인 낀딜이라니? 자발라위의 하인들에 관해서 아무도 모르는데? 관재인이 저택에 필요한 물건은 맡아서 준비를 하면 그 댁 하인들이 그것을 저택 앞에 가져다 놓고 그러면 자발라위의 하인들이 그것을 정원으로 옮기긴 해."

"맞아요. 그게 동네 사람들이 알고 있는 전부죠. 하긴 그 사람도 그렇게 말했어요."

"그럼 그를 믿었어?"

"한편으로는 예의상 또 한편으로는 나를 보호할 준비를 하느라 얼른 자리에서 일어났어요. 난 그에게 진실을 말하는지 어떻게 알 수 있느냐고 물어보았죠. 그랬더니 그가 차분하게 '의심스럽다면 저를 따라 대저택으로 가 확인해 보십시오.'라고 말했어요. 난 마음을 가라앉히고 혼잣말을 했죠. '내가 이 사람을 믿어야 그가 왜 그런 말과 행동을 했는지 해명할 거야.'라고 말이에요. 난 그를 만나게 된 기쁨을 애써 감추지 않고 자발라위에 관해서 물었어요. 잘 계시는지, 무슨 일로 소일을 하시는지를요."

까마르는 종잡을 수 없는지 "당신과 그 사람 사이에 있었던 게, 그게 다야?"라며 그의 말을 잘랐다.

"네, 제발 나를 믿어요. 우리의 시조께서 잘 지내신다는 말만 하고 그 외에는 아무 말도 하지 않았어요. 그가 동네에서 일어나는 일을 아는지 그에게 물었죠. 그랬더니 그는 모든 일을 다 알고 있고 대저택에 계신 자발라위도 동네에서 일어나는 크고 작은 일을 모두 다 알고 계신다고 대답했어요. 그렇기 때문에 그가 나에게 왔다고 했어요."

"당신에게?"

까심은 곤혹스러운 듯 이맛살을 찌푸렸다.

"그가 그렇게 말했어요. 깜짝 놀라 나도 모르게 감탄사가 터져 나왔는데 다행히 그가 눈치를 못 채고 이렇게 말했어요.

'아마 당신을 택한 것은 절도 사건이 있던 날 당신이 보여 준 지혜와 당신 집에서 보여 준 정직함 때문일 겁니다. 그분은 당신에게 동네 사람들 모두가 그의 자녀고, 그의 재산은 그들 모두의 재산이고, 수장들은 반드시 사라져야 할 사악한 존재라고 말하실 겁니다. 거기다 동네는 틀림없이 그 저택이 증축된 형태가 될 것이라고 말하실 겁니다.' 말할 기력을 잃은 것처럼 침묵이 흘렀어요. 눈을 들어 하늘을 올려다봤어요. 구름이 걷히며 달이 보이기 시작했어요. '그분은 왜 나에게 그것을 알려 주는 겁니까?' 하고 그에게 정중하게 물었어요. 그랬더니 그가 '당신 스스로 그것을 실현할 수 있기 때문입니다.'라고 대답했어요."

"당신이?"

"그가 그렇게 말했어요. 내가 설명해 달라고 말하려는 순간 그는 나에게 인사를 하고 가 버렸어요. 나는 그의 뒤를 계속 쫓아갔어요. 가다 보니 그가 정말 긴 사다리 아니 그와 비슷한 것을 타고 사막 쪽의 제일 높은 담 위로 기어 올라가는 것 같았어요. 난 얼이 빠져 그 자리에 멍하니 서 있었어요. 잠시 후 나는 먼저 있던 곳으로 돌아갔는데 거기서 야흐야 아저씨 댁으로 가고 싶어졌어요. 그 이후 의식을 잃었는지 전혀 생각이 나지 않아요. 나는 아저씨 오두막에서 깨어났어요."

방 안에 다시 침묵이 흘렀다. 까마르는 눈길을 떼지 않고 멍하니 그의 얼굴을 쳐다보았다. 젖을 물고 있던 이흐산은 졸린지 눈꺼풀이 스르르 감겼다. 아기의 머리는 엄마의 팔에 안겨 있었다. 까마르는 살그머니 아이를 침대에 누이고 새하얗게 질려서 걱정스러운 눈으로 까심을 바라보았다. 길에서 누군가에게 욕설을 퍼붓고 있는 사와리스의 쉰 목소리와 따귀를 맞고 온몸에 구타를 당하는 남자의 비명 소리와 신음 소리가 들려왔다. 사와리스의 목소리가 다시 들려왔다. 그는 자리를 뜨면서 경고한 후 으름장을 놓았다. 구타를 당한 그 남자는 분노와 절망이 가득한 말투로 크게 외쳤다.

"자발라위!"

까심은 아내의 표정을 보고 기분이 상해 '그녀는 나를 어떻게 생각하는 거지?'라고 혼잣말을 했고, 까마르 역시 혼잣말을 했다. '그는 거짓말이라곤 하지 않는 진실한 남자야. 그런 그가 왜 이런 이야기를 하는 것일까? 그는 마음대로 얼마든지 가질 수 있는 내 돈을 탐내지 않는 정직한 사람인데…….. 그런 그가 위험하기 짝이 없는 자발라위의 재산을 탐내다니! 이제 정말 편안한 시절은 다 지나간 것일까?'

"내가 당신이 비밀을 털어놓은 첫 번째 인물?"

그가 고개를 끄덕였다.

"까심, 부부는 일심동체고, 난 나 자신보다 당신을 더 염려해. 당신의 비밀은 위험하기 짝이 없어. 결말이 어떨지 알잖아. 제발 잘 생각해 보고 알려 줘. 정말 당신이 본 게 사실이었는지 아니면 꿈이었는지?"

"사실이에요. 꿈이 아니에요." 그는 못마땅하고 뽀로통해서 단호하게 말했다.

"사람들이 정신을 잃은 당신을 발견했다면서?"

"그건 그 이후예요."

"아마 당신이 착각한 건지도 모르지." 까마르는 부드럽게 말했다.

그가 고통을 내색하지 않고 꾹 누르며 신음 소리를 냈다.

"착각할 게 없어요. 그와 만난 사실은 한낮에 태양이 떠 있듯 분명해요."

그녀는 잠시 망설이다 다시 물었다.

"그 사람이 정말 자발라위의 하인인지 그의 심부름꾼인지 어떻게 알아? 우리 동네 주정뱅이나 마약 중독자가 아니란 법도 없지? 그런 사람들이 얼마나 많은데!"

"난 대저택의 담 위로 올라가는 그를 분명히 봤어요." 그가 퉁명스럽게 말했다.

그녀가 한숨을 쉬었다.

"우리 동네에는 그 대저택의 높은 담의 중간에 닿을 만한 사다리가 없는데!"

"하지만 나는 보았어요."

그녀는 궁지에 몰린 쥐처럼 보였지만 좀처럼 물러서지 않았다.

"당신이 걱정돼서 그래. 내 말뜻 알잖아. 당신과 우리 가정, 그리고 우리 아기와 우리 행복이 걱정돼서. 난 그분이 다른 사람은 놔두고 왜 특별히 당신을 선택했는지가 궁금해. 그리고 만물의 주인이자 엄청난 재산의 소유자가 왜 직접 자신의 염원을 실현시키려 하지 않는지 그 이유를 알고 싶어."

"그럼, 왜 자발과 리파아를 택했던 거죠?" 그가 되물었다.

그녀의 눈이 점점 커지고 금방이라도 울음을 터뜨릴 것 같왔다. 마치 아이처럼 울상이 되어 입술을 오므리고 깜짝 놀라 서인지 시선을 피했다.

"당신은 나를 믿지 않는군요. 나를 믿어 달라고 부탁하지 않겠어요."

그녀가 울음을 터뜨렸다. 그녀는 자신의 생각을 떨쳐 버리려는 것처럼 흐느껴 울기 시작했다. 까심은 허리를 숙여 그녀의 손을 잡고 자신에게로 끌어당겼다.

"왜 울어요?" 그가 부드럽게 물었다.

그녀는 눈물을 줄줄 흘리며 그를 바라보았다.

"당신을 믿기 때문이야. 그래, 난 당신을 믿어. 하지만 평온한 시절이 이미 지나간 건 아닌지 두려워서." 그녀는 끅끅 울며 말했다.

그런 다음 그녀는 걱정스러운 목소리로 부드럽게 "뭘 할 거야?"라고 물었다.

방 안은 불안하고 긴장된 분위기가 팽팽했다. 자카리야는 얼굴을 찌푸리며 생각에 잠겼고, 우와이스는 턱수염만 만지작거렸다. 하산은 마치 혼잣말을 하는 것 같았고, 사디끄는 친구인 까심의 얼굴에서 시선을 떼지 못했다. 까마르는 응접실 한 귀퉁이에 혼자 앉아 하느님에게 그들 모두 올바른 길로 인도해 달라고 기도했다. 빈 커피 잔 주위를 파리 두 마리가 윙윙거리며 날고 있었다. 까마르가 쟁반을 가져오라고 사키나를 불렀다. 그러자 그녀가 들어와 잔을 치우고 방문을 닫고 나갔다. 우와이스가 심호흡을 하고 입을 열었다.

"정말 신경을 곤두서게 하는 비밀이군!"

밖에서 시끌벅적한 여러 소리가 들려왔다. 돌멩이나 지팡이에 맞은 것처럼 개 한 마리가 몹시 짖어 댔고, 대추야자 장수는 큰 목소리로 대추야자를 노래하듯 외쳐 댔다. 한 노파가 가련하게 절규했다.

"주여, 살 만큼 산 저희를 그만 거두소서!"

"우와이스 씨, 당신은 저희들 가운데 가장 유능하고 중요한 분이시니 당신 생각을 말씀해 주시죠." 자카리야가 우와이스를 향해 말했다.

우와이스는 자카리야와 까심을 번갈아 바라보며 말했다. "내가 솔직하게 말하는데 까심은 고만고만한 남자가 아니라 진실한 진짜 남자요. 하지만 그의 이야기를 들으니 현기증이 납니다."

그간 말을 참아 왔던 사디끄가 입을 열었다.

"그는 믿을 수 있는 사람입니다. 누구 한 사람 그가 거짓말을 한다고는 생각하지 않죠. 저는 그를 믿습니다. 저는 저의 어머니 무덤을 두고 맹세합니다."

"저 역시 그렇게 생각합니다. 저는 항상 형의 옆에 있을 겁니다." 하산이 열정적으로 말했다.

사촌의 건장한 체격을 탄복하며 바라보면서 까심은 호의에 감사하는 마음에 처음으로 웃었다. 그러나 자카리야는 아들에게 따가운 시선을 보냈다.

"이 문제는 장난이 아니야. 생명과 안전을 생각해야 해."

우와이스가 고개를 끄덕이며 동감을 표했다.

"옳은 말이오. 오늘 우리가 들은 이야기를 전에 들어 본 사람이 없을 거요."

"그렇지 않습니다. 사람들은 이와 비슷한 이야기를 들었습니다. 자발과 리파아에 관해서는 들은 것이 많습니다."

우와이스는 놀라서 의심이 깃든 눈길로 그에게 물었다.

"자넨 자네가 자발과 리파아와 같다고 생각하나?"

까심은 고통스럽게 시선을 떨구었다. 까마르가 걱정스러운 눈길로 그를 바라보았다.

"삼촌! 이런 일들이 어떻게 일어났는지 누가 알아요?"

우와이스는 다시 턱수염을 만지작거렸다.

"그 스스로 자발과 리파아 같다고 생각한다고 해서 좋은 게 뭐가 있다고? 리파아는 끔찍하게 살해당했고 자발은 그의 친척들이 가담하지 않았다면 죽을 뻔했어. 까심, 네 편은 누구냐? 우리 동네가 '사막쥐들' 구역으로 불리는 것을 잊은 거냐? 이곳 주민 대다수가 거지와 극빈자라는 것을 잊은 거야?"

"자발라위가 수장이 아닌 그를 선택했다는 것을 잊지 마세요. 곤경에 처하면 그를 그분이 모른 척할 거라고 생각하지 않아요." 사디끄가 힘주어 말했다.

"리파아가 살아 있을 때도 그런 말을 들었지. 그런 리파아가 자발라위의 집에서 얼마 떨어지지 않은 곳에서 살해당했어." 자카리야가 찌르퉁해서 말했다.

까마르가 경고했다.

"크게 말씀하지 마세요."

우와이스는 까심을 힐끔 곁눈질했다. '정말 이상한 말을 다 듣는군! 내 조카가 이런 양치기를 지도자다운 티가 나게 만들어 놓다니! 그가 성실하고 신망이 두텁다는 건 인정하지만 그렇다고 자발과 리파아만 한 인물이 될 수 있단 말인가? 위대한 인물이 이렇게 쉽게 탄생될 수 있나? 그의 꿈이 실현된다

면 어떤 일이 벌어질까?'

"까심이 우리의 경고에도 요지부동인 것처럼 보이는데, 대체 뭘 원하는 건가? 우리 구역만 자발라위의 재산에 우리의 몫이 없다는 것을 걱정하는 건가? 까심, 자네는 관재인 아니 수장이 되고 싶은 건가?" 우와이스가 말했다.

까심은 화가 단단히 난 표정을 지었다.

"저는 그런 말 한 적 없습니다. 그분이 말씀하셨어요. '동네 사람들 모두가 다 그분의 후손이고 그분의 재산은 평등하게 그들 모두의 소유이고 수장들은 나쁘다.'라고요."

사디끄와 하산의 눈이 반짝였다. 우와이스는 당황했고 자카리야가 물었다.

"그 말이 무슨 말인지 아니?"

"말해 보게나." 우와이스가 화를 내며 말했다.

"자네는 관재인의 권력과 라히타, 잘타, 하자즈, 사와리스의 몽둥이에 도전장을 내민 거야!"

까마르의 얼굴이 창백해졌다.

"그렇습니다." 까심은 슬픈 듯 조용히 말했다.

우와이스의 입에서 웃음이 터져 나왔다. 기분이 상한 까심과 사디끄와 하산의 얼굴에 불쾌한 표정이 스쳐 지나갔다. 자카리야는 아무 눈치도 못 채고 말을 이었다.

"우리 모두는 죽게 될 거야. 개미처럼 밟힐 거야. 아무도 널 믿지 않을 거야. 사람들은 자발라위를 만났다는 사람도 그의 목소리를 듣고 그와 이야기를 나눴다는 사람도 믿지 않았어. 하물며 그가 보낸 하인을 만났다는 사람을 어떻게 믿을 수 있겠니?"

우와이스가 말투를 바꾸었다.

"그런 이야기는 괜찮네. 자발라위와 자발, 그리고 자발라위와 리파아가 만나는 것을 본 사람은 아무도 없어. 소문만 무성했지 목격자는 없었네. 그 일이 몇 사람에게만 좋은 일이 됐지. 자발 구역에선 자발만 존경받는 인물이 되었고, 리파아 구역에선 리파아가 그렇게 되었지. 우리 구역에도 그들과 같은 대접을 받을 만한 자격을 갖춘 인물이 있어, 안 그런가? 우리 모두 대저택에 칩거 중인 그 사람의 자식이야. 우리는 이 문제를 매우 현명하고 조심스럽게 접근해야 하네. 까심, 손자니, 평등이니, 좋고 나쁜 것은 다 잊고, 자네 구역만 신경 쓰게. 그래야 자네 친척인 사와리스를 우리 편으로 끌어들이기 쉬울 것이고, 우리 몫을 받을 수 있게 그와 협의할 수 있네."

까심은 화가 나 얼굴을 찌푸렸다.

"우와이스 아저씨, 당신과 우리는 서로 동상이몽이로군요. 저는 재산에서 생기는 수익에 대한 몫도, 흥정도 원치 않습니다. 전 제가 들은 대로 우리 시조의 뜻을 분명히 실현시킬 것입니다."

자카리야가 신음 소리를 냈다.

"아이코 맙소사!" 까심은 여전히 얼굴을 찌푸렸다. 그는 슬픔과 외로움을, 그리고 야흐야와 나눈 이야기를 떠올렸다. 그는 전에 만나 본 적도 없는 하인을 통해 얼마나 큰 위안을 얻었는지를, 그리고 앞으로 닥칠 시련을 생각하고 있었다. 그러나 자카리야는 오로지 안전만을, 우와이스는 오로지 분배될

몫만을 생각하고 있을 것이다. 인생이란 시련이 예상되는 힘든 상황을 이겨 내야 진정한 행복이 무엇인지 알 수 있는 법이다. 그는 한숨을 쉬었다.

"아저씨, 전에는 무슨 일이든 아저씨와 의논해야 했지만 앞으로는 그렇게 하지 않을 겁니다."

사디끄가 그의 손을 꼭 잡고 "나는 네 편이다."라고 말했다.

하산은 주먹을 불끈 쥐며 "나도 형 편이야. 좋을 때나 나쁠 때나 언제나 형 편이야."

자카리야는 안타깝고 답답했다.

"저런 유치한 말에 현혹되면 안 돼. 그놈들이 몽둥이를 들면 도망칠 은신처에 너희 같은 애들로 꽉 찰 거다. 도대체 넌 누굴 위해 네 목숨을 바치려 하니? 우리 동네에는 짐승과 벌레 같은 놈들만 있어. 너는 안락하게 살 수 있는데 왜 그러니? 제발 정신 차리고 인생을 즐겨라."

'대체 지금 무슨 말씀을 하시는 거지?' 그는 마치 자신의 분신이 소리 내어 '네 딸, 네 아내, 네 가정, 너 자신'이라고 말하는 것을 듣고 있는 것만 같았다. '그러나 넌 자발과 리파아가 선택된 것처럼 선택됐어. 너의 대답이 그들의 대답과 같은지 보자.'

"아버지, 오랫동안 생각했어요. 제가 가야 할 길을 선택했습니다."

우와이스는 체념한 듯 손을 맞부딪치며 "오로지 하느님만 전지전능하시다!"라고 말하고, 다시 "강자가 너를 죽일 것이며, 약자는 너를 조롱할 거야."라며 경고했다.

까마르는 착잡하고 곤혹스러운 듯 우와이스와 자카리야를 번갈아 보았다. 그녀는 남편이 가져다준 실망감이 유감스러운 동시에 그의 고집에 따를 결과가 두려웠다.

"삼촌, 삼촌은 유력 인사들의 대표시니, 삼촌의 영향력으로 그를 충분히 도와주실 수 있으세요."

그러자 우와이스는 못마땅해서 물었다.

"까마르, 너는 무엇을 원하니? 너는 돈도 딸도 남편도 있다. 부동산에서 나오는 이익이 모두에게 분배되든 수장들이 그것을 다 차지하든 너는 아무 상관이 없을 텐데? 우리는 수장이 되고 싶어 하는 자는 미친놈으로 여긴다. 넌 이 동네의 관재인이 되고 싶어 하는 사람을 어떻게 생각하니?"

까심이 마음의 상처를 깊이 안고 자리에서 벌떡 일어났다.

"전 그런 것은 원하지 않아요. 모두를 위해 시조께서 원하시는 선행을 이행할 따름입니다."

우와이스는 억지로 웃으며 까심을 달랬다.

"우리 할아버지가 어디 있지? 하인들에게 업혀서 나오더라도 밖으로 나와 그분이 원하시는 대로 재산 상속의 조건을 이행하시라고 해. 아무리 힘 있는 자라도 누가 감히 그분이 말씀하시는데 삿대질을 하고 눈총을 줄 수 있겠나?"

자카리야가 그의 말을 끝맺었다.

"수장들이 우리를 살육하려 달려들 때 그분은 손가락 하나까딱 안 할걸. 아니 우리가 겪고 있는 고통에는 관심도 없을 거야."

까심은 몹시 침울했다.

"저를 믿고 도와 달라고 아무에게도 부탁하지 않겠습니다."

자카리야가 일어나 그의 어깨에 손을 다정하게 얹었다.

"까심, 넌 액운이 들었어. 나는 이런 액운들을 알지. 액운이 너를 덮치기 전까지 사람들은 줄곧 너의 지각과 행운을 이야기했는데……. 액운에서 벗어나려면 하느님께 의지해라. 넌 지금 동네에서 제일 잘나가는 사람 가운데 하나라는 것을 명심해라. 원한다면 너는 네 아내의 돈으로 장사를 해서 큰돈을 벌 수도 있어. 차고 넘치는 부를 누려. 네 머릿속에 든 것을 단념하고 하느님께서 네게 주신 부와 축복에 만족해라."

까심은 슬퍼서 고개를 숙였다가 다시 들고는 삼촌의 얼굴을 바라보며 놀라울 정도로 단호하게 말했다.

"설령 자발라위의 모든 재산을 저 혼자 독차지하게 되더라도 결코 제 머릿속에 든 계획을 단념하지 않을 겁니다."

'너는 대체 뭘 하는 거니? 언제까지 생각하고 기다릴 거니? 무엇을 기다리는 거니? 너의 친척들이 너를 믿지 않는데 누가 너를 믿겠니? 슬퍼한들 무슨 소용이니? 힌드 바위 아래 혼자 있는 게 다 무슨 소용이람? 별도, 어둠도, 달도 대답이 없는데. 너는 그 하인을 다시 만나고 싶어 하는 것 같은데 그에게서 새로운 뭔가를 기대하는 거니? 너는 자발라위가 자발을 만났다고 사람들이 말하는 그곳을 어둠 속에서 살펴보고 자발라위가 리파아에게 말했다는 높은 담 밑에서 몇 시간이고 서 있었지. 하지만 너는 그를 보지도 못했고 그의 목소리를 듣지도 못했어. 그의 하인도 돌아오지 않았고. 너는 대체 뭘 하는 거니? 사막의 태양이 양치기를 쫓아다니듯 이런 질문은 언제나 너를 쫓아다닐 거야. 그리고 그건 끊임없이 너에게서 마음의 평화와 풍요의 기쁨을 빼앗아 갈 거야. 자발도 너처럼 혼자였어.

하지만 그는 승리했지. 리파아도 자신이 걸어가야 할 길을 알고 죽기 전까지 그 길을 걸었어. 그리고 그도 승리했어. 그런데 너는 대체 뭘 하는 거니?'

"당신은 사랑스러운 어린 딸을 어떻게 모른 척할 수 있을까? 아기가 울어도 달래지도 않고 함께 놀아 주지도 않고." 까마르가 그를 책망했다.

자그마한 얼굴을 향해 미소를 짓고 아기의 냄새를 맡자 지옥 같은 고통스러운 생각이 조금은 진정되었다. 그는 중얼거렸다.

"귀엽기도 하지!"

"우리와 함께 앉아 있어도 우리와 함께 있는 게 아니라 마음은 딴 데 가 있는 것 같아." 그는 소파에 앉아 있는 아내에게 다가가 뺨에 입을 맞추고 아이의 얼굴에 키스를 퍼부었다.

"당신의 애정에 굶주려 있다는 것을 모르죠?"

"당신은 사랑과 애정이 넘치는 내 마음을 온통 차지하고 있어. 당신 자신을 가엾이 여겨야 해."

그녀가 아기를 건네주자 그는 아기를 껴안고 다정하게 어르며 천상의 멜로디인 옹알이에 가만히 귀를 기울였다. 그가 불쑥 말했다.

"하느님께서 승리를 약속하신다면 난 여자들에게도 수익을 나눠 줄 거예요."

"하지만 재산은 여자들이 아닌 남자들의 것인데." 까마르는 깜짝 놀라 대꾸했다.

그는 작은 얼굴의 새까만 눈동자를 들여다보았다.

"우리 시조께서 하인을 통해 나에게 그의 재산은 모두의 것이라고 말씀하셨어요. 그중 절반이 여자인데 동네 사람들이 여자를 존중하지 않는다는 것이 놀라워요. 정의와 자비의 의미를 알게 되는 날 그들은 여자를 존중하게 될 거예요."

그녀의 두 눈에 사랑과 근심이 가득했다.

'그는 승리한다고 말하지만 그런 승리가 어디에 있을까?' 그녀는 혼자 생각했다.

그녀는 그에게 안전한 일을 하라고 권하고 싶은 순간이 정말 많았지만 용기가 나지 않아 차마 그 말을 하지 못했다. 그녀는 앞으로 어떤 일이 자신들에게 닥칠지 스스로에게 물었다. 자신의 운명은 자발의 아내 샤피까와 같은 행운일까 아니면 리파아의 어머니 압다와 같은 불운일까? 그녀는 몸에 소름이 돋았다. 그녀는 남편이 자신의 눈에서 이런 의구심을 알아챌까 두려워 먼 곳을 바라보았다.

사디끄와 하산이 까심과 함께 카페로 가려 하자 그는 친구들에게 야흐야를 소개해 주겠다며 그의 집으로 가자고 했다. 그들이 오두막에 도착했을 때 야흐야는 해시시를 피우고 있었다. 진한 해시시 냄새가 진동했다. 까심은 친구들을 소개했고 그들은 모두 오두막 입구에 앉았다. 행복처럼 환하게 빛나는 보름달이 작은 구멍을 통해 보였다. 야흐야는 놀라서 세 사람의 얼굴을 바라보았다. 마치 그는 그들이 과연 동네를 확 바꾸어 놓을 사람들인지 묻는 것 같았다. 그는 까심에게 이미 수차례 되풀이했던 말을 다시 했다.

"만반의 준비를 마칠 때까지 너의 은밀한 계획을 아무도 모르게 조심해라."

그들은 기분 좋게 담뱃대를 돌려 가며 해시시를 피웠다. 작은 구멍으로 흘러들어 온 달빛이 까심의 머리와 사디끄의 어깨를 훤히 비추었고 화로 속의 숯이 타들어 가며 어둠 속에서 빛을 발했다.

"준비를 어떻게 해야 돼요?"

"자발라위가 선택한 사람이 나 같은 노인의 생각을 묻다니!" 노인은 껄껄 웃으며 농담을 건넸다.

해시시 담뱃대에서 꾸르륵거리는 소리만 들릴 뿐 침묵이 흘렀다. 야흐야가 침묵을 깼다. "자네한텐 삼촌과 처삼촌이 있네. 자네 삼촌은 도움도 주지 않겠지만 방해도 하지 않을걸세. 하지만 처삼촌은 자네가 그에게 희망을 준다면 자네 편으로 만들 수 있을걸세."

"어떤 희망을 줄 수 있을까요?"

"그에게 '사막쥐들' 구역의 수장직을 약속하게."

"아무도 부동산 수익과 관련된 특혜를 받을 수 없어요. 그건 자발라위가 말씀하신 것처럼 모두에게 똑같이 상속될 재산이니까요." 사디끄가 거리낌 없이 솔직하게 말했다.

야흐야가 웃었다.

"정말 신기한 노인이야! 자발은 힘을, 리파아는 인정이 넘치게 하더니 그에겐 지금 다른 것을 주시네!"

"그분이 모든 재산의 소유주니 당연히 열 가지 조건을 마음대로 변경하실 수 있습니다." 까심이 말했다.

"여보게, 자네의 임무는 보통 어려운 게 아니야. 자네 구역만이 아닌 동네 전체와 관련된 일이야."

"그것이 자발라위의 뜻입니다."

야흐야가 한참 자지러지게 기침을 해 댔다. 하산이 자진해진이 빠진 그를 대신해 담뱃대를 다루었다. 야흐야는 다리를 쭉 뻗고 땅이 꺼질 듯 한숨을 쉬었다.

"자넨 자발처럼 힘에 의지할 건가, 아니면 리파아처럼 사랑에 의지할 건가?"

"필요한 경우 힘을 쓰겠지만 언제나 사랑을 지킬 겁니다." 까심은 터번의 매무새를 고치며 말했다.

야흐야는 고개를 끄덕이고 미소를 지었다.

"자네의 유일한 단점은 재산에 대한 관심이네. 그것 때문에 자네는 끝없는 고통을 겪게 될 거야."

"그것 없이 어떻게 사람들이 살 수 있나요?"

"리파아가 살았던 것처럼." 야흐야는 당당하게 대답했다.

"그는 그의 아버지와 그를 사랑했던 사람들의 도움을 받으며 살았어요. 그래서 그는 자신의 전철을 밟을 수 없는 친구를 남기고 죽었죠. 비참한 우리 동네에 정화와 자존심이 필요한 게 사실입니다." 까심은 진지하고 예의 바르게 말했다.

"재산을 소유하게 되면 동네가 정화되고 자존심이 생긴다는 건가?"

"아니요. 재산 소유만이 아니라 수장들이 제거되어야 그렇게 됩니다. 그러면 자발이 자신의 구역에 가져다준 자존심과 리파아가 늘 호소한 사랑이 이루어집니다. 거기에 아드함이 꿈꿔 왔던 행복도 이루게 됩니다."

야흐야가 웃었다.

"그럼, 자넨 자네의 후세대에 무엇을 남길 건가?"

까심은 한참을 생각하고 나서 대답했다.

"하느님께서 승리하게 해 주신다면 앞으로는 아무것도 필요하지 않을 겁니다."

담뱃대가 꿈속의 천사처럼 한 바퀴 돌았다. 물이 든 병에서 노래하는 것 같은 소리가 났다. 야흐야는 느긋하게 하품을 했다.

"수익을 모두에게 균일하게 분배하면 자네들에게는 뭐가 남나?"

"저희는 단지 재산을 활용해서 동네를 대저택에 딸린 부속물이 되게 하고 싶을 뿐입니다." 사디끄가 대답했다.

흘러가던 구름 뒤로 달빛이 숨어 입구는 순간적으로 어두워졌다가 달빛이 다시 비추며 밝아졌다. 야흐야는 하산의 단단한 체격을 바라보았다.

"자네 사촌이 수장들을 무찌를 수 있겠나?"

"저는 변호사에게 자문을 구해 볼까 심각하게 생각 중입니다." 까심이 뜬금없이 말했다.

"어떤 변호사가 관재인과 수장들에게 도전하는 것을 받아들이겠나?" 야흐야가 언성을 높였다.

해시시에 취해 혼미해진 그들은 우울해졌다. 세 남자는 풀이 죽어 집으로 돌아갔다. 까심은 홀로 속으로만 끙끙 앓고 있었지만, 까마르는 어느 날 "우리를 그렇게까지 힘들게 하면서 다른 사람의 행복을 신경 쓸 필요 없잖아!"라고 말할 정도로 노심초사했다.

"난 마음속으로 좋은 생각을 견지해야만 해요." 그가 날을 세우고 대답했다.

'너는 대체 뭘 하는 거니? 왜 낭떠러지 끝에서 뒤로 물러나지 않니? 그 어떤 소리도 움직임도 없는 절망의 낭떠러지, 재로 뒤덮인 꿈의 무덤, 아름다운 멜로디와 아름다운 추억의 탈을 쓴 늑대, 과거에 발목 잡힌 미래.'

어느 날 까심이 사디끄와 하산을 불렀다. 그러고는 그들에게 "때가 됐어."라고 말했다. 그러자 친구들의 얼굴이 환히 빛났다.

"말해 봐, 형." 하산이 말했다.

"그동안 생각해 오던 것을 끝내고 결심했어. 나는 체력 단련장을 만들려고 해." 그는 활기 넘치는 목소리로 말했다.

그들이 적잖이 놀라 할 말을 잃고 입을 떡 벌리자, 그가 웃으며 말했다.

"우리 집 마당에 만들 생각이야. 운동은 많은 사람들이 즐기는 취미지."

"그게 우리 일과 무슨 관계가 있지?"

"예를 들면 역도 같은 운동을 하는 단련장이라! 그게 재산과 무슨 상관이 있어?" 이번에는 사디끄가 물었다.

순간 까심의 눈동자가 반짝 빛났다.

"힘자랑하고 놀기 좋아하는 청년들이 우리한테 올 거야. 그럼 그들 가운데 가장 신뢰할 수 있고 분별력 있는 청년들을 고를 거야."

그들의 눈이 휘둥그레졌다. 하산이 큰 소리로 말했다.

"우리는 정말 멋진 팀을 이룰 거야."

"그래. 자발 구역의 청년도, 리파아 구역의 청년도 우리에게 올 거야."

그들은 콧노래가 절로 나올 정도로 모두 기쁨에 들떠 있었다. 까심은 춤을 추듯 걸었다.

까심은 명절날 창가에 바짝 다가앉아 동네를 내다보고 있
었다. '우리 동네에서도 명절은 참으로 즐겁구나!'

물을 운반하는 사람들이 가죽 부대에 물을 담아 땅에 물을
뿌려 두었고, 당나귀들의 목과 꼬리에는 종이꽃을 장식했다.
공터에서는 밝은 색깔의 옷을 입고 풍선을 든 아이들이 춤을
추었고, 손수레에는 작은 깃발이 휘날렸다. 환호, 함성, 고함
소리가 피리 소리와 한데 어울려 소란스러웠다. 마차는 남녀
춤꾼들로 뒤뚱거렸다. 상점들은 문을 닫았지만 카페와 술집
과 해시시를 피우는 장소는 사람들로 꽉 차 있었다. 사람들은
어디서나 활짝 웃는 얼굴로 "복 많이 받으세요."라고 서로 인
사를 나눴다. 까심은 새 옷을 입고 앉아 무릎 위에 선 이흐산
을 양손으로 안고 있었다. 아이는 작은 손가락으로 까심의 얼
굴을 만지작거렸고, 창문 아래에서는 노랫소리가 들렸다.

"처음 나를 사랑에 빠지게 한 건 내 눈이라오."

행복한 결혼식 날이 떠오르자 그의 마음이 사르르 풀렸다. 그는 음악과 노래를 사랑하는 남자였다. 아드함은 노래가 넘쳐 나는 정원에서 노래하는 것을 얼마나 갈망했던가! 그런데 명절에 저 남자는 무슨 노래를 부르는 거지? '처음 나를 사랑에 빠지게 한 건 내 눈이라오.'라니? 그 남자 말이 맞다. 어둠 속에서 낀딜을 자신의 눈으로 직접 본 이후 그의 마음과 정신과 의지는 그의 것이 아니었다. 이제 그의 집 마당은 몸을 단련하고 마음을 순화시키는 단련장으로 변했다. 다른 사람들처럼 그도 역기를 들어 올리고 막대기로 검술을 배웠다. 대장간에서 양철 작업을 오래 한 덕에 다리 근육이 발달한 사디끄는 팔 근육을 탄탄하게 만들었다. 하산은 마치 거인 같았다. 다른 사람들도 지나칠 정도로 열정적으로 몸을 단련시켰다. 현명한 사디끄는 까심에게 걸인과 일 없는 사람들을 체력 단련장으로 초대하라고 조언했다. 그들은 열심히 운동에 전념하더니 바로 그가 하는 말에도 열중했다. 물론 그들은 수적으로는 적었지만 열심히 운동을 한 덕에 일당백의 겸인지력을 갖추게 되었다. 이흐산이 "아드……. 아드……." 하고 소리를 지르자 그는 딸아이에게 여러 차례 입을 맞추었다. 아기가 그의 새 옷자락을 적셨다. 부엌에서는 절구질하는 소리와 까마르와 사키나의 목소리와 고양이의 울음소리가 들렸다. 창문 아래로 지나가는 마차에서 손뼉을 치며 부르는 노랫소리가 들렸다.

그 병사를 위해 위령 기도문을 읊자고 하자.

그가 타르부시[2]를 벗고 종교 지도자인 척했네.

해시시에 취한 야흐야가 이 노래를 부르던 날 밤을 떠올린 까심은 미소를 지었다. '아, 모든 일이 바로잡힌다면 동네 사람들은 노래할 일만 남을 텐데. 내일 체력 단련장에는 믿을 수 있는 강한 조력자들로 꽉 차겠지. 그럼, 내일 나는 그들과 함께 관재인과 수장들과 모든 역경에 도전할 것이다. 이건 동네에 자비로운 할아버지와 어진 손자들만 남게 하려는 거야. 가난과 불결함과 구걸과 학대가 일소되고, 벌레와 파리 떼, 그리고 몽둥이들도 자취를 감출 거야. 그러면 노래가 있는 아름다운 정원 그늘에는 평온함과 평정이 찾아오겠지.' 불같이 화를 내며 사키나를 꾸짖는 까마르의 목소리에 그는 놀라 몽상에서 깨어났다. 그는 까마르의 말에 귀를 기울이고는 그녀를 불렀다. 문이 열리자마자 까마르가 노비를 앞으로 떠밀며 들어왔다.

"이 여자를 좀 봐. 우리 집에서 태어난 제 엄마처럼 여기서 태어난 이 여자가 겁도 없이 우리를 감시하고 있었어!"

그가 믿기지 않는다는 표정으로 사키나를 쳐다보자, 사키나는 쉰 목소리로 "나리, 저는 배신자가 아니에요. 마님은 저에게 눈곱만큼의 인정도 없으세요."라고 소리쳤다.

"이 여자가 글쎄 웃으며 나한테 '함단 구역에서 자발이 그

---

2) 붉은색의 원통형 모자로, 모자 위에는 긴 검정색 술이 달려 있다.

랬던 것처럼 다음 명절에는 나리께서 동네 전체의 주인이 될 거예요.'라고 말했어. 그 말이 무슨 의미인지 물어봐." 까마르는 잔뜩 겁먹은 눈으로 말했다.

"무슨 말이야, 사키나?" 까심은 걱정스러워 얼굴을 찌푸리고 물었다.

그녀는 노비답지 않게 대담하게 대답했다.

"말씀드린 그대로예요. 저는 오늘 여기서 일하고 내일 저기서 일하는 그런 하녀가 아닙니다. 전 이 집에서 자랐어요. 저에게 비밀을 숨기실 수는 없으세요."

까심은 까마르와 얼른 눈길을 주고받은 뒤 이흐산을 가리켰다. 그녀는 그에게서 이흐산을 받아서 안았다. 그가 노비에게 자리에 앉으라고 하자 그녀는 그의 발치께 앉았다.

"저는 모르는데 다른 사람들이 나리의 비밀을 알고 있는 게 옳은 것인가요?"

"무슨 비밀 말이냐?"

"힌드 바위에서 낀딜이 나리께 한 말이요." 노비는 여전히 대담하게 말했다.

까마르 입에서 "아" 하고 탄식이 흘러나왔다. 까심은 노비에게 계속해 보라고 손짓을 했다.

"전에 자발과 리파아에게도 있었던 일입니다. 나리께선 그들 못지않으세요. 나리, 당신은 주인님이십니다. 전 두 분을 맺어 준 중매쟁이예요. 기억하시죠? 제가 다른 사람들보다 먼저 알았어야 했어요. 어떻게 당신의 노비인 저를 믿지 않으시고 다른 사람들을 믿으실 수가 있습니까? 하느님께서 당신들

두 분을 용서하시길! 그래도 전 나리를 위해 승리를 기원하는 기도를 드리고 있습니다. 예, 저는 관재인과 수장들에게 승리하시라고 기도하고 있습니다. 당신을 위해 그런 기도를 하지 않을 사람이 누가 있겠어요?"

까마르가 신경질적으로 아기를 어르며 소리쳤다.

"네가 감히 우리 말을 엿듣다니. 너의 죄는 결코 씻지 못할 거야."

"엿들으려고 하지 않았어요, 하느님은 아세요. 문틈으로 말소리가 새어 나와 듣게 된 거예요. 그런 경우 사람이라면 귀를 막고 안 들을 순 없잖아요. 마님, 제 가슴이 찢어지는 건요, 마님이 저를 믿지 않으신다는 거예요. 전 배신자가 아니에요. 제가 만약 누굴 배신하게 된다면 나리가 맨 마지막 분이실 거예요. 누굴 위해서 제가 나리를 배신합니까? 하느님, 마님을 용서해 주세요." 사키나는 절절하고 진실되게 말했다.

까심은 이야기를 하는 그녀를 눈으로 마음으로 주의 깊게 내내 지켜보았다. 그녀가 말을 끝내자 그가 조용히 말했다.

"사키나, 너는 충직해. 네 충성심엔 의심의 여지가 없다."

그러자 그녀는 희망적이고 호기심 어린 눈으로 그를 빤히 쳐다보고 중얼거렸다. "나리, 만수무강하세요, 부디."

"난 충성스러운 사람들을 알아. 리파아의 집에서처럼 우리 집에서는 배신이 싹트지 않아, 까마르. 이 여자는 당신처럼 충직해요. 그녀를 나쁘게 생각하지 마요. 우리와 사는 한 그녀는 우리 식구예요. 게다가 나에게 행복을 가져다준 장본인이라는 걸 난 결코 잊지 않을 겁니다." 그가 낮고 부드러운 목소리로 말했다.

"하지만 몰래 엿들었어." 까마르는 다소 진정된 목소리로 말했다.

"그녀는 엿듣지 않았어요. 하느님의 뜻으로 말소리가 그녀의 귀에 들린 것뿐이에요. 리파아가 우연히 조상의 음성을 듣게 된 것처럼요." 까심은 웃음 띤 얼굴로 그렇게 대답하고 사키나 쪽으로 고개를 돌렸다. "사키나, 네게 축복이 있기를."

노비는 그의 손에 키스를 해 댔다.

"나리, 저는 당신을 위해 목숨을 바칠 겁니다. 맹세컨대 당신은 당신의 적과 우리의 적들을 물리치고 승리하여 온 동네를 지배하실 겁니다."

"사키나, 우리는 지배를 원치 않아."

그녀는 두 손 모아 기도했다.

"하느님, 그의 소망을 들어주소서."

"아멘."

그는 그녀를 바라보며 미소를 지었다.

"너는 필요할 때 나의 심부름꾼 노릇을 할 것이다. 그러면 우리 일에 동참하게 되는 거지."

여자의 얼굴이 기뻐서 환히 빛났고 두 눈에는 자부심이 가득했다.

"우리가 원하는 것처럼 재산이 분배될 수 있다면 마님이든 하녀든 어느 한 사람 빼지 않고 모두에게 분배될 거다."

사키나는 놀라 입을 다물지 못했다.

"자발라위께서 재산은 모두의 것이라고 하셨어. 사키나, 너도 마님처럼 자발라위의 손녀야."

그녀의 얼굴은 기쁨으로 가득 차 감사하는 표정으로 주인을 바라보았다. 밖에서는 무희의 피리 소리가 들려왔다. 누군가 "라히타 님, 즐거운 명절 보내시고 만수무강하세요!"라고 외쳤다. 까심은 몸을 돌려 길 쪽을 내다보았다. 요란하게 치장한 멋진 말을 타고 사람들의 열렬한 환호와 갈채를 받으며 우쭐대며 지나가는 수장 일행이 보였다. 그들은 명절 때마다 해오던 대로 달리기 시합과 펜싱 시합을 하러 사막으로 몰려갔다. 수장들의 행렬이 지나가자마자 술에 취해 비틀거리는 아즈라마의 모습이 보였다. 까심은 그를 보자 미소가 떠올랐다. 그는 체력 단련장에서 가장 믿음직한 청년 중 하나였다. 까심은 그를 지켜보았다. 그는 '사막쥐들' 구역 한가운데로 걸어가 걸음을 멈추고 "난 멋진 놈이야!"라고 소리쳤다.

리파아 구역 내 '사막쥐들' 구역 쪽 첫 번째 건물에서 야유가 들렸다.

"야, 쥐새끼, 너 잘났다!"

아즈라마는 새빨갛게 충혈된 눈으로 창문을 올려다보고 술에 취해 꼬부라진 혀로 소리를 질렀다.

"나쁜 놈들, 우리 차례가 됐어!"

아이들, 술에 취한 사람들, 마약 중독자들, 그들은 환성을 지르고 노래를 부르고 북을 두드리고 피리를 불며 무척 소란스럽게 그의 주위를 에워쌌다. 한 사람이 소리쳤다.

"들어봐! '사막쥐들' 차례래! 듣고 싶지 않아?"

아즈라마가 비틀거리며 고함을 질렀다.

"모두에게 시조는 한 분, 모두에게 위탁된 재산도 하나야. 수장들이여 안녕!"

그런 다음 그는 사람들 속으로 모습을 감췄다. 까심은 벌떡 일어나 아바를 황급히 들고 후다닥 밖으로 나갔다.

"빌어먹을 술!"

"술에 취해 사람들이 있는 곳에 다니지 마."

까심은 힌드 바위 아래에서 체력 단련을 받고 있는 청년 중에서 가까운 사람들인 사디끄, 하산, 아즈라마, 샤아반, 아부 피사다, 함루슈의 얼굴을 둘러보며 얼굴을 찌푸린 채 심각하게 말했다. 산은 그들 뒤로 우뚝 솟아 있었고 어둠이 내리기 시작했다. 그들 외에 사막에는 저 멀리 남쪽 끝자락에 양치기 하나가 지팡이를 짚고 서 있었다. 아즈라마가 미안해서 고개를 푹 숙였다.

"그런 일이 있기 전에 죽었으면 좋았을 텐데."

"실수는 할 수 있지만 그 일을 후회해 봤자 아무 소용이 없어. 지금 중요한 건 너의 어리석은 행동이 우리의 적들에게 엄청난 영향을 끼쳤다는 걸 깨닫는 거야." 까심은 감정을 가라앉히고 말했다.

"틀림없이 소문이 퍼졌을 거야." 사디끄가 말했다.

"자발 구역의 친구가 초대해서 그곳 카페에 갔다가 거기서 직접 목격했어. 어떤 사람이 아즈라마에 대해 큰 소리로 떠들면서 비웃더라. 나는 그의 이야기가 몇몇 사람의 의심을 살 수 있다고 생각해. 그런데 그 이야기가 이 사람 저 사람 입을 거쳐 수장 두목의 귀에 들어갈까 봐 겁나." 하산이 침울하게 말했다.

"하산, 너무 과장하지 마." 아즈라마가 탄식했다.

"간과하는 것보다 과장하는 게 나. 그러지 않으면 예상하지 못한 곳에서 우리가 발목을 잡히게 돼." 사디끄가 말했다.

"죽음을 두려워하지 않기로 맹세했잖아." 아즈라마가 말했다.

"비밀을 지키는 것도 맹세했지." 사디끄가 까칠하게 말했다.

"우리가 지금 죽으면 모든 희망은 사라져." 까심이 말했다.

어둠이 짙어져 가면서 그들은 점점 우울해졌다.

"계획을 세워야만 해." 까심이 다시 말했다.

"최악의 경우를 가정하고 계획을 세우자." 하산이 말했다.

"싸움을 뜻하겠군." 까심이 우울한 목소리로 말했다.

그들 모두 고개를 끄덕이고 어둠 속에서 시선을 교환했다. 하늘에는 별들이 하나둘 돋아났고, 한낮의 열기가 남아 있는 후덥지근한 훈풍이 불어왔다.

"우린 싸우다 죽을 거야." 함루슈가 말했다.

"그러면 상황은 변화 없이 종전 그대로 계속될 거야." 까심은 못마땅해서 말했다.

"그놈들은 우리를 없애려고 할 거야." 사디끄가 말했다.

"운 좋게 너는 사와리스와 친척이고 네 아내는 관재인의 아내와 친척이야. 거기다 라히타는 네 아버지의 젊은 시절 친구였고." 아부 피사다가 까심에게 말했다.

"피할 수 없는 운명적인 일을 늦출 수는 있지만 막을 수는 없어." 까심이 냉담하게 말했다.

"언젠가 변호사에게 자문을 구하는 것을 고려해 보겠다고 했던 것 기억하지?" 사디끄가 희망적으로 물었다.

"관재인과 수장을 상대할 만큼 배짱 좋은 변호사는 없다던데."

아즈라마는 조금이라도 자신의 실수를 무마해 보려고 애썼다.

"바이트 알까디에 배짱 좋다고 소문난 변호사가 있는데."

"내가 가장 두려워하는 것은 소송을 하면서 우리의 적대감이 알려지는 거야. 그리고 우리는 너무 앞서서 아즈라마가 한 말의 파급 효과를 겁내는 것 같아." 사디끄가 마치 마음을 바꾼 것처럼 말했다.

"변호사의 의견을 들어 보고, 불가피하게 소송을 꼭 해야 할 때까지 소송을 연기하자고 그와 합의를 보도록 하자. 그러면 다른 동네 사람일지라도 우리 대신 그 일을 해 줄 사람을 찾을 수 있을 거야." 아즈라마가 말했다.

까심과 그의 친구들은 예방책으로 그렇게 하는 것으로 합의를 보았다. 그들은 곧바로 일어나 바이트 알까디에 있는 샤나피리 변호사 사무실로 찾아갔다. 샤나피리는 그들을 만나

주었다. 까심은 자신의 문제를 털어놓았다. 그들은 그에게 소송 제기는 한동안 미루고 그 기간 동안 그 문제를 검토하면서 필요한 조치를 강구해 달라고 부탁했다. 그들 대다수가 예상했던 것과는 달리 변호사는 그 소송 사건을 흔쾌히 수락하고 수임료의 일부를 미리 달라고 요구했다. 그들은 기쁜 마음으로 사무실을 나와 뿔뿔이 흩어졌다. 까심은 친구들과 동네에서 다시 만나기 전까지 야흐야와 함께 있었다. 까심과 야흐야는 오두막 입구에 나란히 앉아 담배를 피우며 의견을 나눴다. 그는 그간의 이야기를 듣고 슬픈 표정을 지으며 까심에게 경계를 늦추지 말고 조심하라고 당부했다. 까심이 집으로 돌아왔을 때 문을 열어 준 까마르의 표정이 그를 불안하게 했다. 무슨 일이 있냐고 묻자 그녀가 말했다.

"관재인이 당신을 부르러 사람을 보냈어."

까심의 심장이 두근거렸다.

"언제요?"

"마지막으로 다녀간 게 십 분 전이야."

"마지막이라니요?"

"한 시간 동안 세 차례나 사람을 보냈어." 그녀의 눈시울에 눈물이 어렸다.

"당신한테 이런 모습을 기대한 게 아니에요."

"가지 마." 그녀가 울부짖었다.

"피하는 것보다 대면하는 게 더 안전해요. 이 도둑놈들은 자신들의 집에서는 아무도 해치지 않는다는 것을 잊지 마세요." 그는 애써 침착한 척하며 말했다.

이흐산이 울자 사키나가 서둘러 집 안으로 들어갔다.

"내가 아미나 부인을 만날 때까지 가지 마."

"소용없는 일이에요. 지금 갈 겁니다. 두려울 게 없어요. 그들 가운데 나에 대해 아는 사람은 없어요." 그는 단호하게 말했다.

그러자 그녀는 매달렸다.

"그는 아즈라마가 아닌 당신을 불렀어. 누군가 당신을 배신하지 않았을까 걱정이 돼."

그가 살며시 그녀를 떼어 놓았다.

"평온한 시절은 지나갔다고 처음부터 나는 당신에게 말했어요. 우리 모두 조만간 어려움에 직면할 것이라는 것을 알고 있어요. 너무 두려워 말아요. 돌아올 때까지 마음 놓고 있어요."

78

　문지기가 집 안에 들어갔다 나와서는 마지못해 시큰둥하게 까심에게 말했다.

　"들어가게."

　문지기가 앞장을 섰고 까심은 출렁거리는 감정을 다스리느라 무진 애를 쓰며 따라갔다. 정원에서는 향긋한 냄새가 풍겼지만 넓은 접견실 입구에 도착할 때까지 까심은 전혀 향기를 맡을 수 없었다. 문지기가 한옆으로 비켜섰고 까심은 전에 자신에게 이런 일면이 있었는지 몰랐을 정도로 매우 담대하게 안으로 들어갔다. 관재인은 접견실 안쪽에 낮고 긴 의자에 앉아 있었고 그 자리에는 두 사람이 더 있었다. 그들은 관재인의 양옆에 놓인 의자에 앉아 있었다. 그는 그들이 누구인지 알 수 없었지만 신경조차 쓰지 않았다. 까심은 관재인이 앉은 자리에서 그리 멀지 않은 곳에서 걸음을 멈추고 손을 들어 정중하게 "관재인 나리, 안녕하십니까?"라고 인사를 했다.

까심은 관재인의 오른쪽에 앉아 있는 남자를 무심코 바라보았다. 라히타였다. 그러고는 다른 남자를 바라보았다. 순간 까심은 눈을 뗄 수가 없었다. 그는 너무나 놀라 둔기로 얻어맞은 것 같았다. 변호사 샤나피리였다. 까심은 사태의 심각성을 깨달았다. 자신의 비밀이 폭로되었고 그 비열한 변호사가 신뢰를 배신해 자신이 덫에 걸렸다는 것을 깨달았다. 그의 가슴속에 절망과 분노가 함께 솟구쳤다. 어떤 꼼수를 써도 이 상황을 모면할 수 없으리라 깨닫고는 굽히지 않고 버티기로 작정했다. 그는 한 발짝도 물러설 수 없었다. 그는 앞으로 나아가든가 아니면 적어도 자신의 입장을 견지해야 했다. 훗날 그는 이날을 언급했다. 그는 이날을 전혀 상상도 하지 않았던 자신의 새로운 모습, 즉 새로운 사람으로 거듭난 날로 기억했다. 관재인의 거친 목소리에 까심은 정신을 차렸다.

"네가 까심이냐?"

"예, 나리." 까심은 천연덕스럽게 대답했다.

관재인은 까심에게 앉으라는 말도 하지 않은 채 질문을 계속했다.

"샤나피리를 보고 놀랐느냐?"

"아니요, 나리."

"양치기냐?"

"양치기를 그만둔 지 이 년이 훨씬 넘었습니다."

"지금은 뭘 하느냐?"

"저는 아내의 재산 관리를 하고 있습니다."

관재인은 경멸하듯 고개를 끄덕이고 변호사에게 말하라고 손짓을 하자 변호사는 까심에게 이야기를 했다.

"너의 변호사라고 생각하는 사람이 여기에 있어 아마 놀랐을 거다. 관재인은 고려 대상이 아닌 최우선순위에 계시는 분이야. 나의 이런 행동은 너를 파멸로 이끌 진퇴양난의 적대 행위보다 나은 회개할 기회를 줄 거야. 만일 네가 공개적으로 잘못을 인정하고 회개한다면 내 중재로 너를 관대히 용서해 주시겠다는 것을 너에게 알려도 된다고 관재인께서 나에게 허락하셨다. 나는 네가 내 의도를 선의로 받아들여 주길 바란다. 내가 너에게 받았던 소송비, 자, 여기 있다."

까심은 물끄러미 그를 쏘아보았다. "당신은 내가 당신을 찾아갔을 때 왜 사실대로 말하지 않았던 겁니까?"

변호사가 그의 대담함에 놀라 당황하자 관재인이 거들었다.

"너는 질문을 하러 이곳에 온 게 아니라 질문을 받으려고 온 거다."

변호사는 자리에서 일어나 가도 되는지 허락을 구했다. 그는 당황한 자신의 모습을 감추려고 겉옷인 줍바³⁾를 매만지며 밖으로 나갔다. 관재인은 까심을 비정하게 노려보면서 "어떻게 감히 나를 상대로 소송을 제기할 생각을 했지?"라고 내뱉었다.

까심은 사태의 중대성을 오롯이 감지했다. 이제 싸움을 하

---

3) 소매통이 넓고 상체 부분에 앞트임이 있는 긴 겉옷으로, 아랍 전통 의상이다.

거나 그러지 않으면 죽는 수밖에 없었다. 그는 무슨 말을 해야
할지 몰랐다.

"네 의도가 무엇인지 말해 봐. 너 미쳤지?"

"고맙습니다만 저는 제정신입니다." 까심은 풀이 죽어 대
답했다.

"도무지 이해가 가질 않아. 어떻게 감히 나에게 그런 혐오
스러운 행동을 할 수 있지? 너는 정신 나간 여자의 남편으로
선택된 후 가난하게 산 적이 없는데 도대체 왜 그런 행동을 하
려는 거냐?"

"저는 저 자신을 위해 바라는 것이 없어요." 그는 마치 자신
이 화가 나 있다는 것을 드러내는 것처럼 악을 썼다.

관재인은 자신이 들은 이상한 말을 라히타도 들었는지 확
인하려는 듯 라히타를 바라보고 나서 다시 화가 치미는 눈으
로 까심을 째려보았다.

"그런데 왜 그런 짓을 해?"

"저는 정의를 원했을 뿐입니다."

관재인은 실눈을 하고 물었다.

"너는 네 아내와 내 아내가 친척 간이라고 내가 너를 보호
해 줄 것이라 생각하느냐?"

까심은 눈을 내리깔았다.

"아니요, 나리."

"너는 동네 모든 수장에게 도전하고 싶어 하는 깡패냐?"

"아니요, 나리."

"미쳤다고 말해. 미친 짓을 했다고 말해." 남자는 소리를 버

럭 질렀다.

"다행스럽게도 저는 제정신입니다."

"너는 왜 나를 상대로 소송을 하려고 했느냐?"

"저는 정의를 원했습니다."

"누구를 위해?"

"모두를 위해서요." 까심은 생각에 잠긴 눈으로 대답했다.

관재인은 그가 제정신인지 의심스러운 눈초리로 그의 얼굴을 찬찬히 뜯어보았다.

"너와 무슨 관계가 있는데?"

까심은 용기백배한 듯 대답했다.

"자발라위의 상속 조건이 그것으로 실현됩니다!"

"이 쥐새끼 같은 놈이! 네가 감히 자발라위의 상속 조건에 대해 말을 해?" 관재인은 소리를 질렀다.

"그분은 우리 모두의 조상입니다."

관재인이 화가 나 자리에서 벌떡 일어나 있는 힘을 다해 말총 파리채로 까심의 얼굴을 세차게 후려치고 나서 소리를 질렀다.

"우리 조상이라! 자기 아버지가 누군지도 모르는 놈이 파렴치하게 '우리 조상'을 운운해. 도둑놈! 쥐새끼! 인간쓰레기! 너는 우리가 너와 네 아내를 보호해 줄 거라 믿고 그렇게 오만하기 짝이 없게 구는가 본데……. 개도 주인의 손을 물으면 더 이상 보호를 받을 수 없어."

라히타가 관재인의 분노를 진정시키려고 일어섰다.

"파리 한 마리 때문에 마음을 어지럽히지 마시고 자리로 돌아가 앉으십시오, 나리."

관재인 리파아트는 화가 나 입술을 파르르 떨면서 자리에 앉으며 "'사막쥐들'조차 재산을 탐내고 파렴치하게 '우리의 조상' 운운하다니."라고 소리쳤다.

"사막쥐 놈들에 관해 떠도는 말이 사실이었습니다. 불행하게도 우리 동네의 파국적 사태는 초읽기에 들어간 것 같습니다."라히타가 자리에 앉으며 대답하고는 다시 까심을 향해 말했다.

"네 아버지가 내 옛 친구라 난 너를 죽이고 싶지 않아."

"저놈이 한 짓을 생각하면 극형에 처해야 마땅해. 내 아내만 아니었다면 저놈을 지금 당장 죽여 버리는 건데." 관재인은 소리를 질렀다.

라히타가 계속 심문했다.

"자, 내 말을 들어. 네 뒤에 누가 있는지 말해."

까심은 말총 파리채에 맞은 데가 아직도 얼얼했다.

"무슨 말씀이세요?"

"누가 너에게 소송을 제기하도록 부추겼느냐?"

"저 외에 아무도 없습니다."

"양치기였다가 뜻밖의 큰 행운을 만났는데 너는 더 이상 무얼 바라는 거냐?"

"정의, 정의입니다."

"정의라고? 개새끼! 쓰레기! 그게 네가 도둑질과 약탈을 도모할 때 쓰는 암호구나. 자백을 받아내." 관재인은 치를 떨며 소리를 지르고 라히타를 향해 소리쳤다.

"네 뒤에 누가 있는지 말해." 라히타는 무게를 잡고 협박조로 말했다.

"우리 할아버지요." 까심은 은근히 약이 올라 대답했다.

"우리 할아버지!"

"그렇습니다. 그의 상속 조건을 보시면 그분이 저에게 그런 행동을 하게끔 만든 분이라는 것을 알게 되실 겁니다."

"저놈을 내 눈앞에서 치워라! 밖으로 내쫓아." 리파아트가 다시 벌떡 일어나 소리쳤다.

라히타가 일어나 강철 같은 손으로 까심의 팔뚝을 잡고 문으로 데려갔다. 거기서 라히타는 까심에게 귓속말을 했다.

"너 자신을 생각해 정신 차려. 그리고 내 손에 네 피를 묻히지 않게 해, 제발."

까심이 집으로 돌아오니 집에 자카리야, 우와이스, 하산, 사디끄, 아즈라마, 샤아반, 아부 피사다, 함루슈가 와 있었다. 그들은 아무 말 없이 불안하게 까심을 쳐다보았다. 까심이 까마르 옆에 앉자 우와이스가 말을 꺼냈다.

"내가 경고하지 않았니?"

"삼촌, 숨 좀 돌리게 천천히 말씀하세요." 까마르가 우와이스에게 싫은 소리를 했다.

"화를 자초했어." 남자는 언성을 높였다.

자카리야가 조심스레 까심의 안색을 살펴보았다.

"그놈들이 너를 모욕했구나. 나는 나 자신만큼이나 너를 잘 알아. 이런 일을 모면할 수도 있었을 텐데."

"아미나 부인이 아니었으면 너는 이렇게 돌아올 수 없었어." 우와이스가 말했다.

"그 비열한 변호사가 우릴 배신했어." 까심은 친구들의 얼굴을 둘러보며 말했다.

순간 그들의 얼굴 표정이 확 굳어졌고 서로 불안한 시선을 주고받았다. 우와이스가 먼저 말했다.

"자, 조용히 흩어지자. 그리고 각자 까심이 무사히 돌아올 수 있었던 것을 하느님께 감사하자."

"형, 뭐라고 말 좀 해." 하산이 말했다.

까심이 잠시 생각에 잠겼다.

"나는 거짓말 못 해. 죽음이 우리들을 위협하고 있어. 나를 돕고 싶지 않은 사람은 빠져도 돼."

"여기서 더 이상 일을 벌이지 마라." 자카리야가 말했다.

"어떤 결말이 나든 저는 절대 이 일을 포기할 수 없어요. 저는 자발과 리파아 못지않게 우리 시조와 동네 사람들의 뜻을 따를 겁니다." 까심은 차분하면서도 단호하게 말했다.

우와이스는 화가 나 자리에서 일어나 거실로 나갔다.

"이 사람이 미쳤구먼. 하느님께서 자네를 도와주시기 바란다."

사디끄가 까심에게 달려들어 그의 이마에 입을 맞추고 "네 말을 들으니 기운이 나는데."라고 말했다.

"우리 동네 사람들은 단돈 한 푼에 목숨을 잃어. 아니 아무 이유 없이 죽기도 하지. 우리가 죽을 만한 합당한 이유가 있어서 죽는다면 왜 죽음을 두려워하겠어?" 하산이 말했다.

밖에서 자카리야를 부르는 사와리스의 목소리가 들렸다. 그러자 자카리야는 창밖을 내다보고 안으로 들어오라고 손짓했다. 사와리스는 방에 들어오자마자 험악한 얼굴로 자리에 앉고는 까심을 바라보았다.

"이 구역에 나 말고 다른 수장이 있는 줄 몰랐다." 사와리스가 말했다.

"그 일은 수장님이 들은 것과 다릅니다." 자카리야가 불안해하며 말했다.

"내가 들은 건 너무 끔찍하고 최악이야."

"우리 아이들은 악마에게 농락당한 거요." 자카리야가 탄식하며 말했다.

"당신 조카 때문에 라히타로부터 일장 연설을 들어야 했어. 나는 저 애를 상당히 영리한 청년이라고 생각했는데 도저히 상상할 수조차 없을 정도로 제정신이 아니야. 잘 들어. 내가 너희를 등한시했으면 라히타가 너희들에게 본때를 보여 주려고 직접 달려왔을 거야. 너희 중 누구 하나 내 얼굴에 먹칠하도록 내버려 두지 않을 테니 알아서들 행동해. 계속 고집을 부리는 놈은 화가 미칠 줄 알아."

사와리스는 까심의 친구들을 감시하기 시작했다. 그들은 그의 집에 접근할 수 없었다. 사디끄는 그의 집에 접근하다 모욕을 당했고 아부 피사다는 얻어맞았다. 그는 자카리야에게 폭풍이 지나갈 때까지 까심에게 집에만 붙어 있으라고 권고하라고 부탁했다. 까심은 꼼짝없이 집에 갇힌 신세가 되었고 그의 사촌 하산만이 방문이 허락되었다. 그러나 구역 내 소문이 퍼지는 것을 막을 방도는 없었다. 소문은 자발 구역과 리파아 구역까지에도 퍼졌다. 소문은 이랬다. '사막쥐들' 구역을 뒤흔든 것과 관재인을 상대로 소송이 제기될 뻔했다는 것과 상속의 열 가지 조건과 관련된 가설과 심지어 자발라위의 하인 낀딜과 까심이 만났다는 것 등이었다. 사람들은 크게 동요했고 비난과 비아냥이 난무했다. 어느 날 하산이 까심에게 "소문이 사방에 퍼졌어. 해시시 소굴마다 형에 관한 이야기만 꽃을 피워."라고 말했다. 그러자 까심은 최근 그를 사로잡은 생각과 걱정에 어두운 얼굴을 하고 그를 바라보았다.

"우리는 죄수와 다름없는 갇힌 신세고, 하는 일 없이 세월만 흘러간다."

"이건 불가항력이야. 어쩔 수 없는 상황이야." 까마르가 다독였다.

"우리 형제들은 모두 물불 가리지 않을 태세야." 하산이 말했다.

"자발 구역과 리파아 구역 사람들이 나를 거짓말쟁이로, 미친놈으로 본다는 게 진짜야?" 까심이 물었다.

하산은 고통스러운 듯 시선을 내리깔고 "비겁함이 사람들을 망쳐!"라고 말했다.

까심은 얼떨떨해서 고개를 갸우뚱했다.

"자발 구역과 리파아 구역 사람들은 조상 중에 자발라위를 만났거나 이야기를 나눈 사람이 있으면서 왜 내가 거짓말을 한다고 생각하는 거지? 다른 누구보다도 먼저 그들이 나를 믿고 지지해 줘야 할 판인데, 왜 내가 거짓말을 한다는 거야?"

"우리 구역도 비겁한 게 탈이야. 그렇기 때문에 그들은 수장들에게 굽실대며 아첨하는 거야."

거리에서 포효 같은 사와리스의 목소리가 들렸다. 그는 욕설을 퍼부었다. 까심의 가족들은 창밖을 내다보았다. 사와리스가 샤아반의 멱살을 잡고 그에게 소리를 지르고 있었다.

"천하의 불상놈, 무슨 일로 여기에 온 거냐?"

청년은 사와리스의 손아귀에서 벗어나려고 안간힘을 썼다. 사와리스는 왼손으로는 그의 목을 붙잡고 오른손으로는 그의 얼굴과 머리에 주먹질을 해 댔다. 몹시 화가 난 까심은 까마르의 간곡한 만류에도 불구하고 문으로 내달렸다. 눈 깜짝할 새 그는 사와리스와 마주하고 단호하게 "그를 놓아주세요."라고 말했다. 그러나 사와리스는 그의 희생양인 샤아반을 계속 때리며 까심에게 소리를 질렀다.

"얌전히 굴어. 그러지 않으면 너의 적들이 너를 위해 눈물을 흘리게 될 거다."

까심은 사와리스의 오른손을 잡고 분노로 소리를 지르며 손아귀에 힘을 주었다.

"당신이 하고 싶은 짓을 해도 나는 그가 당신 손에 죽게 그냥 놔두지 않을 겁니다."

사와리스가 샤아반을 놓아주자 그는 의식을 잃고 땅바닥에 쓰러졌다. 사와리스는 지나가던 여자의 머리에서 흙이 담긴 양동이를 낚아채 양동이째 까심의 머리에 흙을 부었다. 하산이 사와리스에게 달려들려 하자 마침맞게 도착한 자카리야가 팔로 감싸며 그를 저지했다. 까심이 자신의 머리에서 양동이를 치우자 그의 얼굴은 숨을 쉴 수 없을 정도로 흙을 뒤집어쓰고 있었고 옷도 흙투성이였다. 그가 재채기를 했다. 까마르와 사키나가 비명을 지르자 우와이스가 달려오고 집집마다 문이 열리고 아이 어른 할 것 없이 모두가 쏟아져 나왔다. 거리는 이내 술렁거렸다. 자카리야는 온 힘을 다해 하산의 팔을 붙들고 놀라 튀어나올 것 같은 그의 눈을 애원하고 경고하며 들여다보았다. 우와이스가 사와리스에게 다가갔다.

"사와리스, 저를 봐서라도 저 애를 용서해 주세요."

여러 사람이 큰 소리로 "어이쿠 저런."이라고 탄식했다.

"여긴 친척, 저긴 친구. 이들 사이에서 고민하다가 사와리스는 강한 남자가 아니라 여자가 되겠군."

"제발 용서해 주세요! 수장님은 우리의 주인이자 군주이지 않습니까." 자카리야가 외쳤다.

사와리스는 카페로 가 버렸다. 몇몇이 샤아반을 일으켰다. 하산은 까심의 머리와 옷에서 흙을 털어 주었다. 사와리스의 모습이 보이지 않자 그곳에 있던 사람들은 그제서야 측은지심을 드러낼 수 있었다.

80

그날 저녁 '사막쥐들' 구역 내 한 건물에서 초상이 났는지 일장통곡이 들려왔다. 누군가 흐느끼자 순식간에 같은 건물에서 여러 사람의 곡소리가 흘러나왔다. 까심은 창밖을 내다보며 견과류 장수인 파틴에게 무슨 일이 있냐고 물었다. 그러자 파틴이 "당신네들은 멀쩡히 살아 있는데, 샤아반이 죽었어!"라고 대답했다. 까심은 놀라 집에서 뛰쳐나와 건물 두 채를 지나서 샤아반의 집으로 달려갔다. 건물 아래층에 살고 있는 사람들이 어두컴컴한 안마당에 모여서 분개하고 슬퍼하고 애도하고 있었고, 위층 복도를 따라 여자의 목소리가 울려 퍼졌다. 여자는 원통해했다.

"그냥 죽은 게 아니라 사와리스가 죽였어요."

"사와리스, 빌어먹을 놈!"

세 번째 여자가 반박했다.

"그를 죽인 건 까심이야. 그가 꾸며 낸 거짓말 때문에 우리 쪽 사람이 죽었어."

까심은 너무나 슬퍼 심장이 갈가리 찢어지는 것 같았다. 그는 어둠 속을 걸어 샤아반의 집이 있는 공동 주택의 2층으로 올라갔다. 복도 벽에 달려 있는 등잔 불빛에 그의 친구 하산, 사디끄, 아즈라마, 아부 피사다, 함루슈, 그리고 다른 사람들이 문 앞에 있는 것이 보였다. 사디끄가 울면서 그에게 다가왔다. 두 사람은 아무 말 없이 서로 부둥켜안았다. 희미한 불빛에 비친 하산은 겁을 잔뜩 먹은 듯 보였다.

"그의 피가 헛되지 않을 거야." 하산이 까심에게 말했다.

아즈라마가 까심에게 다가와 귓속말을 했다.

"그의 아내가 아주 심각한 상태야. 우리를 살인죄로 고소할 참이야."

"괜찮아지겠지." 까심이 그에게 속삭이듯 말했다.

"살인자는 반드시 죽어야 해." 하산은 복수심에 불타는 어조로 말했다.

"우리 구역에서 누가 증인으로 나서겠어?" 아부 피사다가 분개하며 말했다.

"다른 사람들처럼 우리도 살인할 수 있어." 하산이 말했다.

까심은 그를 쿡 질러 입을 다물게 했다.

"너희들 모두 그의 장례식에 참석하지 않는 게 좋을 거야. 우리는 묘지에서 만나기로 하자."

까심이 그의 집으로 들어가려 하자 사디끄가 들어가지 못하게 막았다. 그러나 까심은 그를 밀치고 안으로 들어갔다. 까심이 샤아반의 아내를 부르자 그녀는 깜짝 놀라며 다가와 눈물을 뚝뚝 흘리며 바라보았다.

"더 뭘 원하세요?" 그녀는 굳은 표정으로 까심에게 물었다.

"문상을 왔습니다." 그가 슬프게 대답했다.

"당신이 그를 죽였어요. 우리는 부동산은 없어도 살 수 있지만 그가 없어서는 안 돼요." 그녀가 날카롭게 말했다.

"하느님께서 당신에게 견뎌 낼 수 있는 힘을 주시고 죄를 저지른 자들을 파멸시키실 겁니다. 당신이 필요로 할 경우 언제든지 우리는 당신의 가족이 될 것입니다. 그가 흘린 피는 결코 헛되지 않을 겁니다." 까심이 부드럽게 말했다.

그녀는 까심을 수상쩍게 쏘아보고 몸을 획 돌려 안으로 들어갔다. 그녀가 들어가자 안에서 흐느껴 우는 소리와 목 놓아 우는 소리가 흘러나왔다. 까심은 비통한 심정으로 문상을 마치고 그곳을 빠져나왔다. 다음 날 아침 사람들은 딘질의 카페 입구에 앉아 위협적인 태도와 큰일을 저지를 것 같은 험악한 표정으로 지나가는 사람들을 바라보는 사와리스를 목격했다. 사람들은 자신들의 분노를 감추려고 평상시보다 더 다정하게 그에게 인사를 건넸다. 사람들은 장례식에 참석하지 않고 자신들의 가게나 수레, 또는 땅바닥에 앉아 있었다. 정오가 되자 관을 앞세우고 그의 가족과 친척들이 집 밖으로 나왔다. 까심은 사와리스의 이글이글 타는 듯한 눈빛에 개의치 않고 그들 틈에 끼었다. 죽은 샤아반의 처남이 까심에게 화를 냈다.

"당신은 이 사람을 죽이고도 장례식에 참석했군요!"

그는 다른 사람이 거칠게 질문할 때까지 묵묵히 참고 있었다. "왜 왔나?"

"내 친구가 싸웠던 것처럼 나도 싸우려고요. 그는 용감했어요. 당신들은 그와는 다르군요. 당신들은 그를 죽인 자가 누구인지 알면서 나에게 화풀이를 하고 있어요." 그가 결연하게 대답했다.

사람들 대다수는 침묵했다. 남자들의 뒤로 검정색 옷을 입은 여자들이 머리에 흙을 뿌리고 뺨을 때리며 맨발로 달려왔다. 장례 행렬은 알자말리야를 지나 밥 알나스르로 향했다. 매장 의식이 끝나자 까심을 제외하고 장례식에 참석했던 사람들 모두가 집으로 돌아갔다. 까심은 그들이 돌아갈 때 일부러 천천히 걸음걸이를 옮겨 그들에게서 뒤처졌다. 그는 다시 묘지로 돌아와 자신을 기다리고 있던 친구들을 만났다. 그가 눈물을 글썽거리자 모두가 왈칵 울음을 터뜨렸다.

"자신의 안위만 바라는 사람은 누구든 돌아가도 좋아." 까심이 손으로 눈물을 훔치며 말했다.

"안위만을 원했다면 우리는 이곳에 오지 않았어." 함루슈가 말했다.

"그를 잃어 상심이 얼마나 큰지 몰라. 그는 용감하고 열정적이었는데 우리가 가장 필요로 할 때 가 버렸어." 까심은 묘비에 손을 얹고 말했다.

"한순간도 방심할 수 없는 수장에게 살해됐어. 우리들 가운데 몇몇은 우리 동네의 마지막 수장이 가는 길을 지켜보게 될 거야." 사디끄가 말했다.

"친구를 잃은 것처럼 우린 죽어서 안 돼. 앞으로의 일을 생각하고 승리할 방법을 모색해 보자." 함루슈가 말했다.

"어떻게든 만나서 서로의 생각을 이야기해 봐야 하지 않을까?"

"내가 감금 상태에 있어 별 뾰족한 생각이 떠오르지 않지만, 그래도 결심했어. 쉽지는 않겠지만 다른 길이 없어." 까심이 말했다.

그러자 그들은 까심의 결심이 궁금해서 물었다.

"동네를 떠나자. 각자 철저히 준비해서 떠나자. 오래전 자발이, 그리고 근자에 야흐야 아저씨가 떠난 것처럼 이곳을 떠나자. 힘을 키우고 수를 불릴 때까지 사막의 안전한 곳에 체력 단련장을 세우자."

"좋은 생각인데!" 사디끄가 환성을 질렀다.

"우리도 어쩔 수 없이 힘으로 동네의 수장들을 제거하고 자발라위의 조건들을 이행해야 해. 그리고 자비를 베풀고 정의롭고 평화로운 세상을 만들려면 힘을 사용하는 수밖에 다른 길이 없어. 우리의 힘은 억압하는 힘이 아니라 최초로 정의로운 힘이 될 거야."

그들은 마음을 다해 까심의 말을 들었다. 그들은 그와 그의 뒤에 있는 무덤을 바라보았다. 그러자 그들은 샤아반이 그들과 함께 까심의 말을 듣고 그를 축복하고 있다는 생각이 들었다. 아즈라마가 감격했다.

"맞아. 힘이 모든 문제를 해결할 거야. 억압하는 힘이 아닌 정의로운 힘. 사와리스가 샤아반의 귓갓길을 막았을 때 사실 그는 너한테 가는 길이었어. 만일 우리가 그때 그와 함께 있었더라면 그놈이 그렇게 쉽게 힘을 쓸 수 없었을 텐데. 무서워서 따로따로 있다가 이런 일을 당했어, 빌어먹을."

까심은 처음으로 마음이 놓이고 행복한 기분이 들어 미소를 지었다. "우리 시조께서 우리를 신뢰하셨어. 그리고 지금도 그분은 그의 후손들 가운데 몇몇은 신뢰받을 만하다고 자신하고 계실 거야."

까심이 한밤중에 집에 돌아오니 까마르가 자지 않고 기다
리고 있었다. 그녀는 평상시보다 더 그에게 마음을 쓰고 다정
했다. 그 시각까지 그녀가 잠을 자지 않고 있어 그는 마음이
아팠다. 그녀는 울었는지 해 질 무렵 황혼이 붉게 물들 듯 움
푹 꺼진 눈자위가 붉게 충혈되어 있었다.

"울었어요?" 그가 애틋하게 물었다.

그녀는 그를 위해 우유를 데우느라 여념이 없는 듯 대답을
하지 않았다. 그러자 까심이 말을 이었다.

"샤아반의 죽음은 우리 모두에게 너무나 큰 슬픔이에요. 하
느님, 그의 영혼을 편히 쉬게 하소서."

"처음엔 샤아반 때문에 울었지만 나중엔 그 남자가 당신을
공격했던 게 생각나서 울었어. 당신이야말로 저 세상으로 떠
나는 샤아반의 주검 위에 한 줌의 흙을 뿌릴 자격이 있는 마지

막 사람인데." 그녀가 불쑥 대답했다.

"우리의 가엾은 친구에게 일어난 일에 비하면 그것은 아무 것도 아니에요." 까심이 슬프게 대답했다.

까마르는 까심에게 우유가 담긴 컵을 건네며 그의 옆에 앉아 중얼거렸다.

"사람들이 당신에 대해 하는 말들이 나에게 얼마나 상처가 되는데."

까심은 아랑곳하지 않은 척하며 씩 웃고는 컵을 입으로 가져갔다. 그녀가 분개하며 말을 보탰다.

"잘타가 당신이 혼자 독차지할 요량으로 부동산을 탐내고 있다고 자발 구역 사람들을 납득시키려 하고, 하자즈도 똑같은 말을 리파아 구역 사람들에게 하던데. 그 둘이 당신이 자발과 리파아를 폄하한다고 소문을 내고 있다고."

까심은 불편한 속내를 감추지 않았다.

"나도 알아요. 그리고 만일 당신이 없었더라면 오늘까지 내가 이렇게 살아 있을 수 없다는 것도 잘 알아요."

그의 어깨를 다정하게 토닥이고 있자니 그녀는 왠지 모르게 지난날들이 떠올랐다. 그칠 줄 모르고 이야기꽃을 피우던 날들, 한없이 행복했던 지난날들, 이흐산이 태어난 이후 찬란히 빛나던 밤의 기쁨. 그런데 지금 그녀와 그는 함께하는 것이 하나도 없었고, 그도 자신을 위해 그 어떤 것도 하지 않았다. 가끔씩 그녀를 괴롭히는 병마의 고통조차도 그에게 숨길 수밖에 없었다. 자신을 돌보지 않는 그에게 어떻게 자신의 문제까지 신경 쓰게 한단 말인가? 까마르는 그에게 과중한 부담을 주어 자신도 모르게 적에게 도움을 주는 것이 아닌가 늘 부끄러웠다. 평화로웠던 시절이 빠르게 지나간 것처럼 앞으로 그들이 함께할 시간도 그렇게 지나갈 것이다. 그가 생존할 수 있다고 과연 누가 그녀에게 확실하게 말할 수 있단 말인가? 동네 사람들, 하느님께서 당신들을 돌보아 주시길!

"나는 이렇게 암울했을 때도 희망의 끈을 놓은 적이 없어요. 내가 혼자인 것처럼 보여도 나에게는 진실한 친구들이 정말 많아요. 그들 중 한 친구가 사와리스에게 도전했죠. 전에 누가 감히 그런 짓을 했겠어요? 다른 친구들도 그와 마찬가지일 거예요. 짓밟히며 살지 않으려면 용기야말로 우리 동네 사람들이 지녀야 할 가장 중요한 덕목이에요. 나에게 안전한 길을 가라고 충고하지 마세요. 샤아반은 우리 집으로 오다 죽었어요. 당신은 당신 남편이 겁쟁이라는 수치스러운 말을 듣게 되는 것을 원치 않을 거예요."

까마르가 빈 컵을 받아 들며 미소를 지었다.

"수장의 아내들은 나쁜 일인 싸움이 벌어지는 옆에서 환성을 질러 대는데, 내가 어떻게 좋은 일에 그녀들보다 덜 기뻐할 수 있겠어."

까심은 보기보다 그녀의 슬픔이 훨씬 심각하다는 것을 알았다. 그는 사랑을 담아 그녀의 뺨을 어루만지며 위로해 주었다.

"당신은 나에게 이 세상의 전부예요. 내 인생 최고의 동반자고요."

마음이 편안해야 잠들 수 있었던 까마르는 마음의 평화를 찾으며 미소를 지었다.

구리 세공인 샨타흐는 사디끄가 사라져 깜짝 놀랐다. 그는 사디끄의 집에 가 보았지만 그와 그의 가족의 흔적을 찾아볼 수 없었다. 생선 간잽이 압둘팟타흐 역시 그의 가게 종업원인 아즈라마의 종적을 동네에서 찾지 못했다. 아부 피사다도 사전에 아무 연락 없이 함둔의 가게에 나오지 않았다. 그리고 함루슈는 어디에 있는지? 제빵사 핫수나는 화덕 불길이 삼켜 버린 것처럼 감쪽같이 사라졌다고 말했다. 다른 몇 사람도 어디론가 사라져 버렸다. 그 소식은 '사막쥐들' 구역을 거쳐 동네 전체로 퍼져 나갔다. 자발 구역과 리파아 구역 사람들은 날쥐들이 동네를 떠나서 머지않아 사와리스에게 보호세를 내는 사람이 한 명도 없을 것이라고 야유했다. 사와리스는 자카리야를 딘질의 카페로 불러 그에게 경고했다.

"당신 조카가 도망간 놈들에 관한 비밀을 우리에게 알려 줄 수 있는 적임자야."

"수장님, 그 애를 비난하지 마세요. 몇 날, 몇 주, 몇 달 동안 그 애는 집 밖을 나간 적이 없어요."

"애들 장난인 줄 알아? 당신 조카에게 앞으로 닥칠지도 모를 일을 경고하려고 당신을 부른 거야." 사와리스는 몹시 화를 내며 말했다.

"까심은 수장님과 피를 나눈 친척이니, 적들이 고소해 할 일을 하지 말아 주세요."

"그놈은 자기 자신에게나 나에게나 다 적이야. 그놈은 자신을 자발이라고 단단히 착각하고 있는 모양인데, 그거야말로 바로 밥 알나스르 공동묘지로 가는 지름길이지."

그러자 자카리야가 참지 못하고 말했다.

"제발, 수장님. 우리 모두 당신의 보호를 받고 있어요."

자카리야는 집으로 돌아가는 길에 잠시 들른 까심의 집에서 하산을 우연히 만났다. 사와리스 때문에 열 받은 그는 하산에게 분풀이를 하려 하자 하산이 그의 말을 가로막았다.

"아버지, 참으세요! 까마르 형수가 몹시 아파요."

동네 사람들은 물론 관재인의 집에까지 까마르가 아프다는 소식이 알려졌다. 까심은 몹시 슬퍼하며 그녀의 옆을 지켰다. 그는 영문을 몰라 정신이 얼떨떨해 고개를 저었다.

"당신이 한순간에 이렇게 무력하게 드러눕다니요!"

"힘든 일로 마음이 무거운 당신에게 부담을 주지 않으려고 그동안 건강 상태를 숨겼어." 그녀가 힘없는 목소리로 말했다.

"처음부터 이 고통을 나와 함께 나눠야 했어요." 그는 매우 슬프게 말했다.

그녀의 창백한 입술이 살포시 벌어지며 마른 가지에 매달린 시든 꽃 같은 미소가 떠올랐다.

"예전의 건강을 되찾을 거야."

그렇게 되길 까심은 진심으로 기도했다. '그런데 그녀의 눈을 덮고 있는 이 혼탁한 것은 뭐지? 그녀의 얼굴이 왜 이리 푸석푸석할까? 그녀는 어떻게 이 고통을 감출 수 있었을까? 모든 것은 다 당신을 위한 것인데, 오, 하느님! 그녀에게 자비를 베풀어 주소서. 저를 위해 그녀의 건강을 되찾게 해 주시고, 그칠 줄 모르고 우는 어린아이를 불쌍히 여기소서.'

"당신이 나에게 늘 아량을 베풀어 도저히 나는 나 자신을 용서할 수가 없어요.”

까마르는 나무라듯 살짝 웃었다. 살림 어머니가 그녀를 위해 향을 피웠고 아티야 어머니는 연고를 준비했고 이발사 이브라힘은 그녀에게 부항을 떠 주려고 왔다. 까마르는 치료를 원치 않는 것 같았다.

“내가 당신을 고통에서 벗어나게 뭐든 할 수 있다면 좋겠어요.” 까심이 말했다.

그녀는 간신히 들릴 만큼 작은 목소리로 대답했다.

“당신에게 나쁜 일이 생기지 않아야 할 텐데.”

그 말 뒤에 그녀는 “정말 사랑하는 당신!”이라고 말했다.

그는 속으로 속삭였다. ‘당신의 눈으로 세상을 바라보다 당신이 없다고 생각하니 눈앞의 세상이 캄캄해요.’

“당신처럼 분별 있는 사람은 위로가 필요 없을 거야.”

남녀 할 것 없이 손님들이 찾아왔다. 까심은 그 자리가 불편해 옥상으로 피신했다. 창문을 통해 여자들의 목소리가 들렸고 거리는 장사꾼들의 호객 소리와 욕설로 시끌벅적했다. 어린아이의 울음소리가 들리자 처음에 그는 이흐산이 운다고 생각했는데, 옆 건물 옥상에서 바동거리며 울고 있는 아이의 울음소리였다. 어둠이 서서히 내려앉자 옥상의 둥지로 비둘기들이 찾아들었고, 저 멀리 지평선 위로 별 하나가 반짝였다. 그는 마치 안 보이는 것 같은 까마르의 이상한 눈초리와 부지불식간에 파르르 떨리는 입가의 경련과 시퍼렇게 변한 입술과 극도로 우울한 감정의 원인을 생각해 보았다. 까심은 몇 시간 동안 옥상에 있다가 방으로 내려갔다. 그는 복도에서 이흐산을 안고 있는 사키나와 마주쳤다.

"마님이 깨지 않도록 살금살금 들어가세요." 그녀가 속삭였다.

그는 창턱에 있는 등불의 희미한 불빛에 의지해 침대 건너편에 있는 소파에 누웠다. 동네에서 들리는 소리라고는 리벡의 구슬픈 선율과 연이어 들리는 이야기꾼 타자의 목소리뿐이었다.

할아버지가 조용히 말했습니다. "내가 너에게 바깥에 사는 사람 어느 누구에게도 준 적이 없는 기회를 주었다고 보는데, 이 집에서 살면서 여기서 결혼도 하고 새로운 삶을 시작하는 것이다." 그러자 후맘은 너무나 기뻐 가슴이 막 뛰었죠.

후맘이 말했습니다. "은혜를 베풀어 주셔서 감사합니다." "너는 그럴 만한 자격이 충분히 있어." 청년은 할아버지와 카펫을 번갈아 보고 나서 마음을 졸이며 물었습니다. "저희 가족은요?" 자발라위가 나무랐습니다. "내 의중을 분명히 말했는데." 그러자 후맘이 간절히 말했습니다. "저희 가족도 할아버지에게 동정과 용서를 받을 자격이 있어요."

잠자던 까마르가 격렬하게 몸을 움직였다. 놀란 까심이 벌떡 일어나 그녀에게 달려갔다. 그는 그녀의 희미한 눈동자에서 광채가 번득이는 것을 보았다. 그가 이유를 묻자 그녀가 강렬하게 소리쳤다.

"이흐산! 이흐산, 어디 있니?"

그는 황급히 방에서 나와 자고 있는 아기를 안은 사키나를 데리고 돌아왔다. 까마르가 이흐산에게 손짓을 하자 사키나는 이흐산의 뺨에 뽀뽀를 할 수 있도록 그녀에게 다가와 섰다. 그동안 까심은 침대 모서리에 앉아 있었다. 까마르가 까심을 바라보며 소곤댔다.

"내 것이 더 커."

"도대체 무슨 말이에요?"

"내가 당신을 많이 아프게 했지만 내 것이 더 커."

까심은 입술을 꽉 깨물었다.

"까마르, 당신의 고통을 줄여 주지 못해 너무나 슬퍼요."

"내가 가고 난 다음 당신이 걱정돼." 그녀는 불안해하며 말했다.

"내 이야기는 하지 말아요." 그는 몹시 슬프게 말했다.

"까심, 가서 친구들과 합류해. 여기 남아 있으면 그들이 당신을 죽일 거야."

"우리는 함께 갈 거예요."

"길은 하나가 아니야. 우리는 같은 길을 갈 수 없어." 그녀는 힘겹게 대꾸했다.

"늘 그랬던 것처럼 나를 가엾게 여기면 안 돼요?"

"아, 모두 지난 일이야."

그녀는 자신을 짓누르는 엄청난 힘과 싸우고 있는 것처럼 보였다. 그녀가 손짓하며 불렀다. 그는 까마르의 숨결이 느껴질 정도로 그녀에게 가까이 다가갔다. 그녀는 사지를 오그리고 몸을 웅크렸다가 도움을 청하는 사람처럼 목을 쑥 내밀었다. 호흡이 가빠지면서 가슴이 격렬하게 오르락내리락했다. 그녀는 숨을 거칠게 몰아쉬었다. 사키나가 소리쳤다.

"일으켜 앉히세요. 앉고 싶으셔서 그래요."

그가 그녀를 두 팔로 안아 일으켜 앉히자 그녀는 말없이 작별 인사를 하는 것처럼 신음 소리를 내고 머리를 그의 가슴에 툭 떨어뜨렸다. 사키나가 아이를 데리고 황급히 밖으로 나갔다. 밖에서 그녀의 통곡 소리가 한밤의 정적을 깨뜨리며 울려 퍼졌다.

82

다음 날 아침 까심의 집은 안팎으로 조문객들로 넘쳐 났다. 동네 사람들은 이해관계를 떠나 혈연을 가장 중요하게 여겼기 때문에 사와리스도 조문하러 올 수밖에 없었고 '사막쥐들' 구역의 사람들도 앞다투어 그의 뒤를 따라왔다. 심지어 관재인 리파아트도 조문을 오고, 뒤를 이어 라히타, 잘타, 하자즈가 찾아왔다. 그리고 그들 뒤로 동네 사람들이 조문을 왔다.

예전에는 볼 수 없었던 광경이 벌어졌다. 동네에서 유일하게 수장의 장례식에서나 볼 수 있었던 수많은 애도 인파가 까마르의 장례식에 몰려들었다. 까심은 너무도 고통스러웠지만 초인적인 인내심을 발휘하여 매장할 때조차 눈물을 보이지 않았다. 그는 너무나 애달파서 온몸으로 울었지만 겉으로는 눈물을 보이지 않았다. 조문객들이 모두 돌아가고 무덤 주위에 까심, 자카리야, 우와이스, 그리고 하산만이 남았다. 자카리야가 까심의 어깻죽지를 토닥이며 말했다.

"힘내, 조카! 하느님께서 도와주실 거야."

까심은 몸을 앞으로 약간 숙이며 깊은 한숨을 토해 냈다.

"삼촌, 제 마음도 그녀와 함께 땅속에 묻혔어요."

공감한 하산의 얼굴이 일그러졌다. 묘지에는 숨소리 하나 들리지 않을 만큼 고요했다. 자카리야가 한걸음 떼며 말했다.

"이제 돌아가야 할 시간이다."

그러나 까심은 그 자리에 꼼짝 않고 서서 분노했다.

"대체 그들은 왜 온 거죠?"

자카리야는 까심이 무슨 뜻으로 그 말을 하는지 알았다.

"아무튼 그들도 고맙게 생각해야 해."

"그들과 새롭게 시작하자. 그들은 오늘 한걸음 떼고 너보고 몇 걸음 다가와 주길 바라고 있어. 다행스럽게도 우리 구역 밖에서 너를 두고 하는 말들이 심각하지 않아." 우와이스가 용기를 내 말했다.

까심은 슬픔에 잠겨 말이 없었다. 그는 우와이스와 입씨름을 하고 싶지 않았다. 바로 그 순간 사디끄가 한 무리를 이끌고 나타났다. 그들은 마치 조문객들이 사라지길 기다리고 있었던 것 같았다. 그들의 수가 제법 많았다. 그들 모두 서로를 잘 알고 있었다. 모두가 까심을 부둥켜안자 까심의 눈에서 눈물이 글썽였다. 우와이스는 욱하고 분노가 치미는지 눈을 부릅뜨고 그들을 바라보았지만 무리 중 누구도 그를 거들떠보지 않았다.

"더 이상 동네에 남아 있을 이유가 없어." 사디끄가 까심에게 말했다.

자카리야가 심하게 반대했다.

"네 아이와 집, 그리고 재산이 다 여기 있다."

"나는 동네에 남아 있어야 했어. 그 덕에 시간이 가면서 너희들의 수가 늘어날 수 있었던 거야." 까심이 의미심장하게 말했다.

까심은 자신의 말이 옳다는 것을 확인이라도 하듯 자신을 바라보고 있는 얼굴 하나하나를 유심히 바라보았다. 그들 대부분은 그에게 우호적이었거나 그의 말을 믿고 받아들일 용의가 있는 사람들이었다. 그는 동네 사람 모두가 잠들면 매일 밤 몰래 그들을 찾아가 야밤을 틈타 도주하여 친구들과 합류하라고 꼬드겼더랬다.

"더 기다려야 해?" 아즈라마가 까심에게 물었다.

"너희들의 수가 충분해질 때까지."

사디끄가 그의 옆으로 다가와 입을 맞추고 속삭였다.

"너 때문에 내 가슴이 찢어져. 나보다 더 너의 비통한 심정을 잘 아는 사람은 없어."

그 말에 동감하며 까심은 속삭였다.

"네 말이 맞아. 정말 끔찍할 정도로 고통스러워."

그는 그를 연민에 찬 눈빛으로 뚫어지게 바라보았다.

"이제 혼자가 됐으니 서둘러 우리와 합류해."

"때가 되면."

"우리는 돌아가야 한다." 우와이스가 큰 소리로 말했다.

까심과 그의 친구들은 서로 포옹을 하며 작별 인사를 한 후 동네로 돌아갔다. 그는 집에서 홀로 슬픔에 잠겨 며칠을 보냈다. 그가 슬픔에 겨워 무슨 일을 저지를까 사키나는 노심초사했다. 하지만 그는 매일 밤 몰래 청년들을 찾아다니며 동네를 등지게 하는 일을 계속했다. 동네에서 사라지는 청년들의 숫자가 계속 늘어나자 동네 사람들은 영문을 몰라 어리둥절해서 의구심을 드러내기 시작했다. 그들은 '사막쥐들' 구역 사람들과 그들의 수장인 사와리스를 전보다 더 조롱했다. 그들은 오늘이나 내일 사와리스마저 도망갈 것이라고 말했다. 자카리야가 어느 날 까심에게 경고했다.

"이건 무척 불안하고 염려스러운 상황이라, 어떤 일을 초래할지 겁이 난다."

그래도 까심은 기다려야만 했다. 위험을 무릅쓰고 일을 해야 하는 날들이었다. 이흐산은 상심한 까심을 웃게 하는 유일한 존재였다. 이제 막 의자를 잡고 일어서는 법을 배운 이흐산은 천진난만한 얼굴로 까심의 얼굴을 바라보며 예쁜 새처럼 알아들을 수 없는 말로 조잘댔다. 그는 애틋하게 아이의 얼굴을 찬찬히 바라보며 혼잣말을 했다.

'이 아이는 틀림없이 예쁘게 자랄 거야. 이 아이가 제 엄마처럼 착하고 인정 많은 사람이 되길 원해. 무엇보다 그것이 나에게는 더 중요해.'

운명이 갈라 놓은 까마르와의 사랑의 증표인 제 엄마를 쏙 빼닮은 둥근 얼굴의 이흐산이 새까만 눈으로 그를 바라보면 그는 세상을 얻은 듯 행복했다. 그는 생각했다. '내가 아름다운 신부가 된 이흐산을 볼 때까지 살 수 있을까? 아니 이흐산

은 자신이 태어난 이 집에 대한 고통스러운 기억을 간직한 채 살아가도록 운명 지어진 것은 아닐까?'

어느 날 누군가 문을 두드리자, 사키나가 문간에 나가서 누구냐고 물었다.

"문 열어 주세요, 사키나 아주머니."

그녀가 문을 열어 주자 나이답지 않게 머리에 히잡을 두르고 긴 외투를 입은 열두 살쯤 되어 보이는 소녀가 서 있었다. 사키나는 놀라서 무슨 일이냐고 물었지만 그녀는 까심의 방으로 황급히 달려가 숨을 헐떡이며 말했다.

"아저씨, 안녕하세요."

그녀가 히잡을 벗자 이목구비가 또렷한 갈색 피부의 보름달처럼 둥근 얼굴이 드러났다. 까심이 놀라며 "어서 와! 앉아! 환영한다."라고 말했다.

그녀는 소파 턱에 앉으며 "저는 바드리야예요. 사디끄 오빠가 보내서 왔어요."라고 말했다.

"사디끄가?" 그가 걱정스럽게 물었다.

"예." 그는 호기심이 동해 그녀를 바라보았다.

"무슨 일이길래 그가 이렇게 위험한 일을 시켰니?"

"아무도 이 밀라야를 입은 저를 못 알아봐요." 그녀는 진지하게 대답했다.

그녀의 그런 태도가 그녀를 더욱더 예뻐 보이게 했다. 그는 그제서 그녀가 실제의 나이보다 성숙하다는 것을 알아챘다. 그가 그녀의 말이 옳다는 뜻으로 고개를 끄덕이자 그녀는 진지하게 말을 이었다.

"아저씨가 곧바로 이곳을 떠나야 한다고 오빠가 전하래요. 라히타, 잘타, 하자즈, 사와리스가 오늘 밤 아저씨를 죽일 계획이래요."

그 말을 듣는 순간 까심은 놀라서 얼굴을 찌푸렸고, 사키나는 신음 소리를 냈다.

"어떻게 그걸 알았지?"

"야흐야 아저씨가 알려 주었어요."

"야흐야 아저씨는 어떻게 알았지?"

"저희 오빠 말로는 야흐야 아저씨의 친구였던 사람이 술에 취해 술집에서 그 비밀을 털어놓았대요."

그녀가 나이답지 않게 성숙한 몸에 밀라야를 걸칠 때까지 그는 말없이 그녀를 바라보다 자리에서 일어났다.

"바드리야, 고맙다. 눈에 띄지 않게 조심해서 가. 그리고 오빠에게 안부 전해 줘."

그녀는 얼굴을 히잡으로 가리고 물었다.

"오빠에게 전할 다른 말은 없으세요?"

"아침이 되기 전 만나게 될 거라고 전해라."

그녀는 그에게 악수를 하고 떠났다.

83

사키나의 얼굴은 새하얘지고 두 눈에는 공포가 가득했다.

"꾸물대지 말고 어서 떠나세요." 그녀가 소리쳤다.

그리고 그녀는 이리저리 뛰어다니며 떠날 채비를 했다.

"이흐산을 잘 싸서 외투 속에 감추고 마치 볼일 보러 가는 것처럼 나가게. 그리고 까마르의 무덤으로 곧장 가서, 거기서 기다려." 까심이 말했다.

"나리는요?"

"적당한 시간에 그곳에서 너와 합류할게."

그녀의 눈빛은 불안하고 혼란스러웠다.

"하산이 우리가 앞으로 지낼 장소로 너희들을 데리고 갈 거야." 까심은 믿음직한 말투로 말했다.

금방 그녀는 떠날 채비를 마쳤다. 까심은 이흐산에게 여러 번 입을 맞췄다. 잠시 후 사키나는 문 쪽으로 걸어가며 인사했다.

"무사하실 거예요."

그는 창문 틈새로 보이는 길에서 눈을 떼지 않았다. 그는 알자말리야를 향해 가는 사키나가 길모퉁이로 접어들 때까지 그녀를 지켜보았다. 그녀가 겨드랑이 아래 귀중품을 숨긴 것이 틀림없다는 생각이 들자 심장이 두근거리기 시작했다. 그는 주위를 둘러보았다. 사와리스의 부하들이 있었다. 몇몇 사람이 딘질의 카페에 있었고 나머지는 여기저기 흩어져 있었다. 그들은 짙어져 가는 어둠에 묻혀 보이지 않았다. 여러 정황으로 미루어 볼 때 그들은 모든 준비를 마친 것처럼 보였다. 그들이 잠복하고 있다가 한밤중 청년들을 찾아 외출하는 그를 보게 된다면 그의 비밀이 드러나는 건 아닐까? 아니면 날이 밝기 전 그의 집을 포위라도 할 것인가? 아니면 음모가 드러나지 않게 지금부터 뿔뿔이 흩어질 것인가? 여기 있는 저들은 추악한 범죄의 냄새를 풍기며 벌레처럼 어둠 속에서 천천히 움직이고 있다. 그도 자발과 같은, 아니면 리파아와 같은 운명을 맞게 될까? 이렇게 어느 어두운 밤 리파아는 최후를 맞았다. 그는 그날 밤 가슴속에 좋은 뜻을 품고 집에 숨어 있다가 아래층으로 침투한 피에 굶주린 놈들에게 당했더랬다. 도대체 불쌍한 우리 동네는 언제 피를 보지 않게 될까? 그는 하산이 문을 두드리며 부를 때까지 방 안을 초조하게 서성였다. 육중한 몸집의 하산이 방 안으로 들어왔다. 그의 눈에는 불안한 기색이 역력했다.

"동네에 수상한 낌새가 보여. 미심쩍어……."

까심은 그의 말을 건성으로 들었다.

"삼촌은 산책 갔다 돌아오셨니?"

"아니. 그런데 뭔가 미심쩍은 움직임이 있어. 창밖을 좀 내다봐."

"나도 네가 걱정하는 게 뭔지 잘 알아. 지금 무슨 일이 은밀히 진행되는지 알고 있어. 사디끄가 주의를 주려고 때맞춰 여동생을 보냈거든. 그게 사실이라면 수장들이 오늘 밤 나를 죽이려 들 거야. 그래서 사키나는 이흐산을 데리고 도망갔어. 사키나가 까마르의 묘지에서 너를 기다리고 있을 거야. 함께 우리의 형제들이 있는 곳으로 가."

"형은?"

"내 차례가 되면 나도 탈출할 거야."

"형을 혼자만 두고 갈 수는 없어." 하산이 단호하게 말했다. 까심은 언짢은 기색으로 그에게 신신당부했다.

"주저하지 말고 내가 시키는 대로 해. 나는 힘이 아니라 꾀를 써서 도망갈 거야. 맞서 싸우게 된다 해도 네 힘이 나에게는 도움이 안 돼. 하지만 네가 가는 게 바로 네 조카를 보호하는 거야. 그리고 동지 몇 명을 알자말리야에서 산으로 가는 길목에 배치해 줘. 도망칠 때 도움이 필요한 경우 아마도 그들은 나에게 큰 도움이 될 거야."

하산은 그의 뜻을 받아들였다. 그들은 서로 힘차게 악수를 했다. 하산은 어쩔 수 없다는 듯이 고개를 무겁게 끄덕였다.

"형만큼 머리 좋은 사람이 없으니, 분명히 멋진 계획을 세웠을 거야."

까심이 그렇다고 미소로 답하자, 하산은 침울한 얼굴로 떠났다. 곧이어 자카리야가 가쁜 숨을 몰아쉬며 들어왔다. 까심은 야흐야의 소식을 전하러 오는 길이 틀림없다고 생각하고 먼저 말을 꺼냈다.

"사디끄가 제게 소식을 전했어요."

그러자 그는 당황한 기색을 역력히 드러냈다.

"야흐야 씨 집 앞을 지나다 방금 전 알게 됐어. 난 네가 그 소식을 못 들었을까 봐 이렇게 달려왔다."

까심은 그를 자리에 앉히고 사과의 말을 전했다.

"삼촌께 너무나 심려를 끼쳐 드려 죄송합니다."

"나도 오래전부터 이런 일이 있을 거라고 예상도 하고 나를 대하는 사와리스의 태도가 달라졌다는 것을 알면서도 그런 일은 없을 것이라고 잘못 생각했어. 오늘 그 악마 같은 놈들이 여기저기 도사리고 있어 너 혼자 도망가는 게 어렵겠다."

까심은 재차 다짐했다.

"저는 해 볼 거예요. 제가 실패한다 해도 패배를 모르는 동지들이 산에 있어요."

자카리야가 불편한 심기를 드러냈다.

"네 목숨과 자식보다 이 일이 더 가치가 있단 말이냐!"

그러자 까심은 은근히 힐난조로 말했다.

"저를 돕는 데 앞장서야 할 삼촌이 앞장서지 않아 놀라고 있던 차예요."

자카리야는 그의 말을 못 들은 척했다.

"나와 함께 사와리스에게 가서 흥정이나 거래를 해서 그가 원하는 대로 하겠다고 약속하자."

까심은 대꾸하지 않고 어이없다는 표정으로 헛웃음만 지었다. 자카리야는 창문 밖 공포를 자아내는 어두운 거리를 틈새로 내려다보기 위해 창가로 향했다.

"왜 그들이 오늘 밤을 택했을까요?"

그는 까심이 묻는 말에 바싹 정신을 차리고 대답했다.

"그저께 자발 구역 사람 하나가 네가 하는 일이 모두를 위한 것이라고 공개적으로 말했고 리파아 측에서도 그 비슷한 말이 흘러나왔어. 아마도 그런 일들이 그들을 서두르게 한 것 같다."

그 말에 까심의 얼굴이 환해졌다.

"삼촌, 보셨죠? 저는 관재인과 수장들의 적이지만 동네 사람들의 친구예요. 모두가 곧 알게 될 거예요."

"이제부턴 너에게 닥칠 운명에 대해 생각해."

"제 계획을 말씀드릴게요. 그들을 속이기 위해 제 방에 불을 환히 밝히고 지붕을 통해 달아날 거예요." 까심은 진지하게 말했다.

"누가 너를 볼 수도 있지 않을까!"

"사람들이 옥상을 비울 때까지는 떠나지 않으려고 해요."

"그러다 그놈들이 쳐들어오면 어떡하려고?"

"동네 사람들이 모두 잠들 때까지는 그런 무모한 일은 벌어지지 않을 거예요."

"그들은 상상 이상으로 더 무모한 행동을 할지도 몰라."

"그럴 경우 제가 죽게 되겠죠. 그게 운명이라면 제가 죽는 것을 누가 막을 수 있겠어요?" 까심이 웃으며 말했다.

자카리야는 간절한 얼굴로 그를 바라보았지만 까심은 잔잔하지만 뜻있는 미소를 지어 보였다. 그 미소는 그의 결심 그대로였다. 그는 절망했다.

"어쩌면 그놈들이 우리 집을 수색할지도 모르겠구나."

"다행스럽게도 그들은 우리가 그들의 계획을 알고 있다는 것을 몰라요. 그렇기 때문에 저는 그들이 쳐들어오기 전에 빠져나갈 수 있어요."

두 사람은 한동안 묵묵히 바라만 보았다. 그것은 눈물보다 더한 마음을 움직이는 힘이 있었다. 이어 두 사람은 부둥켜안았다. 까심은 혼자가 되자 마음을 굳게 다잡으려 창가로 가서 밖을 살펴보았다. 밖은 평상시와 다름없어 보였다. 아이들은 손수레의 남폿불 아래 놀고 있었고, 카페는 이야기를 하며 저녁 시간을 보내는 사람들로 가득 찼고, 옥상에는 여자들의 수다로 시끄러웠다. 해시시를 피우는 사람들이 욕설과 음담패설을 하는 사이사이 기침을 해 댔고, 그러면 리벡의 구슬픈 소리가 더 커졌다. 사와리스는 카페 문간에 버티고 앉아 있었다. 곳곳에 죽음의 전령들이 도사리고 있는 것처럼 보였다. '배신자의 후예들! 도둑놈들! 이드리스가 싸늘한 웃음을 웃고 난 이후 네 놈들이 죄의 사악함을 물려받아 우리 동네에 어둠이 드리워졌어. 이제 새장 속에 갇힌 새가 자유의 몸이 될 때가 되지 않았을까?'

시간은 천천히 그리고 무겁게 흘렀다. 드디어 떠들썩했던 저녁 시간이 끝났다. 옥상이 침묵에 잠기고 아이들과 손수레가 떠난 길은 휑하니 고요했다. 카페도 텅 비었다. 집으로 돌아가는 사람들이 유령처럼 모습은 보이지 않고 목소리만 들렸다. 거나하게 술에 취한 사람들도 알자말리야에서 돌아왔고 해시시 소굴의 화로도 꺼졌다. 오직 살인자들만 어둠 속에 남아 있었다. 그는 마음속으로 말했다. '자, 때가 됐어.' 그는 서둘러 계단으로 달려가 곧장 옥상으로 올라갔다. 옥상에서 그는 기어서 옆집 옥상과 맞닿은 담까지 이동했다. 그가 담을 훌쩍 넘은 뒤 막 뛰어가려는 순간 "멈춰!" 하는 소리가 들려왔다. 그는 살인마들이 옥상에도 숨어 있다는 것과 자신이 철통같이 포위당했다는 것을 알아챘다. 그는 되돌아가려고 했지만 뒤쪽에서 어떤 이가 불쑥 튀어나와 양팔로 그를 꽉 붙잡았다. 겁이 났지만 까심은 젖 먹던 힘까지 쥐어짜 그의 복부를 가격했다. 얼결에 한방 맞은 상대의 팔이 풀리자 까심은 빠져나와 이번에는 복부를 다시 한 번 무릎으로 가격했다. 신음 소리를 내며 쓰러진 그는 다시 일어나지 못했다. 두세 집 건너 옥상에서 기침 소리가 들려오자 까심은 마음을 바꾸고 다시 자신의 집 옥상으로 돌아갔다. 그는 계단 위에 서서 이 층으로 올라오는 발소리를 들었다. 그들이 그의 집 앞에 집결한 뒤 문을 때려 부수고 집 안으로 들어왔다. 까심은 한순간도 허비하지 않고 곧장 아래로 내려와 안마당에 몸을 숨겼다. 그는 서둘러 대문으로 가서 바깥의 동태를 살폈다. 그는 그중 한 명을 덮쳐서 목을 조이고 박치기를 하고 무릎으로 복부를 강타했다. 그리고 그를 떠밀자 뒤로 나자빠져서는 꼼짝도 안 했다. 까심은 서둘러 알자말리야로 향했다. 까심의 심장이 요란하게 뛰었다. 지금쯤 그들은 그의 집이 비어 있다는 사실을 알게 되었을 것이고 아마도 몇몇은 옥상 지붕으로 올라갔다가 자신들의 동료가 뻗어 있는 것을 발견했을 것이다. 그리고 일부는 아마도 그를 쫓아 밑으로 내려왔을 것이다. 까심은 삼촌 집이 있는 건물을 그대로 지나쳤다. 그는 동네 끄트머리에 가까워지자 질풍같이 달렸다. 하지만 동네와 알자말리야의 경계에 이르자 한 남자가 뛰쳐나와 길을 가로막으며 동료들에게 알리듯이 큰 소리로 외쳤다. "멈춰, 개새끼!" 남자는 까심이 피해 달아나기도 전에 몽둥이를 높이 치켜들었다. 바로 그 순간 또 다른 사람이 길모퉁이에 나타나 남자의 머리를 지팡이로 내리쳤다. 바로 하산이었다. 남자는 소리를 지르며 쓰러졌다. 하산이 까심에게 "형, 전력으로 질주하자. 뛰어."라고 말했다.

까심과 하산은 길에 있는 걸림돌이나 웅덩이 따위는 신경 쓰지 않고 어둠 속을 내달렸다.

84

알와타위트 마을 초입에서 사디끄와 친구들이 합류했다. 동네 끄트머리에서 그들은 아즈라마와 아부 피사다, 그리고 함루슈가 마차 주위에 서 있는 것을 발견했다. 그들 모두 마차에 오르자 어두운데도 불구하고 마부는 채찍질을 가해 말을 전속력으로 달리게 했다. 연속적인 폭발음처럼 불안한 소리를 내는 마차 소리가 밤의 정적을 깨뜨렸다. 그들은 불안하고 겁에 질려 계속해서 뒤를 돌아다보았다. 사디끄가 그들을 안심시키려 했다.

"그들은 네가 묘지 주위의 사막에 숨어 있는 줄 알고 밥 알 나스르로 향할 거야."

"하지만 그들은 너희들이 묘지 주변에 살지 않는다는 것을 알고 있어." 까심이 미심쩍은 듯 말했다.

마차가 어찌나 빨리 달리는지 그들은 정말로 위험에서 벗어났다는 일종의 안도감을 느꼈다. 까심도 안심이 되는 듯 다시 말을 이었다.

"아주 계획을 잘 세웠어. 고맙다, 사디끄. 너의 경고가 없었더라면 지금쯤 나는 죽었을 거야."

사디끄가 묵묵히 까심의 손을 꼭 잡았다. 마차는 별빛에 의지하며 계속 달려 무깟탐 시장에 도달했다. 야흐야의 오두막에서 새어 나오는 불빛을 제외하고는 사방은 깜깜하고 황량했다. 만일의 사태에 대비해 그들은 마차를 광장 가운데 세우고 오두막으로 갔다. 그들이 다가가자마자 인기척을 느낀 야흐야가 밖으로 나왔다. 무사히 도착했다는 기쁨으로 까심의 목소리가 커졌다. 두 사람은 따뜻하게 얼싸안았다.

"제 생명의 은인이세요." 까심이 말했다.

노인은 웃음을 터뜨렸다. "정말 우연이었는데. 꼭 살아야 할 사람의 생명을 구하게 됐어. 모두 서둘러 산으로 가게. 산이 자네들에게 최적의 요새네."

까심은 그의 손을 꼭 잡았다. 희미한 불빛에 비친 그의 얼굴에는 사랑과 감사의 표정이 역력했다.

"오늘 너는 리파아와 자발 같다. 네가 승리하면 나도 동네로 돌아갈 거다." 야흐야가 말했다.

그들은 오두막의 동쪽 사막을 지나 산으로 가기로 했다. 사디끄가 길을 가장 잘 알아서 앞장을 섰다. 어둠이 어느덧 엷어지고 새벽빛이 부옇게 밝아 오고 있었다. 하늘에서는 아침 이슬이 안개비처럼 부슬부슬 내렸다. 새로운 시대가 시작되었음을 알리는 신생아의 울음 같은 새벽닭의 울음소리가 멀리

서 들려왔다. 산기슭에 도착한 그들은 남쪽으로 방향을 바꾸어 산꼭대기에서 자신들의 새로운 거처에 이르는 오솔길로 접어들었다. 길이 너무 좁아 그들은 한 줄로 사디끄의 뒤를 따랐다.

"동네 한가운데 너를 위한 집을 마련했어. 이흐산이 지금 그곳에서 자고 있어." 사디끄가 까심에게 말했다.

"양철과 포대로 집을 지었어." 아즈라마가 말했다.

"동네에 있는 우리들 집보다 나쁘지 않아!" 하산이 밝게 말했다.

"관재인과 수장이 없는 것만으로도 족해." 까심이 말했다.

위쪽에서 사람들의 말소리가 들려왔다.

"동네 사람들이 자다 일어나 너를 기다리고 있군." 사디끄가 말했다. 그들은 고개를 들어 서광이 비치는 아침 하늘을 바라보았다.

"자, 여기야!" 사디끄가 목청껏 소리쳤다.

사람들의 머리가 보이기 시작했다. 남자들의 함성과 여자들의 환성이 터져 나왔다. 그들은 노래를 부르기 시작했다.

"새 꼬리에 헤나 염색을 한 사람아……."

까심은 날아갈 듯 기뻐하며 감탄했다.

"이렇게 사람들이 많다니!"

"산꼭대기 새로운 동네이지. 주민 수가 날마다 늘고 있어. 이주자들 모두 야흐야 아저씨의 인도로 우리와 합류했어." 사디끄가 자랑스럽게 말했다.

"동네 사람들이 우리를 알아볼까 겁이 나 이 머나먼 곳에서 생계를 유지하는 게 고달플 뿐이야." 함루슈가 말했다.

까심이 정상에 오르자 남자들은 그를 껴안았고 여자들은 그와 악수를 나누었다. 사람들은 그에게 목청을 높여 인사를 하고 환성을 지르고 하느님을 찬미했다. 그를 반기는 사람들 가운데 사키나도 있었다. 그녀는 까심에게 그들이 마련한 오두막에 이흐산이 자고 있다고 말했다. 그들은 모두 함께 어울려 환성을 지르고 노래를 부르며 넓은 평지에 네모반듯한 오두막이 세워져 있는 새로운 동네를 향해 걸었다. 저 멀리 지평선은 장미꽃 호수처럼 주홍의 화염을 뿜으며 붉게 타오르고 있었다.

"어서 오세요, 우리의 새로운 수장, 까심." 한 남자가 소리쳤다.

그 말에 까심은 안색이 확 달라지면서 화가 나 버럭 소리를 질렀다.

"빌어먹을 폭력배 수장 놈들. 그놈들이 있는 곳에 평화나 안전 따윈 없어."

못 보던 얼굴들이 일제히 그를 바라보았다.

"자발이 그랬던 것처럼 우리도 몽둥이를 높이 들 것입니다. 그러나 그것은 리파아가 부르짖었던 관용을 위한 것이 되어야 합니다. 우리는 아드함의 꿈을 실현하기 위해 재산을 모두의 이익을 위해 이용할 것입니다. 이것이 바로 우리가 할 일이지 폭력배가 할 일은 아닙니다."

하산은 까심을 종용해 그를 오두막으로 데려가며 모두에게 말했다. "그는 어젯밤을 꼬박 뜬눈으로 새웠습니다. 그가 휴식을 취할 수 있도록 해 줍시다."

그는 이흐산의 옆에 있던 포대 위에 눕더니 곧바로 잠이 들었다. 정오가 한참 지난 시각에 무거운 머리와 지친 몸으로 그는 잠에서 깨어났다. 사키나가 이흐산을 데려오자 그는 이흐산을 무릎 위에 앉히고 다정하게 입을 맞췄다. 사키나가 그에게 물을 한 잔 건넸다.

"자발의 아내가 자발에게 물을 가져다주었듯이 이 물은 사람들이 공동 우물에서 가져다준 거예요."

그는 자발과 리파아에 관한 이야기라면 무엇이든 좋아했으므로 미소를 지었다. 그는 집 안을 둘러보다 부대 자루로만 만든 벽을 보았다. 그는 이흐산을 다정하게 안고 일어나 사키나에게 맡기고는 오두막을 나갔다. 밖에는 사디끄와 하산이 까심을 기다리고 있었다. 그는 그들과 인사를 나눈 뒤 새 동네를 바라보았다. 그곳에는 여자들과 어린아이들만이 있었다. 사디끄가 설명했다.

"남자들은 양식을 구하러 알사이다와 자인홈으로 갔어. 그들이 자네를 안심시키라고 우리들을 남겨 두었어."

그는 오두막 앞에서 음식을 만들거나 빨래를 하는 여자들과 여기저기서 놀고 있는 아이들을 바라보았다. 잠시 후 그가 물었다.

"여자들이 이 생활을 만족하는 것 같아?"

"부동산을 소유하고 관재인의 아내 아미나처럼 안락하게 사는 게 저들의 꿈이야." 사디끄가 대답했다.

까심은 활짝 웃으며 두 사람을 천천히 번갈아 보았다.

"너희 둘은 다음 단계가 무엇이라고 생각하니?"

하산은 목을 쑥 빼고 넓은 어깨를 으쓱거렸다. "우리는 우리가 뭘 원하는지 잘 알고 있어."

"그렇지만 어떻게?"

"그들의 경계가 소홀해질 때를 포착해서 공격할 거야."

사디끄가 반대했다.

"안 돼. 더 많은 동네 사람들이 우리와 합류할 때까지 참고 기다리다 공격해야 해. 그래야만 우리가 확실히 승리하고 희생자를 줄일 수 있어."

까심의 얼굴에 화색이 돌았다. 그러고는 "좋아!"라고 큰 소리로 말했다.

그들에게 꿈 같은 평안이 찾아왔다. 바로 그때 수줍은 목소리가 들려왔다.

"식사예요!"

까심이 눈을 들어 바라보니 바드리야가 삶은 콩과 빵이 담긴 접시를 들고 서 있었다. 그녀는 눈웃음을 치며 까심을 바라보았다. 그도 어쩔 수 없이 웃으며 "안녕, 생명의 은인!" 하고 말했다. 그녀는 그 앞에 접시를 내려놓았다.

"무사하셨네요."

그녀는 까심의 오두막 옆에 있는 사디끄의 오두막으로 돌아갔다. 마음이 누그러지고 편안해진 그는 맛있게 식사를 하기 시작했다. 식사 중에 그가 말을 했다.

"나는 돈이 상당히 많아. 필요할 때 언제든 우리에게 도움이 될 거야."

잠시 후 그가 말을 덧붙였다.

"우리와 합류할 마음이 있는 동네 사람들은 모두 다 쫓아다니며 우리 편으로 끌어들여야 해. 겁이 나 우리와 합류하지는 못하지만 우리가 승리하기를 바라는 학대받는 사람들이 얼마나 많은데!"

하산과 사디끄가 다른 사람들이 먼저 간 곳으로 가고 나자 까심은 혼자가 되었다. 그는 일어나 정찰하듯이 온 동네를 구석구석 돌아다녔다. 아이들은 노느라 그에게 관심을 보이지 않았지만 여자들은 그를 알아보고 반갑게 인사를 했다. 아주 나이가 많이 들어 보이는 한 할머니가 그의 시선을 끌었다. 호호백발의 그녀는 노쇠하여 눈동자가 뿌옇게 혼탁되어 있었고 잇몸을 드러내고 아래턱을 몹시 떨고 있었다. 그는 그녀에게 다가가 인사를 했고, 그녀도 그에게 인사를 했다.

"할머니는 누구세요?"

"함루슈의 어미요." 그녀는 굴러가는 낙엽 같은 목소리로 대답했다.

"우리 모두의 어머니, 반갑습니다. 어떻게 동네를 떠나실 생각을 하셨어요?"

"아들 곁이 제일 좋은 곳이지."

그런 뒤 뭔가 기억난 것처럼 "내가 횡재를 해서 폭력배 수장들로부터 멀리 떨어져 있어."라고 말했다. 그녀는 그가 빙그레 웃는 것을 보고 용기를 내어 말했다.

"소싯적에 리파아를 보았지!"

"정말이세요?" 그가 관심을 보이며 물었다. "정말이고말고. 그는 다정한 데다 잘생기기까지 했지. 그의 이름을 본뜬 구역이 생기고 그의 이야기가 리벡의 반주에 맞춰 이야기가 되리라고는 꿈에도 생각 못 했어."

그는 한층 더 관심을 드러냈다.

"다른 사람들처럼 그를 따르지 않으셨군요?"

"그래, 우리 구역 사람들 가운데 우리를 아는 사람은 한 명도 없었고 우리 스스로도 우리를 몰랐어. 자네가 없었다면 '사막쥐들' 구역 사람들을 누가 입에 올렸겠나!"

그는 경이롭게 그녀를 찬찬히 바라보았다. 그는 속으로 물었다. '우리 할아버지는 요즈음 어떻게 지내실까?' 그는 여전히 그녀에게 다정한 미소를 지어 보였다. 그러자 그녀는 그가 갈 때까지 오랫동안 그를 위해 기도를 올렸다. 까심은 부지런히 걸음을 재촉해 산기슭에 난 산어귀에 이르렀다. 그는 그곳에 이르러 아래쪽 사막을 내려다본 후 멀리 지평선을 바라보았다. 저 멀리 하나의 건물처럼 보이는, 동네의 랜드마크 같은 옥상과 둥근 지붕들이 보였다. 그는 혼잣말을 했다. '저렇게 하나여야만 해. 하늘에서 내려다보면 저것들도 얼마나 작아 보일까! 관재인 리파아트도, 수장 두목 라히타도 여기서는 아무 의미가 없어. 리파아트와 자카리야 삼촌도 여기서는 아무 차이가 없어. 어디서나 보이는 어마어마한 담과 키 큰 나무들로 둘러싸인 우리 할아버지 자발라위의 대저택이 없다면 지금 내가 서 있는 이곳에서 고난의 가시밭인 동네로 돌아가는 것은 분명 어려울 거야. 그는 나이 때문에 믿을 수 없게 되었고, 그에 대한 두려움도 지평선 너머로 지는 해처럼 사라졌다. 당신은 어디에 계신가요? 어떻게 지내세요? 더는 존재하지 않으신 것처럼 왜 모습을 드러내지 않으세요? 당신의 뜻을 저버린 자들이 당신의 집에서 엎어지면 코 닿을 곳에 있습니다. 산속에 격리된 이 여인들과 이 아이들이 당신이 가장 아끼는 사람들이 아닌가요? 관재인이 살해되지 않고 수장들이 폭력을 휘두르지도 않고 당신의 뜻이 이행되는 그날 당신은 당신의 자리로 되돌아오실 수 있을 거예요. 마치 내일 태양이 하늘 높이 떠오르듯 말입니다. 당신이 없다면 우리에게 아버지도, 세상도, 땅도, 희망도 없습니다.' 생각에 빠져 있던 그를 달콤한 목소리가 깨웠다.

"까심 선생님, 커피 드세요."

뒤를 돌아다보니 바드리야가 커피 잔을 들고 서 있었다. 까심이 받아 들었다.

"왜 고생을 자초하니?"

"선생님을 위해서라면 고생도 즐거워요."

'까마르를 고이 잠들게 하소서.'라고 그는 마음속으로 기도하고 커피를 한가로이 마셨다. 커피를 마시는 사이사이 그들은 눈웃음을 지으며 서로 눈길을 주고받았다. 사막이 내려다보이는 산기슭에서 마시는 커피 맛은 정말 기가 막혔다.

"바드리야, 몇 살이니?"

"몰라요." 그녀는 입술을 주뼛거리며 대답했다.

"왜 우리가 산으로 왔는지는 알지?"

"선생님요!" 그녀는 부끄러운 듯 머뭇거리다 대답했다.

"나?"

"선생님은 관재인과 수장 들을 쳐부수고 부동산을 우리 것으로 만들어 주려고 하시는 거죠. 아버지가 그렇게 말씀하셨어요."

그는 웃었다. 그는 커피 잔을 보고 다 마신 빈 잔을 그녀에게 돌려주는 것을 잊고 있었다는 것을 알아챘다. 그는 빈 잔을 그녀에게 건네면서 "너에 대한 고마움을 말로 다 할 수 있으면 좋겠다."라고 말했다.

그녀는 얼굴을 붉히고 웃으며 달아났다. 그는 "안녕."이라고 중얼거리듯 속삭였다.

85

늦은 오후 시간은 남자들이 각자 몽둥이를 가지고 힘든 훈련을 하는 검술 시간이었다. 남녀 공히 힘들고 고단한 하루를 보내고 약간의 돈으로 장만한 변변찮은 음식으로 식사를 때운 뒤 검술 시간이 시작되었다. 까심이 훈련에 가장 열성적이었다. 그는 결전의 날에 대비해 열정적으로 열심히 훈련하는 남자들을 지켜보는 것이 너무나 즐거웠다. 그들 가운데 강인한 남자들, 그들은 가슴에 증오로 분열된 동네에서는 느껴 본 적이 없는 사랑을 까심에게 품었다. 몽둥이들이 위로 올라갔다가 서로 맞부딪치고 떨어졌다. 남자아이들은 그것을 구경하거나 흉내 냈다. 여자들은 남자들이 훈련하는 사이 휴식을 취하거나 저녁 식사를 준비했다.

오두막이 늘어선 줄은 합류하는 사람들의 수가 늘어 감에 따라 차츰 길어져 갔다. 사디끄와 하산, 그리고 아부 피사다는 능숙한 사냥꾼이 사냥감을 놓치지 않고 사냥하듯 동네 사람들이 다닐 만한 장소에 숨어서 기다리고 있다가 만나는 사람들을 끈질기게 붙잡고 설득해 무리에 합류시켰다. 사람들은 전에 알지 못했던 희망을 품고 몰래 동네를 떠나 왔다.

"나는 이런 우리의 활동이 적들을 우리가 있는 곳으로 끌고 오지 않는다고 장담할 수 없어." 사디끄가 까심에게 말했다.

"우리의 유일한 통로는 이 좁은 길밖에는 없어. 만일 그들이 이 길로 온다면 목숨을 포기한 거나 다름없어."

이흐산과 장난을 칠 때, 이흐산을 안고 흔들어 줄 때, 이흐산과 이야기를 할 때, 이흐산은 변치 않는 까심의 행복이었다. 그러나 이흐산이 죽은 아내를 생각나게 할 때면 외로움이 엄습하여 그리움에 사무쳤다. 검은 머리가 파뿌리가 될 때까지 함께 갈 것이라 믿었던 결혼 생활이 시작된 지 얼마 지나지 않아 아내를 잃은 그는 가끔 산비탈 꼭대기에 있을 때면 양심의 가책을 느꼈다. 그때는 바로 한낮에 불어오는 미풍처럼 상큼하고 수줍게 미소를 짓는 바드리야를 보고, 그녀가 가져 온 커피를 마실 때였다. 어느 날 밤 까심은 컴컴한 오두막 안에서 불면증과 외로움에 시달리다 밖으로 나왔다. 그는 반짝이는 별빛을 받으며 오두막 사이의 길을 걸으며 산 정상의 상쾌한 여름 밤공기를 마셨다. 그때 익숙한 목소리가 들렸다.

"이렇게 늦은 밤에 어딜 가?"

뒤를 돌아보자 사디끄가 다가오고 있었다.

"너도 아직 안 잤어?"

"오두막 앞에 누워 있는데 네 모습이 보였어. 나에게 너는 잠자는 것보다 더 소중해."

그들은 나란히 산마루턱까지 걸어가 걸음을 멈췄다.

"외로움은 정말 견디기 힘들어."

사디끄가 웃음을 터뜨렸다.

"빌어먹을 외로움!"

두 사람은 지평선 쪽을 바라보았다. 캄캄한 지면 위에 반짝이는 별들의 세상이 펼쳐 있었다.

"이곳 사람들 대부분은 결혼을 해서 가정을 이루었어. 그래서 그들은 외로움을 느끼지 않아."

"무슨 의미야?"

"너 같은 남자는 아내 없이 살 수 없어."

사디끄의 말이 옳다고 느끼면 느낄수록 까심은 부인하고 싶은 생각이 커져 갔다.

"어떻게 내가 다시 결혼을 해?"

"까마르가 자네에게 말을 할 수 있다면 나와 똑같은 말을 했을 거야."

까심의 마음은 혼란스러워 어쩔 줄을 몰랐다. 그는 마치 자신에게 이야기하듯 말을 꺼냈다.

"그건 아무래도 배신 같은데."

"죽은 자에게 충성할 필요는 없어."

'저 선량한 남자의 의중은 뭘까? 진실을 말하려는 걸까? 아니면 기쁨을 변명하려는 걸까? 진실은 쓴 법이야. 너는 동네의 상황을 직시했을 때처럼 솔직하게 스스로를 직시할 수 없어. 세상의 이치를 이렇게 만드신 분은 저 하늘의 별을 만드신 바로 그분이야. 명백한 사실은 처음 뛸 때처럼 여전히 너의 심장이 뛴다는 거지.' 그는 땅이 꺼질 듯 한숨을 쉬었다.

"너는 누구보다 친구가 필요해."

오두막으로 돌아온 까심은 문 옆에 서 있는 사키나와 마주쳤다. 그녀는 수상하게 그를 바라보았다.

"깊이 잠드신 줄 알았는데 나가고 안 계시더군요."

까심은 머리를 짓누르는 생각 때문인지 단도직입적으로 말을 꺼냈다.

"왜 사디끄는 나를 다그쳐 결혼시키려 할까?"

그녀로서는 하늘이 내려 준 것과도 같은 기회였다.

"제가 먼저 그런 말씀을 드렸더라면 좋았을 텐데."

"네가?"

"예. 생각에 잠겨 쓸쓸하게 혼자 집에 계신 걸 보면 제 가슴이 찢어져요."

그는 잠든 오두막을 손가락으로 가리켰다.

"저 사람들 모두 나와 함께 있어."

"그렇지만 집으로 돌아오면 나리 옆에는 아무도 없어요. 저는 늙었어요. 앞으로 살날이 얼마 남지 않았어요. 다리 하나는 이승에, 다른 하나는 저승에 있어요."

그는 자신이 머뭇거린 게 바로 그녀의 생각을 받아들였다는 증거라는 사실을 깨달았다. 그래서 그는 곧바로 오두막으로 들어가지 않았다.

"난 그녀 같은 아내를 만날 수 없을 거야." 그는 애통한 말투로 말했다.

"그건 사실이에요. 하지만 예전의 마님만 한 아가씨들이 있을 거예요."

어둠 속에서 그들은 시선을 주고받았다. 잠시 아무 말 없던 그녀가 알아듣기 어려울 정도로 나직하게 "바드리야! 정말 상냥한 아가씨인데!"라고 말했다. 그는 깜짝 놀라 가슴이 콩닥거렸다.

"그렇게 어린 소녀를!"

그녀는 음흉한 미소를 감추고 "음식이나 커피를 가져올 때 보면 얼마나 성숙해 보이는데요!"라고 말했다. 그러자 그는 "인면수심의 악마! 빌어먹을 족속들 같으니."라고 말하며 뒤돌아섰다.

기쁜 소식이 산속에 오두막을 짓고 은거 중인 사람들 모두에게 알려졌다. 사디끄는 춤이라도 출 듯이 기뻤고 그의 어머니가 지르는 환호성은 저 아래 사막에서도 들릴 것만 같았다. 까심은 많은 축하 인사를 받았다. 사람들은 가수나 춤꾼을 부르지 않고 결혼을 축하해 주었다. 여자들이 춤을 추었다. 그녀들 가운데 바드리야의 어머니도 있었다. 아부 피사다는 감미로운 목소리로 노래를 불렀다.

나는 어부였어요. 생선을 잡는 일은 재미있어요.

신랑 행렬은 오로지 달빛만 받으며 오두막들 주위를 돌았

다. 신랑 신부를 위해 사키나가 이흐산을 데리고 하산의 오두
막으로 갔다. 그래서 까심의 오두막은 비어 있었다.

86

그는 오두막 앞에 놓인 가죽 깔개에 앉아서 바드리야가 밀가루를 반죽하는 모습을 지켜보았다. 지켜보는 것은 정말 즐거운 일이었다. 그녀가 어리다는 것은 결코 부정할 수 없었지만 어떤 여자가 저토록 활동적이고 유능해 보일 수 있단 말인가? 그녀는 손등으로 이마 위에 흘러내린 머리칼을 쓸어 올렸다. 그녀는 그의 마음을 온통 빼앗을 만큼 매력적이었다. 그녀의 뺨에 띤 홍조로 보아 그의 시선을 의식하고 있음이 분명했다. 그녀가 애교스럽게 동작을 멈추자 그는 웃음을 터뜨리며 그녀에게 다가가 땋은 머리에 여러 번 입을 맞추었다. 드문 경우지만 그가 친구들과 자신에 대한 생각을 하지 않을 때는 항상 그렇듯 행복하고 편안했다. 그때 그리 멀지 않은 곳에서 뒤뚱거리며 달려오는 이흐산의 모습이 바위에 앉아 쉬고 있던 사키나의 눈에 들어왔다. 산 정상 쪽으로 난 오솔길이 소란스러웠다. 얼마 지나지 않아 리파아 구역의 넝마주이 쿠르다로 보이는 한 남자를 에워싸며 사디끄와 하산, 그리고 친구 몇몇이 까심을 향해 다가오고 있었다. 까심은 그들을 반기기 위해 벌떡 일어났고 동네로 새로운 사람이 들어올 때면 늘 그랬듯 여자들은 기쁨의 환호성을 질렀다. 남자는 까심을 끌어안았다.

"저도 당신 편이에요. 몽둥이도 갖고 왔어요."

"어서 오세요, 쿠르다. 우리는 구역을 구분하지 않아요. 동네는 하나고 재산은 우리 모두의 것입니다." 그는 웃는 얼굴로 친절하게 맞이했다.

"그들은 당신네 은신처가 어디에 있는지 무척 궁금해하죠. 그들은 당신들에게 끔찍한 일이 벌어지기를 기대하고 있지만 많은 사람은 당신이 승리하기를 진심으로 원하고 있어요." 리파아 구역 사람이 웃으며 말했다.

쿠르다는 주위의 오두막과 사람들을 둘러보며 놀라운 듯, "이 사람들이 전부 당신 편이라니!"라고 말했다.

"쿠르다가 중요한 정보를 가지고 왔어." 사디끄가 말했다.

까심이 궁금한 듯 그를 바라보았다.

"사와리스가 오늘 다섯 번째 결혼을 해요. 오늘 밤 신랑 행렬이 지나갈 겁니다."

"그를 공격하기에 오늘보다 더 좋은 기회는 두 번 다시 찾아오지 않아." 하산이 열을 올리며 말했다.

좌중이 흥분했다.

"어느 날 우리는 동네를 공격하겠죠. 그런데 수월하게 공격하고 확실한 결과를 얻으려면 수장들을 처치해야 합니다." 사디끄가 말했다.

잠시 생각에 잠겼던 까심이 "우리도 그들과 똑같은 방법으로 신랑 행렬을 공격합니다. 하지만 우리의 공격은 수장을 없애기 위한 것이라는 점을 명심하세요."라고 말했다.

자정 무렵 산기슭에 사람들이 모여들었다. 그들은 모두 몽둥이를 들고 까심을 따랐다. 하늘은 맑았고 하늘 높이 걸려 있는 보름달은 꿈결에 본 듯 휘영청 밝았다. 사막으로 접어들자 그들은 길을 잃지 않으려고 무깟탐 시장 뒤편의 북쪽을 바라보며 산과 반대 방향으로 향했다. 그들이 힌드 바위에 이르자 한 남자가 다가왔다. 그는 적의 동정을 살피러 갔던 척후병이었다.

"행렬은 밥 알나스르로 향할 것 같습니다." 그가 까심에게 말했다.

"신랑 행렬은 보통 알자말리야로 가지 않나?" 까심은 적이 놀라며 말했다.

"아마도 당신들이 살고 있을 것으로 생각되는 장소를 피하려는 생각인 것 같은데요." 쿠르다가 대답했다.

까심이 생각을 재빨리 정리했다.

"사디끄는 몇 사람을 데리고 알후투흐 문 뒤로 가고, 아즈라마와 몇 사람은 밥 알나스르 사막으로 가세요. 하산과 나는 나머지 사람들과 함께 밥 알나스르 배후에서 기다리죠. 내가 공격하라고 하면 그때 공격하세요."

남자들은 세 조로 나뉘었다. 그들이 떠나기 전 까심이 "사와리스와 그의 부하들을 공격 목표로 삼으세요. 그러면 나머지 사람들은 자연스레 우리 편이 될 겁니다."라고 말했다.

각 조는 저 갈 길을 갔다. 까심과 하산은 일행을 이끌고 산의 후면인 북쪽을 향해 이동했다. 그들은 그곳에서 왼쪽으로 방향을 꺾어 묘지로 행했다. 그들은 묘지에 도착해서는 문 뒤에 몸을 숨기고 길을 경계했다. 그 오른쪽에는 사디끄가, 왼쪽에는 아즈라마가 매복하며 기다렸다.

"신랑 행렬은 알팔라키 카페에서 모일 예정이야." 하산이 말했다.

"우린 그들이 그곳에 도착하기 전 공격해야 해. 그렇지 않으면 우리와 아무 관계도 없는 선량한 사람들에게 피해를 줄지도 몰라." 까심이 말했다.

그들은 잔뜩 긴장해서 어둠 속에서 기다리고 있었다.

"샤아반이 살해당하던 게 생생하게 기억난다." 하산이 불쑥 말했다.

"수장들은 셀 수 없을 정도로 많은 희생자를 냈어." 까심이 대꾸했다.

사디끄가 휘파람을 불자 아즈라마가 응답했다. 그들의 각오는 한층 더 단단해졌다.

"만약 사와리스가 죽는다면 우리 구역 사람들은 즉시 우리 측에 가담할 거야. 그리고 만약 다른 놈들이 우리를 죽이러 온다면 우리는 산길에서 그들을 해치울 거야." 하산이 말했다.

이러한 꿈은 달빛과 같았다. 한 시간 내에 승리하지 않으면 그들의 희망은 목숨과 함께 사라질 터였다. 까심은 낀딜의 모

습을 본 것 같고, 까마르의 목소리를 들은 것 같다는 생각이
들었다. 양치기를 그만둔 후 지나온 세월이 길고 긴 시간으로
여겨졌다.

그는 자신의 몽둥이를 움켜쥐고 혼잣말을 했다. '우린 질
수 없어.' 그에게 묻는 하산의 목소리가 들렸다.

"무슨 소리 안 들려?"

그는 무슨 소리인지 귀를 쫑긋 세웠다. 울려 퍼지는 흥겨운
멜로디가 들려왔다.

"준비. 행렬이 오고 있다."

소리가 점점 가깝게 들려오더니 점점 더 또렷해졌다. 피리
소리, 북소리, 기쁨에 넘친 환성이 한데 어울려 들려왔다. 훤
하게 켜 놓은 초롱불에 비춰진 행렬의 모습이 드러나자 지팡
이 춤을 추는 춤꾼들에 에워싸인 사와리스의 모습도 보였다.

"아즈라마에게 신호할까?" 하산이 말했다.

"행렬의 선두가 마을 도매상에 이를 때까지 기다려." 까심
이 분명하게 말했다.

행렬은 계속해서 앞으로 나아갔고, 춤과 곡예는 점점 더 요
란해졌다. 춤 삼매경에 빠진 춤꾼 한 명이 행렬 앞으로 훌쩍
뛰어나와 믿기지 않을 정도로 빠른 속도로 빙글빙글 돌았다.
그는 또한 머리 위로 손을 쭉 뻗어 마치 선풍기 날개가 돌아
가듯 지팡이를 재빨리 휘둘렀다. 한 바퀴를 돌 때마다 그는 한
걸음씩 전진해 상점 앞을 지나갔다. 그 뒤를 따르는 행렬은 행
보가 더뎠다. 드디어 행렬의 선두가 상점에 이르렀다. 바로 그
순간 하산이 휘파람을 세 번 불었다. 아즈라마와 그의 부하들

은 몽둥이를 휘두르며 알타마인 골목에서 우르르 쏟아져 나와 행렬의 후미를 덮쳤다. 삽시간에 엄청난 혼란이 일어났다. 길게 줄을 잇고 있던 행렬의 대오가 흐트러지고 분노와 공포의 비명이 터져 나왔다. 하산이 다시 세 번 휘파람을 불자 행렬 첫 번째 기습으로 일어난 혼란을 채 수습하기도 전에 사마킨 가에 숨어 있던 사디끄와 그의 부하들이 행렬의 중간 부분을 향해 돌진했다. 숨 돌릴 틈도 없이 이번에는 문 뒤에 숨어 있던 까심과 그의 부하들이 단 한 사람을 목표로 행렬의 정면을 공격했다. 사와리스와 그의 부하들은 허를 찔린 갑작스러운 공격에 몽둥이를 휘두르며 격렬한 싸움을 벌였고, 대부분의 무고한 사람들은 살 길을 찾아 가까운 골목길로 피신했다. 몽둥이들이 난무하고 싸움은 점차 격렬해져 갔다. 사람들의 머리와 얼굴에서 피가 흘러내렸다. 초롱불은 모두 산산조각 나고 장미꽃은 여기저기 흩날리고 발에 짓밟혔다. 비명 소리가 주변의 집집에서 새어 나왔고 카페들은 문을 닫았다. 사와리스는 미친놈처럼 마구 몽둥이를 휘두르고 민첩하게 몸을 움직이며 격렬하게 싸웠다. 몽둥이를 휘두르는 강도는 점차 거세졌고 밤이 깊어 가듯이 그들의 증오심도 커져 갔다. 사와리스는 자신이 사디끄를 일대일로 상대하게 된 것을 알게 되었다.

"개새끼!"란 욕설과 함께 사와리스가 몽둥이로 사디끄를 가격하자 사디끄는 자신의 몽둥이로 막아 내며 비틀거렸다. 사와리스가 몽둥이로 다시 가격하자 사디끄는 양손으로 몽둥이를 잡고 간신히 그의 가격을 막아 냈지만 사디끄는 그 충격으로 무릎을 꿇었다. 사와리스가 세 번째로 치명적인 일격을 가하려는 순간 친구를 구하기 위해 화난 짐승처럼 사와리스를 향해 하산이 달려들었다. 그러자 분노가 솟구친 사와리스는 공격 목표를 바꿨다.

"이런, 개새끼! 쌍놈의 새끼!"라고 외치며 사와리스는 하산을 향해 엄청난 힘을 가해 몽둥이를 휘둘렀다. 하산이 옆으로 몸을 날려 아슬아슬하게 그의 가격을 피하지 못했더라면 그는 죽었을 것이다. 사디끄가 번개처럼 몽둥이 끝으로 사와리스의 목을 찔렀다. 갑작스러운 공격으로 사와리스는 공격을 하지 못하고 움찔했다. 그 순간 몸의 균형을 회복한 하산이 온 힘을 다해 사와리스의 이마를 몽둥이로 가격했다. 피가 이마에서 분수처럼 뿜어져 나오고 사와리스의 손에서 몽둥이가 떨어졌다. 그는 몇 걸음 비틀거리며 뒷걸음질 치다가 벌러덩 자빠졌다. 몽둥이끼리 부딪치는 소리를 뚫고 누군가가 외치는 소리가 들렸다.

"사와리스가 죽었다."

아즈라마가 사와리스를 찾아내 몽둥이로 그의 코를 가격하자 그는 외마디 비명을 지르고 뒷걸음질 치다 땅바닥에 널브러져 있던 사람에 걸려 넘어졌다. 까심의 부하들은 사기가 높아져 한층 격렬하게 몽둥이를 휘두르는 반면 사와리스의 부하들은 바닥에 널브러진 동료들의 숫자가 많은 데 놀라 뒷걸음질 치다 걸음아 날 살려라 줄행랑을 쳤다. 까심의 부하들이 숨을 헐떡거리며 그의 주위로 모여들었다. 그들 중에는 피를 흘리는 사람도 있었고 부상당한 동료를 옮기는 자들도 있었다. 그들은 카페 문틈으로 새어 나오는 불빛에 드러난 바닥에 널브러진 몸뚱이들을 바라보았다. 그들 가운데는 숨이 끊어지거나 실신한 자들도 있었다. 함루슈가 사와리스의 시체 옆에 서서 "샤아반, 이제 고이 잠들어." 하고 소리쳤다.

까심은 그를 자신에게 끌어당겼다.

"승리의 날이 가까워졌어. 이제 머지않아 다른 수장들도 같은 운명을 맞게 될 거야. 우리는 동네의 주인이자 재산의 주인이 되고 자발라위의 충성스러운 후손이 될 거야."

그들이 산으로 돌아오자 여인들은 기쁨의 환호성을 울리며 맞아 주었다. 승리의 소식이 알려졌다. 까심은 자신의 오두막으로 돌아갔다.

"먼지와 피범벅이 됐네요. 주무시기 전에 목욕을 하셔야겠어요."

목욕을 하고 잠자리에 든 그는 고통으로 신음했다. 바드리야가 음식을 갖고 와 그가 일어나 먹기를 기다렸다. 그는 비몽사몽간에 누워 있었다. 그는 긴장이 풀리며 행복과도 같은 안도감을 느꼈지만 동시에 슬픔과도 같은 불안감도 느꼈다.

"식사 좀 하세요."

그는 무겁게 감긴 눈으로 그녀를 바라보았다.

"까마르, 머지않아 우리의 승리를 보게 될 거예요."

그는 말실수를 했다는 것을 알아차렸다. 바드리야의 안색이 변하는 것을 보았다. 그는 일어나 침대에 앉았다.

"정말 먹음직스러운데!" 그는 다소 어색했지만 애정 어린 말투로 말했다.

그녀는 얼굴을 찌푸리고 무마하려는 그의 태도를 무시했다. 그러자 그는 팔라펠 한 조각을 먹었다.

"이제 당신 차례네. 한번 먹어 봐."

그녀는 그를 외면하고 잘 알아들을 수 없을 정도로 낮은 목소리로 중얼거렸다. "그녀는 나이도 많고 예쁘지도 않았는데."

그는 슬퍼서 쓰러지는 것처럼 몸을 앞으로 푹 수그리고 그녀에게 부탁했다.

"그녀를 나쁘게 말하지 마. 그녀 같은 여자는 칭찬 일색으로도 부족해."

그녀는 고개를 홱 돌려 그의 얼굴을 보았다. 그는 몹시 상심한 듯 보였다. 그녀는 망설였다. 그러나 그녀는 아무 말도 하지 않았다.

87

    패자들은 수치심과 굴욕감으로 인해 가능한 한 사와리스 집에서 흘러나오는 불빛을 피해 멀찌감치 떨어져 돌아갔다. 그곳에서는 여전히 흥겹고 떠들썩하게 잔치판이 벌어지고 있었다. 그들은 집에 틀어박혀 꼼짝하지 않았다. 나쁜 소식은 불이 무서운 기세로 퍼지듯 삽시간에 퍼졌다. 많은 집에서 외마디 비명 소리가 터져 나왔다. 결혼 피로연은 찬물을 끼얹은 것처럼 분위기가 착 가라앉았다. 사와리스를 비롯한 죽은 이들을 애도하는 울음소리가 들렸다. 불행은 행렬에 참가했던 리파아 구역 사람들과 자발 구역 사람들에게도 닥쳤다. 그렇다면 누가 비난받을 죄인인가? 까심, 양치기 까심, 까마르가 없었다면 여전히 거지에 불과한 까심인가? 한 남자가 까심 일당을 뒤쫓아 무깟탐 산 정상의 은신처까지 따라간 적 있다고 증언했다. 대부분의 사람들은 그들이 동네 남자들을 해치울 때까지 계속 산속에 은거하고 있을 것인지 궁금해했다. 잠자고 있던 사람들이 비명 소리와 고함 소리에 잠에서 깨어나 밖으로 몰려나왔다. 자발 구역 사람 하나가 분개하며 소리쳤다.

"사막쥐 새끼들을 죽여 버리자."

잘타가 소리를 질러 그의 말을 가로막았다.

"그들은 죄가 없어. 그들의 수장이 살해됐고, 그 구역의 많은 남자들 역시 살해됐어."

"무깟탐 산에 불을 질러라."

"개들이 먹게 까심의 시체를 가져와라."

"그놈의 피를 마시지 못하면 아내와 이혼할 테다!"

"겁쟁이 비열한 쥐새끼!"

"그놈은 산이 자신을 지켜 줄 거라고 생각하나 본데."

"그놈한테 무덤만큼 안전한 곳은 없어."

"내가 동전 한 닢 주면 땅바닥에 입을 맞추던 놈이었는데."

"우리한테 그렇게 친절하고 싹싹하게 굴던 놈이 이제 우리에게 등을 돌리고 남자들을 죽이고 있어."

다음 날 동네 전체가 장례식장으로 변했다. 그다음 날 수장들은 분노와 증오심으로 치를 떨고 있는 관재인 리파아트의 집에 모였다.

"죽지 않으려면 꼼짝 않고 동네에만 있어야겠어."

리파아트의 말에는 다분히 조롱하고 비꼬는 기색이 역력했다. 가장 난처한 사람은 라히타였다. 그는 자신의 책임을 면하기 위해 이 재앙을 대수롭지 않게 생각하고 싶었다.

"그건 그 구역 수장과 주민들 간의 싸움이었습니다."

잘타가 그의 말에 반대했다.

"우리 쪽 사람도 한 명이 죽고 세 명이 부상을 입었어."

"우리 구역 사람도 한 명 죽었어." 하자즈가 말했다.

"수장 두목! 자네의 명성에 손상이 가게 됐군." 리파아트가 교활하게 라히타에게 말했다.

라히타는 분노로 얼굴이 백지장처럼 하얘졌다.

"양치기! 그 말씀 틀림없이 농담이실 겁니다. 농담도 잘하십니다!"

관재인은 불안한 마음을 감추지 않았다.

"양치기라! 전에는 그랬지. 그러나 지금 그는 위험인물이 됐어. 우리는 한때 그의 헛소리를 우습게 여기고 그의 아내 때문에 그를 눈감아 주었더니 지금 그놈은 악랄하기가 이루 말할 수 없어. 그놈은 수장과 그의 부하를 죽일 수 있을 때까지 무척 가난한 척을 했어. 이제 그놈은 산에 몸을 숨기고 있고 그의 야심은 그 끝이 어딘 줄 모를 거야."

그들은 분노의 시선을 서로 주고받았다. 관재인이 계속 이야기했다.

"그놈이 사람들을 유혹하고 있어. 그것이 바로 우리 동네의 재앙이야. 우린 그걸 모른 척해서는 안 돼. 그놈은 자기 친구들에게 나눠 주기에도 충분하지 않은 부동산을 사람들에게 나눠 주겠다고 약속하고 있어. 그러니 아무도 그 말을 믿지 않지. 거지들도 그 말을 안 믿지. 거지 수만도 얼마나 많은데! 우리 동네는 거지 동네이거든! 그리고 그놈은 수장들을 없애겠다고 약속하고, 겁쟁이들은 그 말에 미칠 듯이 기뻐서 날뛰고……. 그런 놈들이 얼마나 많은지! 우리 동네는 겁쟁이 동네라 사람들은 언제나 승자에게 몰리기 마련이야. 우리가 아무 조치도 취하지 않는다면 우리는 죽은 목숨에 불과해."

"그놈 주변에는 쥐새끼들만 있어요. 그놈들을 해치우기란 식은 죽 먹기예요!" 라히타가 말했다.

"하지만 그들은 산속에 몸을 숨기고 있어요." 하자즈가 말했다.

"우린 그놈들의 통로를 찾아낼 때까지 산을 샅샅이 뒤져야 합니다." 잘타가 말했다.

리파아트가 그들을 부채질했다.

"바로 그거야. 가만히 있다가는 내가 말했듯이 우리는 전멸이야."

라히타는 분노가 더욱 치밀었다.

"나리, 그의 아내가 살아 있었을 때 그를 살해하자던 제 계획을 기억하십니까? 그걸 사모님께서 반대하셨죠."

관재인은 자신을 빤히 바라보고 있는 라히타의 시선을 피한 채 "우리의 실수를 기억하는 건 우리에게 아무 도움이 안 돼."라고 변명하듯 말했다. 그러고 나서 한동안 말이 없던 그가 말을 덧붙였다.

"이런 관계는 예전부터 지켜 오던 거야."

밖에서 여느 때와는 다른 아우성 소리가 들렸다. 뭔가 나쁜 일이 새롭게 일어날 것이라고 경고라도 하는 것 같았다. 그들은 모두 바짝 긴장했다. 관재인이 문지기를 불러 무슨 일이 있는지 물었다.

"양치기가 양들을 몰고 까심에게 가 버렸답니다."

라히타가 소리를 지르며 벌떡 일어났다.

"개새끼! 개새끼 천지 동네! 저주나 받아라!"

"어느 구역 양치기냐?" 관재인이 물었다.

"'사막쥐들' 구역의 주끌라라고 합니다."

88

"어서 와, 주끌라!"

까심이 그를 껴안았다.

"나는 한 번도 당신에게 적대적인 적이 없었어요. 내 마음은 언제나 당신 편이었어요. 두렵지 않았더라면 일찍이 가담해 초기 멤버가 되었을 겁니다. 사와리스가 죽었다는 이야기를 듣자마자 서둘러 놈들의 양을 앞세우고 당신에게 달려왔습니다. 사와리스, 지옥에나 가라." 주끌라가 열변을 토했다.

까심은 오두막 사이의 공터에 있는 양 떼를 바라보았다. 여자들은 양 떼 주위에 둘러서서 화기애애하게 이야기를 나누었다. 까심은 "그들에게 빼앗긴 재산을 되찾는 것은 매우 정당한 일이죠."라고 말한 후 소리 내어 웃었다.

그날은 대낮에 전보다 많은 사람이 까심에게 합류한 날이었다. 그들은 결의를 굳게 다지고 희망에 부풀었다. 다음 날 아침 까심은 이상하리만치 왁자한 소리에 일찍 일어나 그 즉시 오두막을 나왔다. 그의 친구와 부하들이 흥분해서 허겁지겁 그를 향해 달려오고 있었다.

"그들이 복수를 하러 왔어. 아래쪽 산어귀에 집결해 있어." 사디끄가 말했다.

"제가 제일 먼저 일을 나갔어요. 몇 걸음만 더 걸으면 사막이었는데 그때 그놈들을 보고 얼른 이곳으로 도망쳐 온 거예요. 그런데 저를 발견하고 몇 놈이 저에게 돌을 던지며 쫓아왔어요. 제가 사디끄와 하산을 소리쳐 부르자 형제들이 산 위쪽 길로 와 상황이 심각하다는 것을 깨닫고 그들에게 돌을 던져 쫓아냈어요." 쿠르다가 말했다.

까심이 산 정상을 바라보자 하산이 사람들과 함께 돌을 손에 쥐고 서 있었다.

"열 명이면 우리는 저기서 그들을 막아 낼 수 있어." 까심이 말했다.

"이리 올라오는 건 자살 행위나 다름없어. 원한다면 올라오라고 해." 함루슈가 말했다.

남녀 모두 오두막에서 나와 까심 주위로 모여들었다. 남자들은 몽둥이를, 여자들은 만일을 대비해 준비해 둔 돌 바구니를 가지고 왔다. 맑게 갠 하늘에 아침 햇살이 퍼졌다.

"도시로 나가는 길이 또 있어?" 까심이 물었다.

"산속으로 두 시간가량 걸리는 길이 남쪽에 나 있어." 사디끄가 침울하게 대답했다.

"우리가 가진 물로는 기껏해야 이틀밖에 견디지 못할 텐데." 아즈라마가 덧붙였다.

불안해진 사람들이 웅성거렸다. 특히 여자들이 수군거렸다. "그들은 복수를 하러 온 것이지 봉쇄하러 온 것이 아니에요. 만약 그들이 우리를 봉쇄한다면, 다른 길을 이용해 포위망을 뚫을 수 있을 겁니다."

남자는 평온한 얼굴로 생각에 잠겼다. 사람들의 시선이 그에게 집중되었다. 만약 그들이 봉쇄하면 남쪽 통로로 물을 길어 오는 데 큰 어려움을 겪게 될 터였다. 만약 까심과 그의 부하들이 그들을 공격한다면, 라히타와 잘타와 하자즈가 이끄는 적들을 이길 수 있을까? 그들은 오늘 어떤 운명을 받아들이게 될까? 까심은 오두막에서 몽둥이를 들고 나와 산 정상에 있는 하산과 그의 부하들에게로 돌아갔다.

"그들은 아무도 감히 접근하려 들지 않아." 하산이 말했다.

까심은 정상의 탁 트인 바위로 올라가 사정거리 밖 사막에 초승달 대형으로 포진해 있는 적들을 바라보았다. 까심을 두렵게 할 만큼 그 수가 어마어마했다. 그는 그들 사이에서 수장들을 식별해 낼 수 없었다. 까심의 시선은 저 멀리 사막 너머에 있는 자발라위의 '대저택'을 더듬고 있었다. 그를 위해 그의 후손들이 서로 싸우고 있는 것은 아랑곳하지 않는 듯 침묵 속에 잠겨 있었다. 그들은 정말 지난날 그가 이 지역을 차지하기 위해 사용했던 괴력을 절실하게 필요로 했다. 까심은 자신의 시조의 집 근처에서 리파아가 죽었다는 사실을 떠올리지 않았다면 그렇게까지 분노하지는 않았을 것이다. 그는 동네 사람들이 이런저런 사정으로 목청껏 "자발라위!"를 외치듯 그를 불러 보고 싶은 강렬한 욕구를 느꼈다. 그때 여자들의 목소리가 들렸다. 까심은 뒤를 돌아보았다. 그는 적들을 노려보며 산등성이를 따라 늘어선 남자들과 그곳으로 몰려가는 여자들을 바라보았다. 그는 그들을 향해 돌아가라고 소리쳤다. 그들이 머뭇거리자 그의 목소리가 한층 커졌다. 그들은 평상시처럼 음식을 준비해서 일을 나가는 것처럼 보였다. 그는 그들이 물러갈 때까지 계속해서 고함을 쳤다. 사디끄가 그에게 다가왔다.

"잘했어! 내가 가장 두려워하는 것은 우리가 라히타라는 이름만 듣고도 겁을 집어먹을까 봐서야."

"우리가 선제공격을 하는 거야." 하산이 말했다.

그는 자신의 몽둥이를 흔들며 덧붙였다.

"놈들이 우리의 은신처를 알았으니 더 이상 밖으로 나가 돈벌이를 할 수 없어. 이제 공격이 최선의 방법이야."

까심은 고개를 돌려 '대저택'을 바라보았다.

"네 말이 맞아. 사디끄, 너는 어떻게 생각해?"

"밤이 될 때까지 기다려야 해."

"기다리면 우리가 궁지에 몰려. 밤이 되면 싸우기 더 힘들어." 하산이 말했다.

"놈들의 계획이 궁금해." 까심이 말했다.

"우리를 유인하려는 작전일 거야." 사디끄가 말했다.

까심은 잠시 생각에 잠겼다.

"라히타가 죽으면 승리는 우리의 것인데……."

까심은 말없이 두 사람을 번갈아 보았다.

"그가 쓰러지면 잘타와 하자즈가 그의 자리를 놓고 다툼을 벌일 거야."

해가 중천에 솟아오르자 돌들이 뜨거워졌다. 오후의 태양이 뜨겁게 작열하고 있었다.

"뭘 해야 되는지 말해 줘." 하산이 말했다.

그가 분명 포위를 염두에 두고 물어본 것이었지만 까심은 선뜻 대답하지 못하고 망설였다. 그때 공터에서 여자의 외마디가 들리더니 곧바로 자지러지는 비명 소리가 들렸다.

"놈들이 반대쪽에서 쳐들어온다." 한 남자가 외쳤다.

그들은 산등성이를 포기하고 공터의 남쪽을 향해 달려갔다. 까심은 산길을 지키는 사람들에게 절대 경계를 늦추지 말라고 당부했다. 그는 쿠르다에게 싸울 수 있는 여자들을 데리고 산길을 지키는 사람들에게로 가 그들을 도와주라고 명령했다. 그런 다음 그는 하산과 사디끄를 양옆에 거느리고 공터를 향해 달렸다. 그들은 라히타가 많은 사람들을 이끌고 산 남쪽에서 올라오는 것을 보았다.

"우리의 관심을 딴 데로 돌려 놓고 산을 돌아 남쪽 산길을 이용해 이리로 왔군." 까심이 분개해서 말했다.

하산이 커다란 몸집을 부르르 떨며 소리쳤다.

"죽으려고 제 발로 걸어 들어오는 거지!"

"우린 이겨야 해. 반드시 이길 거야." 까심이 말했다.

라히타의 부하들은 강한 팔을 양옆으로 벌린 것처럼 늘어서서 진격해 오기 시작했다. 몽둥이를 높이 든 그들의 모습은 마치 가시덤불처럼 보였다. 그들이 모두의 시야에 들어왔다.

"잘타와 하자즈가 안 보여." 사디끄가 말했다.

까심은 잘타와 하자즈가 포위대를 이끌고 산 밑에 있다는 것을 알아챘다. 그는 그 둘이 필사적으로 산채에 이르는 산길을 공격해 올 것이라는 것을 짐작했지만 누구에게도 그 말을 하지 않았다. 그는 몽둥이를 휘두르며 몇 걸음 앞으로 나갔다. 그의 부하들도 각자 몽둥이에 힘을 줬다. 고함을 지르는 라히타의 투박한 목소리가 들렸다.

"후레자식, 네 놈들은 죽은 뒤 무덤에 묻힐 생각은 꿈도 꾸지 마!"

까심이 부하들과 함께 공격하기 위해 돌진했다. 다른 자들도 산사태로 돌덩이가 쏟아져 내리듯 우르르 몰려왔다. 몽둥이들끼리 서로 부딪치는 소리와 함성이 점점 커져 갔다. 같은 시각 산 밑에서 공격해 올 것을 대비해 통로를 지키던 여자들이 돌을 던졌다. 까심 측의 남자들은 모두 다 라히타와 그의 부하들과 각개전투를 했다. 까심은 약삭빠르게 딘질과 일대일로 격렬하게 싸웠다. 함루슈는 라히타의 몽둥이에 어깨를 맞아 어깨뼈가 부러졌다. 사디끄와 자인홈이 끈질기게 서로 맞붙어 싸우자, 화가 난 하산이 몽둥이로 자인홈을 가격해 쓰러뜨렸다. 주끌라는 라히타에게 몽둥이로 목을 한 대 맞고 맥없이 꼬꾸라졌다. 까심은 딘질의 귀에 상처를 입혔다. 딘질은 귀를 맞고 비명을 지르며 뒷걸음질 치다 쓰러졌다. 자인홈이 사디끄에게 격렬하게 달려들었다. 그러나 그는 사디끄의 선제공격에 배를 맞고 손에서 몽둥이를 놓치면서 쓰러졌다. 쿠르다도 하프나위를 맞아 잘 싸워 승리의 기쁨을 맛보려는 순간 라히타에게 일격을 당하고 말았다. 하산이 라히타에게 몽둥이를 휘둘렀다. 그러나 그는 잽싸게 하산의 몽둥이를 피하고 이내 자신의 몽둥이로 하산을 가격했다. 바로 그때 까심이 순식간에 자신의 몽둥이로 라히타의 몽둥이를 막아 냈다. 아부 피사다가 바람처럼 달려와 라히타의 세 번째 공격을 막아 냈다. 그러나 라히타가 냅다 그의 코를 머리로 받아 코뼈가 주저앉았다. 라히타는 정말이지 당해 낼 자가 없을 것만 같았다. 싸움은 점점 더 격렬해졌다. 몽둥이들이 가차 없이 부딪치고 갖은 욕설이 난무했다. 햇볕이 쨍쨍 내리쬐는 가운데 피가 철철 흘러내렸고 양측 모두 사상자가 속출했다. 사람들이 교대로 바닥에 쓰러졌다. 라히타는 예상 밖의 강한 저항에 분노가 끓어올라 공격의 끈을 늦추지 않고 더욱더 거세게 상대방을 몰아붙였다. 까심은 하산과 아즈라마에게 공격자들의 버팀목이자 정신적인 지주인 라히타를 없앨 기회를 포착해 함께 라히타를 공격하자고 했다. 바로 그때 산채의 통로인 산길을 지키고 있던 한 여자가 소리를 질렀다.

"놈들이 널빤지를 방패 삼아 올라오고 있어요."

산에 있던 남자들은 놀라 심장이 오그라들고 간이 콩알만 해졌다.

"후레자식! 무덤에 묻히는 건 어림 반 푼어치도 없을 줄 알아!" 라히타가 소리쳤다.

"악당들이 산 정상에 오르기 전에 승리해야 해요." 까심이 소리쳤다.

그는 하산과 아즈라마의 도움을 받으며 라히타와 맞섰다.

라히타가 먼저 선제공격을 했으나 까심은 몽둥이로 그 공격을 막아 냈다. 아즈라마가 기습을 하려고 달려들었지만 오히려 라히타에게 턱을 얻어맞았다. 하산이 라히타에게 덤벼들어 서로 치고받으며 싸웠다. 하산이 몸을 날려 죽을 각오로 싸웠다. 통로를 지키던 여자들의 비명 소리가 점점 높아 갔다. 그녀들 가운데 일부는 달아나 그곳이 위험해졌다. 까심은 서둘러 사디끄와 몇몇 사람을 산둥성이로 보내고 라히타에게 덤벼들었다. 그러나 지홀리파가 그의 앞을 가로막는 바람에 그 두 사람은 격렬히 싸웠다. 하산이 온 힘을 다해 달려들어 라히타를 밀치자 그는 한 발짝 뒤로 물러났다. 하산은 그의 눈에 침을 뱉고 소리를 지르며 치명적인 타격을 한 방 날렸다. 그런 다음 그는 몸을 숙이고 전광석화처럼 재빠르게 달려들어 마치 성난 황소처럼 머리로 그의 배를 들이받았다. 라히타가 균형을 잃고 뒤로 나자빠졌다. 하산은 그를 타고 앉아 양손의 몽둥이로 있는 힘껏 그의 목을 눌렀다. 라히타의 부하들이 그를 구하기 위해 달려들었지만 까심을 비롯한 그의 부하들이 막아섰다. 라히타의 눈은 툭 튀어나오고 얼굴은 피가 몰려 벌겋게 되었다. 그는 다리를 버둥거리다가 숨이 막히는지 괴로워했다. 갑자기 하산이 용수철처럼 번쩍 일어나 축 늘어진 라히타 몸 위에 서서 있는 힘을 다해 몽둥이로 그의 머리를 가격했다. 곧 두개골이 쪼개져 숨을 거두었다.

"라히타가 죽었다. 너희들의 수장이 죽었다. 그의 시체를 봐라!" 하산이 쩌렁쩌렁한 목소리로 외쳤다.

라히타의 예기치 못한 갑작스러운 죽음은 파급 효과가 엄청났다. 한쪽은 사기가 충천되고 다른 한쪽은 사기가 저하되었다. 격렬한 싸움터에 희망과 절망이 급속히 교차되었다. 하산은 까심에게 가세했고 그들이 적에게 휘두르는 몽둥이는 백발백중이었다. 모두들 사력을 다해 싸웠다. 서로들 달려들고 몽둥이가 올라갔다 내려왔다. 흙먼지가 뿌옇게 날리고 전사들은 모두 피범벅이 되어 있었다. 신음 소리, 고함 소리, 욕설, 비명 소리, 탄식, 큰 소리의 협박이 터져 나오고, 비틀거리다 쓰러지는 사람, 뒤로 물러서다 도망치는 사람이 줄을 이었다. 사상자들이 바닥에 널브러져 있었고 피가 햇빛을 받아 반짝거렸다. 까심은 옆으로 비켜서서 자신이 우려했던 산어귀를 바라보았다. 사디끄와 그의 부하들이 몹시 긴장한 나머지 바구니째 돌덩이를 쏟아붓고 있는 모습이 보였다. 위험이 눈앞에 닥친, 즉 적들이 코앞까지 접근한 모양이었다. 도와 달라고 외치는 여자들의 목소리가 들렸다. 그들 가운데 바드리야도 있었다. 사디끄의 부하들은 몽둥이를 꽉 쥐고 비 오듯 쏟아지는 돌덩이들을 뚫고 올라오는 적들과의 백병전을 준비하고 있었다. 사태의 심각성을 직감한 까심은 즉시 적들이 후퇴한 싸움터에 남겨진 라히타의 시체가 있는 곳으로 달려갔다. 그는 산어귀를 향해 시체를 끌기 시작했다. 그가 사디끄를 불렀다. 그러자 사디끄가 곧바로 달려왔다. 그들은 힘을 모아 시체를 어귀까지 가져온 후 밑으로 던졌다. 쿵하고 바닥에 떨어진 시체는 데굴데굴 구르다가 널빤지 밑에 몸을 숨기고 기어오르던 적들의 발밑에서 멈췄다. 한바탕 소동이 일어났다. 노발대발하며 악을 쓰는 하자즈의 목소리가 들렸다.

"올라가! 전진해! 그냥 안 돼, 이 범죄자들!"

까심은 놀라울 정도로 자제하며 야유를 보냈다.

"어디 와 봐! 저것이 바로 너희들 수장의 시체고, 내 뒤에는 동료들의 시체가 나뒹굴고 있다. 너희들을 기다리고 있을 테니 어서 올라와!"

까심이 신호를 보내자 돌덩이들이 비 오듯 쏟아졌다. 공격자들은 하자즈와 잘타가 몰아붙이는데도 불구하고 더 이상 전진을 중단하고 슬금슬금 퇴각하기 시작했다. 거부하고 항의하고 불평하는 등 그들이 웅성대는 소리를 듣고 까심이 소리쳤다.

"잘타! 하자즈! 도망치지 말고 어서 올라와!"

증오하는 듯한 어조로 외치는 잘타의 목소리가 들렸다.

"네놈들이 진짜 사내라면 이리 내려와!"

하자즈가 퇴각하는 무리 속에서 소리쳤다.

"야, 역겨운 양치기 새끼! 내가 네 피를 마시지 못한다면 내가 목숨을 끊는다!"

까심이 돌덩이 하나를 집어서 그에게 있는 힘을 다해 던졌다. 다시 돌덩이가 비 오듯 쏟아졌다. 허둥지둥 퇴각하던 적들이 속력을 내 저만치 달아났다. 그때 하산이 그곳으로 왔다.

"싸움이 끝났어. 살아남은 놈들이 남쪽으로 도망치고 있어." 하산은 이마에 흐르는 피를 닦으며 말했다.

"자, 놈들을 추격하자." 까심이 큰 소리로 말했다.

"너도 이하고 턱에서 피가 나." 사디끄가 말했다.

까심은 손바닥으로 입과 턱을 닦았다. 새빨간 피가 묻었다.

"우리는 여덟 명의 목숨을 잃었어. 살아남은 사람도 모두 심한 부상을 입어서 움직일 수가 없어." 하산이 유감스러운 듯 말했다.

그는 낙하하는 돌덩이 사이로 길 아래쪽을 바라보았다. 적들이 통로 끝 부분을 빠져나가고 있는 게 보였다.

"만약 놈들이 여기까지 올라왔더라면 그놈들 자신들과 맞서 싸우는 사람을 한 명도 보지 못했을 거야."

그는 아직도 피가 흐르는 까심의 턱에 입을 맞추었다.

"형의 현명한 판단이 우리를 구했어."

까심은 남자 두 명에게 통로를 지키게 하고 다른 사람들 몇몇은 정찰하러 퇴각하는 적의 뒤를 쫓게 했다. 그러고 나서 하산과 사디끄를 양옆에 거느리고 지칠 대로 지친 무거운 발걸음으로 시체만 즐비한 공터로 돌아갔다. 그곳은 도살장과 다름없었다. 정말 참혹한 광경이었다. 까심 측은 여덟 명을 잃었고 적들은 라히타를 제외하고 열 명이 목숨을 잃었다. 살아남은 까심의 부하는 부상을 입지 않은 사람이 없었다. 골절상을 입은 사람도 있었다. 그들은 각자의 오두막으로 돌아가 여자들에게 상처를 치료받았다. 반면 희생자의 오두막에서는 절규와 통곡 소리가 요란했다. 슬픈 표정의 바드리야가 그들을 오두막으로 데려가 상처를 닦아 주었다. 잠시 후 사키나가 엉엉 우는 이흐산을 안고 왔다. 중천에 솟은 태양으로부터 뜨거운 햇볕이 쨍쨍 내리쬐고 있었고, 솔개와 까마귀는 오르락내리락하고 원을 그리며 허공을 맴돌았다. 공기에서는 피 비린내와 흙먼지 냄새가 풍겼다. 이흐산은 울음을 그치지 않았지만 아무도 아이에게 신경을 쓸 수 없었다. 거구의 하산조차 비틀거리는 것 같았다.

"죽은 자들에게 자비를 베풀어 주소서." 사디끄가 슬픈 목소리로 거의 들리지 않을 정도로 낮게 중얼거렸다.

"산 자와 죽은 자 모두에게 똑같이 자비를 베풀어 주소서." 까심이 말했다.

하산은 금방 생기를 되찾고 기뻐했다.

"승리의 날이 가까웠어. 그럼, 우리 동네는 피로 얼룩진 공포의 시대와 작별할 거야."

"피로 얼룩진 공포의 시대를 끝내자." 까심이 말했다.

89

이전까지 동네 사람들은 이러한 재앙을 듣도 보지도 못했더랬다. 남자들은 마치 눈꺼풀이 무겁게 내려앉은 양 눈을 내리깔고 멍하니 지친 몸을 이끌고 말없이 돌아왔다. 그들보다 먼저 패전 소식이 동네에 전해졌다. 가슴을 치며 통곡하는 소리가 여기저기서 흘러나왔다. 소식은 동네 전체에 순식간에 퍼져 이 동네의 명성은 그간 수모를 당해 앙갚음을 하고 싶은 사람들에게는 생각만 해도 웃음이 절로 나는 고소한 이야깃거리가 되었다. '사막쥐들' 구역 사람들은 보복이 두려워 모두 도망을 가고 없었다. 그들의 집과 가게는 텅 비어 있었다. 그들이 자신들의 승리를 거둔 형제들에게 가담해 그들의 수와 힘을 더욱 키울 것이라는 것을 아무도 의심하지 않았다. 죽은 이를 애도하는 동네는 슬픔에 잠겨 있었지만 동네 사람들의 마음속에서는 분노와 증오와 복수심이 싹트기 시작했다. 자발 구역 사람들은 동네의 차기 수장 두목이 누가 될 것인지 궁금했고, 리파아 구역 사람들 역시 궁금하기는 마찬가지였다. 불신은 강풍에 흙먼지가 날리듯 팽배해졌고 동네 사람들의 분위기가 심상치 않다는 것을 알게 된 관재인 리파아트는 하자즈와 잘타를 불러들였다. 두 남자가 가장 힘센 부하들을 대동하고 나타나자 관재인의 응접실이 비좁아 보였다. 그들은 함께 섞여 앉는 것이 안전하지 않다고 여긴 듯 응접실을 양분하여 절반씩을 차지하고 앉았다. 그와 같은 편 가르기의 연유를 금방 알아차린 관재인은 한층 더 걱정이 쌓였다.

"모두가 알다시피 우리는 커다란 재앙을 당했지만 죽지 않았다. 우리를 없애지 못했어. 우리가 계속해서 단결한다면 우리는 우리 손으로 승리를 이룰 수 있다. 그러지 않으면 우리는 끝장이야."

"우린 이제 최후의 공격을 감행해야 합니다. 그러고 나면 시름은 사라지고 이런 문제는 다시 생기지 않을 겁니다." 자발 구역의 한 사내가 말했다.

"놈들이 산에 은신처를 마련하지 않았다면 한 놈도 살아남지 못했어." 하자즈가 말했다.

"라히타는 낙타가 지쳐 무릎을 꿇을 만큼 힘들고 긴 여정 끝에 그놈들을 만났을 겁니다." 누군가가 말했다.

관재인이 발끈했다.

"너희들의 단결에 대해 나에게 말하라. 어떻게 단결할 건지나 말해."

"우린 다행히 모두 형제들입니다. 앞으로도 그럴 겁니다."

잘타가 말했다. "그건 말뿐이지. 너희들이 마음속으로 편 가르기를 할 만큼 서로를 의심하고 있지 않다면 그렇게 떼로 몰려오지 않았어."

"그건 모두가 복수심에 불타고 있기 때문입니다." 하자즈가 말했다.

관재인은 바짝 긴장한 상태로 서서 그늘진 얼굴들을 뚫어지게 바라보았다.

"좀 솔직해 봐라! 너희들은 한쪽 눈으로는 서로를 감시하면서 다른 한쪽 눈으로는 공석인 동네의 수장 두목의 자리, 즉 라히타의 빈자리를 노리고 있지. 이런 상태가 계속되는 한 동네는 결코 안전할 수 없어. 너희들이 이 문제를 몽둥이로 해결하려고 하지 않을까 심히 우려된다. 그럼, 너희는 파멸할 테고, 까심은 옳다구나 하며 너희를 제물로 삼을 거야."

좌중이 소리 높여 "결코 그런 일은 없습니다!"라고 말했다.

"이제 동네에는 자발과 리파아 두 구역만 남았다. 꼭 한 명의 수장만 있을 필요가 없으니 두 명의 수장을 두도록 하자. 우리 모두 그렇게 하는 것으로 하자. 그래야 하나가 되어 반역자들과 맞설 수 있다." 관재인은 또렷하게 힘주어 말했다.

잠시 섬뜩한 정적이 흐르고, 여러 사람의 입에서 시들한 대답이 나왔다.

"네……. 네……."

"아주 오래전부터 수장 두목을 선출해 왔지만 그렇게 하겠습니다." 잘타가 말했다.

"무조건 받아들이도록 하겠습니다. '사막쥐들' 구역 놈들이 떠나고 난 뒤 이곳에는 이제 주인도 하인도 없습니다. 그리고 리파아가 우리 동네에서 가장 고귀한 사람이라는 것을 누가 부인하겠습니까?"

"하자즈! 난 네 마음을 다 알아." 잘타가 무척 분한 듯 소리쳤다.

리파아 구역 사람이 뭐라고 말하려는 순간 관재인은 버럭 화를 냈다.

"너희가 남자답게 행동할 건지 아닌지 어떻게 결정했는지 그걸 말해. 너희가 무력하다는 소문이 새어 나가면 '사막쥐들' 놈들이 늑대처럼 산에서 내려올 거야. 자, 말해 봐. 하나로 똘똘 뭉칠지 아니면 내가 다른 방법을 찾아봐야 하는 건지……."

여기저기서 외침 소리가 들렸다.

"쉿……. 부끄러운 줄 알아……. 우린 이제 모든 것을 다 잃게 생겼어……."

마침내 그들은 모두 체념한 눈길로 관재인을 바라보았다.

"너희들이 여전히 수적으로나 힘으로나 우세해. 하지만 다시 산은 공격하지 마." 관재인이 말했다.

관재인의 말에 그들은 어리둥절한 표정을 지었다. 그러자 관재인이 말을 이었다.

"우린 그놈들을 산 정상에 가둬야 해. 그리고 산에 오르는 두 갈래의 길을 점거하면 굶어 죽거나 어쩔 수 없이 내려올 거다. 그러면 그들을 해치울 수 있어."

"바로 그겁니다. 제가 라히타에게 그걸 얘기했지만 그는 포위하는 건 비겁하다고 생각해 공격을 주장했습니다." 잘타가 말했다.

"바로 그겁니다. 그러나 부하들이 충분히 쉴 수 있도록 계획을 연기해야 합니다." 하자즈가 말했다.

관재인이 그들에게 우의를 다지고 서로 협력할 것을 약속하라고 요구하자, 약속하는 뜻으로 그들은 서로 악수를 하고 맹세를 거듭했다. 그 후 며칠 만에 잘타와 하자즈가 자신들의 패배의 흔적을 감추기 위해 부하를 한층 거칠게 다루는 모습이 모든 사람에게 목격되었다. 그들은 라히타가 어리석게 행동하지만 않았어도 어렵지 않게 까심을 없앴다는 소문을 퍼뜨렸다. 산에 오르라는 라히타의 고집으로 그의 부하는 지치고 용기와 체력이 바닥난 최악의 상태에서 적과 맞섰다고 했다. 사람들은 그 소문을 그대로 믿었다. 조금이라도 의심하는 사람은 악담과 욕설을 듣고 심지어 얻어맞기까지 했다. 사람들은 적어도 공공연히 동네의 새로운 수장에 대해 이야기하는 데 끼어들려고 하지 않았다. 그러나 자발 구역에서나 리파아 구역에서나 똑같이 많은 사람들이 해시시 소굴에서 승리한 다음 누가 라히타의 계승자가 될지를 두고 이야기꽃을 피웠다. 약속과 맹세에도 불구하고 동네에는 쉬쉬하며 미심쩍어하는 분위기가 팽배했다. 수장들은 부하들에 둘러싸여 있었다. 그들은 부하를 대동하지 않고는 결코 자신들의 아지트를 벗어나지 않았다. 그러나 복수의 날에 대한 준비는 한순간도 멈추지 않았다. 잘타와 그의 부하는 무깟탐 시장 앞에 진을 치고, 하자즈와 그의 부하는 성채 길 입구에 진을 치는 것으로 서로 합의를 보았다. 그들은 여생을 그곳에서 보낸다 할지라도 고수할 예정이었다. 앞으로 여자들이 물건을 사고파는 일을 남자들이 대신하고 식사도 날라다 줄 것이다. 출정 전날 저녁 모든 해시시 소굴은 남자들로 인산인해를 이루었다. 그들은 밤늦도록 와인과 맥주를 마시고 해시시를 피우며 잔뜩 취했다. 하자즈와 부하는 거나하게 취해 기분이 무척 좋았고, 부하는 그를 리파아 구역의 한 건물 앞까지 데려다 주고 인사를 한 뒤 그 자리를 떠났다. 그는 문을 밀어제치고 통로를 따라 걸으며 흥얼거렸다.

"아! 무엇보다 먼저……."

하지만 그 노래를 마칠 수 없었다. 등 뒤에서 소리 없이 나타난 누군가 한 손으로 그의 입을 막고 다른 손으로는 그의 심장을 칼로 찔렀다. 자객에게 잡힌 그는 온 힘을 다해 발버둥쳤다. 자객은 하자즈가 바닥에 쓰러지며 소리를 내지 않도록 그를 꼭 붙잡고 있다가 살짝 바닥에 내려놓았다. 캄캄한 어둠 속에서 그는 미동도 하지 않았다.

90

 다음 날 이른 아침 동네 사람들은 자지러지는 비명 소리에 놀라 잠에서 깨어났다. 창문이 열리고 사람들은 얼굴을 쑥 내밀고 곧바로 리파아 구역의 수장 하자즈의 집을 바라보았다. 그곳에는 이미 많은 사람이 모여 있었다. 통곡과 비명 소리가 와글와글 떠드는 소리와 섞여 야단법석이었다. 그 건물 낭하에는 벌써 사람들로 빼곡했고, 질문과 구구한 설명이 오갔다. 울어서 붉게 충혈된 사람들의 눈은 무척 중대한 일이 일어났음을 말해 주고 있었다. 리파아 구역 사람들은 지하실에서, 집에서, 카페에서 그곳으로 달려왔다. 이내 잘타와 그의 부하들이 달려왔다. 사람들이 길을 내줘 그들은 쉽사리 통로에 도달할 수 있었다.
 "세상에 이렇게 끔찍한 변고가! 하자즈! 너 대신 내가 죽었으면 좋았을 텐데……."

엉엉 울던 사람이 울음을 그치고, 소리를 지르던 사람이 소리를 멈추고, 무섭게 질문을 해 대던 사람들이 일순 조용해졌다. 잘타는 좋은 소리 한마디 들을 수 없었다.

"비열한 음모야! 수장들은 서로 배신하지 않아. 까심은 수장이 아닌 한낱 거지 양치기에 불과해. 그놈의 시체를 개에게 던져 줄 때까지 마음을 놓을 순 없지."

"동네의 수장 두목이 된 걸 축하해요, 잘타!" 슬픔에 잠긴 한 여자가 날카롭게 소리쳤다.

그는 분노로 미간을 찌푸렸다. 주변에 있던 사람들은 아무 말도 없었지만 좀 멀리 떨어져 있던 사람들은 수군거렸다.

"이렇게 비통한 날 여자들의 입 좀 다물게 할 순 없나?"라고 잘타가 소리를 질렀다.

"기가 막혀서. 말이 되는 소리를 하세요." 한 여자가 대꾸했다.

투덜대는가 싶더니 금방 소란스러워졌다. 소란이 잠잠해질 때까지 기다렸다 잘타가 말했다.

"우리 사이를 이간질시키려고 계획된 교활한 음모야."

그러자 또 다른 여자가 큰 소리로 말했다.

"음모라고요? 까심과 '사막쥐들'은 산에 있는데, 하자즈는 동네 사람들과 충성스러운 부하들이 있는 자신의 구역에서 살해됐다고요."

"미친년! 저년의 말을 믿는 사람은 모두 미친 거야. 만약 너희들이 계속 이런 식으로 굴면 까심이 도모한 대로 우리는 서로를 죽이게 돼." 잘타가 소리를 질렀다.

그때 항아리 하나가 날아와 잘타의 발 바로 옆에서 깨졌다. 잘타와 그의 부하들이 뒤로 물러섰다.

"그 후레자식은 우리를 이간질시키는 법을 잘 알아."

그는 곧바로 관재인의 집으로 달려갔다. 그가 떠나고 나자 마자 소란이 일었다. 리파아 구역의 남자들과 자발 구역의 남자들이 격렬하게 말다툼을 하자 두 명의 여자가 그들처럼 말다툼을 시작했고 아이들도 저희들끼리 싸움을 벌였다. 창문을 사이에 두고 말다툼과 욕설이 오가다 소동은 동네 전체로 퍼졌고 급기야는 두 구역의 남자들이 몽둥이를 들고 모여들었다. 관재인은 하인들과 부하들을 이끌고 집 밖으로 나와 두 구역 사이에서 걸음을 멈추고 목청껏 소리쳤다.

"이성을 찾아라. 분노는 하자즈의 살인자인 당신들의 진짜 적을 도와주는 것밖에 안 돼."

"누가 당신에게 그걸 알려 주었습니까? 어떤 사막쥐 새끼가 감히 우리 동네에 들어옵니까?" 리파아 구역의 사람이 소리쳤다.

"요즘처럼 하자즈가 꼭 필요한 시기에 어떻게 자발 구역 사람들이 그를 죽인단 말이냐?" 관재인이 소리쳤다.

"우리에게 묻지 말고 죄인에게 물어보세요."

"리파아 구역 사람들은 자발 구역 출신의 수장에게 복종하지 않습니다."

"그가 흘린 피에 대한 대가를 톡톡히 치러야 할 거야."

"음모에 놀아나지 마라. 그러지 않으면 까심이 전염병처럼 소리 소문 없이 너희들을 덮칠 거야." 관재인이 다시 소리쳤다.

"원한다면, 까심더러 그렇게 하게 두세요. 하지만 잘타는 결코 우리의 수장이 될 수 없어요."

그러자 관재인은 손바닥을 한 차례 마주쳤다.

"우린 끝났어. 우린 이제 파멸이야." 관재인이 외쳤다.

목소리들이 커졌다.

"잘타보다 파멸이 훨씬 낫지."

리파아 구역에서 날아온 벽돌 하나가 자발 구역에 있던 사람들 사이로 떨어졌다. 자발 구역도 똑같이 응수했다. 관재인은 급히 돌아갔다. 양쪽에서 벽돌이 쉴 새 없이 날아들었다. 두 구역은 삽시간에 피비린내 나는 싸움에 돌입했다. 돌팔매질이 도를 지나쳐 극한으로 치달았다. 싸움은 옥상까지 번졌다. 여자들이 옥상에 올라가 벽돌, 돌멩이, 흙, 나뭇조각을 집어 던졌다. 리파아 구역 사람들은 수장 없이 싸우면서도 오랫동안 싸움을 끌었지만 잘타의 백발백중 치명적인 타격 앞에서는 무릎을 꿇었다. 갑자기 여자들이 창문에서 소리를 질러대기 시작했다. 그녀들의 함성은 남자들의 아우성 소리에 묻혀 들리지 않았다. 그러자 여자들은 겁에 질려 동네의 동쪽 끝과 서쪽 끝을 번갈아 손으로 가리켰다. 여자들이 가리키는 방향에 사람들의 시선이 쏠렸다. 그들은 대저택 앞에 있는 까심을 보았다. 그가 몽둥이를 든 남자들을 거느리고 다가오고 있었다. 다른 쪽에서는 하산이 무리를 거느리고 다가오고 있었다. 그곳에서 소란스러운 경고의 함성 소리가 들려왔다. 순식간에 모든 것이 달라졌다. 마비된 것처럼 공격이 중단되었다. 그러고는 얼마 전까지 던지고 맞고 하던 사람들이 누가 시키지도 않았는데 자발적으로 연합해서 두 무리로 나뉘어 공격자들과 대항할 태세를 갖추기 시작했다.

"내가 음모라고 말했을 때 아무도 안 믿었지." 잘타가 분개해 소리쳤다.

그들은 지치고 절망한 최악의 상황에서 싸울 준비를 갖췄다. 갑자기 까심이 행군을 멈추자 반대쪽의 하산도 약속이라도 한 듯 멈춰 섰다. 까심이 목청껏 외쳤다.

"우리는 아무도 해칠 생각이 없습니다. 우리에겐 승자도 패자도 없습니다. 우린 모두 한 동네 사람들이고 한 조상의 후손들이며 부동산은 모든 사람의 것입니다."

"새로운 음모다!" 잘타가 소리쳤다.

"당신의 자리를 지키기 위해 사람들은 싸움터로 내몰지 마세요. 원한다면 당신 혼자서 그 자리를 지키세요." 까심이 화를 내며 말했다.

"공격하라!" 잘타가 큰 소리로 외쳤다.

그는 까심 무리를 향해 돌진했다. 남자들 몇몇이 그를 따랐고 또 다른 몇몇은 하산과 그의 부하들을 공격했다. 그러나 대부분의 사람들은 망설였다. 다치고 지친 사람들은 슬그머니 집으로 돌아갔고 망설이던 사람들도 그들의 뒤를 따랐다. 잘타와 그의 졸개만이 남았다. 그런 상황에서도 그들은 싸움에 뛰어들어 몽둥이와 주먹, 발과 머리를 이용해 싸웠다. 잘타는 분노에 눈이 멀어 까심을 집중적으로 공격했다. 두 남자는 격렬하게 몽둥이를 휘두르며 싸웠다. 까심은 조심해 가며 잘타의 공격을 민첩하게 막아 냈다. 수적으로 우세한 까심의 부하들은 잘타 일당을 포위한 후 포위망을 좁혀 들어가 수십 개의 몽둥이로 승리를 거두었다. 하산과 사디끄는 까심과 싸우고 있던 잘타를 공격했다. 사디끄가 잘타의 몽둥이를 막아 내는 순간 하산이 몽둥이로 연이어 세 차례 잘타의 머리를 내리쳤다. 잘타는 몽둥이를 떨어뜨리고 도살당한 소처럼 앞으로 달려가다 마치 문짝이 떨어져 나가듯 앞으로 꼬꾸라졌다. 그것으로 싸움이 끝났다. 몽둥이 소리도 남자들의 고함 소리도 들리지 않았다. 승리자들은 숨을 고르며 얼굴과 머리와 팔에 묻은 피를 닦아 냈다. 피는 흘렸지만 그들의 입에서는 승리와 안도의 기쁨으로 절로 웃음이 새어 나왔다. 그러나 집 안에서 울부짖는 소리가 들렸다. 잘타의 부하들이 여기저기 쓰러져 있었고, 태양은 타는 듯 따가운 햇살을 쏟아 내고 있었다.

"네가 이겼어. 하느님께서 너에게 승리를 주셨어. 우리의 시조는 실수하지 않고 잘 선택하신 거야. 우리 동네에서 앞으로 더 이상 울음소리가 들리지 않을 거야." 사디끄가 까심에게 자신 있게 말했다.

까심은 잔잔한 미소를 지으며 결연하게 시선을 옮겨 관재인의 집을 바라보았다. 뭇 시선이 그에게 쏠렸다.

91

까심은 부하들을 이끌고 관재인의 집을 향해 갔다. 문과 창문이 모두 굳게 잠겨 있었다. 어두운 그림자와 정적만이 감돌고 있었다. 하산이 힘차게 문을 두드렸지만 대답이 없었다. 몇몇 사람이 힘을 합쳐 문이 열릴 때까지 힘차게 대문을 밀었다. 드디어 대문이 열렸다. 까심이 들어가고 부하들이 뒤를 따랐다. 사람의 흔적이라고는 찾아볼 수 없었다. 하인 한 명 보이지 않았다. 그들은 서둘러 객사의 응접실로 갔다가 그곳의 다른 방들도 살펴보고 삼 층 건물인 본채를 샅샅이 뒤졌다. 관재인과 그의 가족은 하인들을 다 데리고 도망치듯 집을 떠난 것으로 보였다. 사실 까심은 이 상황이 그리 유감스럽지 않았다. 관재인의 아내 아미나가 없었더라면 자신은 애초에 죽은 목숨이나 다름없었기에 그녀에 대한 고마움으로 내심 그를 해치고 싶지 않았기 때문이다. 그러나 하산과 다른 사람들은 동네 사람들에게 가난과 굴욕을 맛보게 한 그 남자가 도망쳐 버린 사실에 무척 분개했다. 이처럼 까심이 승리하자 그는 논쟁의 여지없이 명실상부한 동네의 지도자가 되었다. 부동산을 맡아 볼 사람이 필요했기 때문에 재산을 도맡아 보는 관재인 자리에 올랐다. '사막쥐들' 구역 사람들도 자신들이 살던 곳으로 돌아왔고, 그들과 함께 수장들이 무서워 동네를 떠났던 다른 구역의 사람들도 야흐야를 앞세우고 모두 돌아왔다. 그 후 조용히 사십 일이 지나갔다. 그동안 상처는 아물고 사람들은 안정을 찾았다.

어느 날 까심은 '대저택' 앞에 서서 동네의 주민 모두를 그곳으로 불렀다. 사람들은 걱정 반 호기심 반으로 두근대는 가슴을 안고 모여들었다. 곧 그곳은 사람들로 넘쳐 났다. '사막쥐들' 구역 사람들과 리파아 구역 사람들, 그리고 자발 구역 사람들이 한데 어울렸다. 까심은 겸손하고 부드럽게, 그러나 위풍당당한 미소를 지으며 위쪽을, 대저택을 가리켰다.

"여기 우리 모두의 시조인 자발라위가 살고 계십니다. 그분의 후손은 구역과 구역, 개인과 개인, 남녀 사이에 차별이 없습니다."

사람들은 놀랐지만 얼굴에는 희색이 넘쳐흘렀다. 특히 승리한 군주의 연설을 들을 것이라 예상했던 사람들은 기뻐 어쩔 줄을 몰랐다.

"이 주변의 부동산은 모두 그분의 것입니다. 그것은 그분이 '내 재산은 네 자식들의 것이 될 것이다.'라는 말로 아드함에게 약속하셨던 것처럼 여러분 모두의 것입니다. 우리는 모두가 충족하게, 윤택하게 살 수 있도록 그 부동산을 잘 이용해야 합니다. 그렇게 되면 우리는 아드함이 바라던 것처럼 축복받고 걱정 없이 정말 행복하게 살 수 있습니다."

사람들은 마치 꿈이라도 꾸는 양 서로를 바라보았다. 그는 이야기를 계속했다.

"관재인은 도망쳤습니다. 다시는 돌아오지 않을 것입니다. 수장도 모두 사라졌습니다. 앞으로 우리 동네에는 수장이 존재하지 않습니다. 여러분은 폭군에게 보호 명목으로 세를 바치지 않을 것이며 약자를 못 살게 구는 잔인한 깡패 수장에게 복종하지 않을 것입니다. 여러분의 삶은 평화롭고 은혜롭고 사랑으로 넘쳐 날 것입니다."

그는 기쁨이 넘쳐흐르는 얼굴들을 자세히 쳐다보고 이야기를 계속했다.

"예전 상태로 돌아가느냐 아니냐는 여러분에게 달려 있습니다. 여러분의 관재인을 지켜보십시오. 만약 그가 여러분을 배신하거든 그를 해임하십시오. 만약 여러분 가운데 누군가가 폭력에 의존하려 한다면 그를 때리십시오. 만약 누군가가 혹은 어떤 구역이 권력을 장악하려 한다면 그에게, 그 구역에 따끔한 맛을 보여 주십시오. 꼭 그렇게 해야 예전으로 돌아가지 않고 여러분의 앞날을 보장할 수 있습니다. 하느님께서 여러분과 함께하실 겁니다."

그날 망자에 대한 위로를 받은 사람들도 있었고, 패배에 대한 위로를 받은 사람들도 있었다. 모두가 마치 봄밤에 휘영청 밝은 보름달을 바라보듯 자신들의 미래를 보았다. 까심은 신축 공사와 수리를 위해 약간의 돈을 남겨 두고 부동산에서 나온 수익금을 공평하게 분배했다. 각 개인의 몫은 미미했지만 공평하고 존중받는다는 느낌은 엄청났다. 까심은 신축 공사를 하고 수리를 하고 평화를 건설한다는 약속을 지켰다. 우리 동네 사람들은 그가 다스리는 기간 동안 누렸던 단결과 화합과 행복을 전에는 누려 본 적이 없었다. 물론 자발 구역 사람들 가운데 일부는 겉으로 드러낼 수 없는 딴마음을 품고 그들끼리 있을 때면 서로 소곤대기도 했다. '우리가 자발 구역 사람인데 '사막쥐들' 구역 사람이 우리를 다스리다니?' 리파아 구역 사람들도 마찬가지였다. 사실 일부 '사막쥐들' 구역의 사람들은 오만방자하게 건방을 떨기도 했다. 그래도 까심이 살아 있을 때는 화합을 저해하는 큰 목소리는 없었다. '사막쥐들' 구역 사람들은 전무후무한 인간의 유형을 그에게서 보았다. 그는 강인하면서도 부드럽고, 현명하면서도 단순했고, 위엄을 갖추었으면서도 사랑이 넘쳤고, 지배만 하는 것이 아니라 자신을 낮출 줄도 알았고 유능하면서도 정직했다. 거기다 그는 재치 있고 상냥하고 말쑥하고 사교적이고 게다가 취미가 고상하고 노래와 농담을 즐겼다. 토지가 재개발과 개발이라는 과정을 거치듯, 그도 여러 차례 결혼한 것을 제외한다면 변한 것은 아무것도 없었다. 그는 여전히 바드리야를 사랑했지만 자발 구역의 미인과 리파아 구역의 미인을 아내로 맞았고, '사막쥐들' 구역의 여자와도 사랑에 빠져 결혼까지 했다. 사람들은 그것을 두고 까심이 첫 번째 아내 까마르를 잃은 뒤 아내를 잃은 허탈감으로 무언가를 찾으려는 것이라고 말했다. 삼촌 자카리야는 그가 세 구역과의 유대를 강화하고 싶어 한다고 말했다. 하지만 동네 사람들에게는 그에 대한 구구한 설명이나 변명이 필요 없었다. 사실 그들은 까심의 성품을 찬미하는 그 이상으로 생동감 넘치는 모습을 기렸다. 그리고 우리 동네에서는 여자를 사랑하는 것은 하나의 능력이어서 남자들은 그것을 무척 우쭐대고 으스댔다. 그리고 그것은 수장과 같은 정도의 위상, 아니 그 이상의 위상을 부여했다.

사정이 어떻든 간에 우리 동네 사람들은 이전에는 진정한 통치권을 경험해 보지 못했다. 그들에게 통치란 착취하는 관재인이나 굴욕을 주는 깡패 수장 바로 그 자체였다. 까심의 시절 동네 사람들은 이전에는 전혀 알지 못했던 형제애와 사랑과 평화를 비로소 알게 되었다.

동네의 많은 사람이 입을 모아 말했다. "우리 동네에 망각이라는 전염병이 창궐했다면 이제 이 전염병을 퇴치할 때가, 영원히 근절할 때가 되었습니다."

아라파

92

지금 우리 동네를 눈여겨보는 사람은 카페에서 리벡의 반주에 맞춰 이야기꾼이 들려주는 이야기를 믿지 않을 것이다. 자발, 리파아, 까심이 대체 누구지? 이야기가 아닌 카페 밖 어디에 대체 그들의 흔적이 있다는 건가? 어둠 속에 잠긴 동네와 꿈을 노래하는 이야기꾼들만 눈에 들어온다. 어쩌다 우리가 이 지경에 처하게 되었을까? 화합하던 하나의 동네와 까심, 그리고 모두의 선을 위해 사용된 재산이 어디에 있다는 것인가? 어떻게 이런 탐욕스러운 관재인과 미치광이 수장들이 생겨났을까? 당신은 해시시 소굴에서 담뱃대를 돌려 피우며 웃고 탄식하는 가운데 사디끄가 까심의 뒤를 이어 관재인 자리에 오르고 그를 본받아 그의 전철을 밟았다는 이야기를 듣게 될 터이다. 그리고 까심의 사촌 동생인 하산이 수장을 죽인 장본인이기 때문에 그가 관재인 자리에 오르는 게 합당하다고 여기는 사람들이 그에게 무적의 몽둥이를 들라고 부추겼지만, 그렇게 되면 동네가 다시 폭력의 시대로 돌아가게 된다고 거부했다는 이야기도 듣게 될 것이다. 그러나 동네는 전처럼 여전히 분열되어 있었다. 자발 구역 사람들과 리파아 구역 사람들은 마음에 담아 둔 속내를 공개적으로 드러내기 시작했다. 사디끄가 유명을 달리하자마자 그간 감추어 두었던 욕망이 추악한 얼굴과 적의를 드러냈다. 몽둥이는 오랜 동면에서 깨어나 기지개를 켜기 시작했다. 각 구역마다, 구역과 구역 사이에서 유혈이 낭자했고, 관재인조차 서로 싸우면서 살해당했다. 고삐 풀려 통제 불능 상태가 되었고 안전과 평화는 실종되었고 공석인 관재인 자리를 두고 싸우는 야망 있는 사람들 때문에 사람들은 별 도리 없이 전임 관재인 리파아트의 자식 가운데 한 명을 관재인으로 세워야 했다. 그렇게 해서 까드리가 관재인이 되자 각 구역에서는 해묵은 씨족 중심주의가 되살아나면서 다시 수장이 등장해 각 구역을 장악했다. 이후 수장들은 동네 전체의 수장 두목 자리를 두고 싸움을 벌였고 마침내 사아달라가 그 자리를 차지했다. 그는 수장 두목의 집을 차지하고 스스로 수장 두목이 된 최초의 인물이었다. 유수프는 자발 구역을, 아자즈는 리파아 구역을, 산투리는 까심 구역을 차지했다. 처음에 관재인은 부동산 수익을 공평하게 나누고 활발하게 신축도 하고 개축과 수리도 했다. 그러나 예상대로 금방 관재인에 이어 수장들까지 욕심이 사나워져 예전처럼 관재인이 자기 몫으로 수익의 절반을 차지하고, 나머지는 네 명의 수장이 나눠 가졌다. 그들은 그 돈을 가질 권리가 있는 사람들에게 주지 않고 자신들이 차지한 것이다. 그들은 여기서 멈추지 않고 자신들의 불쌍한 구역 사람들에게 보호 명목의 돈을 세금처럼 거뒀다. 자연히 신축 공사는 중단되었고 짓다 만 주택들이 여기저기 널려 있었다. 옛것 가운데 변한 것이 있다면 '사막쥐들' 구역이 이제는 까심의 동네가 되었고, 다른 수장처럼 수장이 그곳을 지배했다. 그곳의 건물들은 오두막과 폐허에 둘러싸여 체면이나 주권 따위는 없었던 어두웠던 옛 시절로 돌아간 것 같았다. 그들은 궁핍해졌고 늘 몽둥이로 위협을 받고 툭하면 얻어맞았다. 쓰레기와 파리와 이가 우글댔고 거지와 사기꾼과 장애인들이 도처에 넘쳐 났다. 자발과 리파아와 까심은 허울만 좋은 이름이었고 카페에서 마약에 절어 있는 이야기꾼이 들려주는 이야기 속의 주인공에 지나지 않았다. 아무것도 남긴 것은 없지만 각 구역 사람들은 각 구역이 낳은 인물을 자랑스러워하며 서로 잘났다고 무섭게 말다툼과 주먹질을 했다. 중독자들이 애용하는 말들이 널리 퍼졌다. 중독자는 해시시 소굴로 들어가며 "무슨 소용이 있어?"라든가 "수장의 몽둥이에 맞아 죽는 것보다 나은 건 하느님께서 우리를 거두시는 것이고 제일 좋은 것은 술에 취하거나 해시시에 취하는 거야."라고 말했다. 그들은 노래 가사의 내용이 실망과 빈곤과 굴욕인 슬픈 유행가를 부르거나 심지어 어두운 폐허에서 위안을 찾는 남자와 여자의 귀에 쏙쏙 들어오는 음란하고 추잡한 노래를 흥얼거렸다. 몹시 걱정스럽고 괴로울 때면 사람들은 이렇게 말하곤 했다. "운명은 이미 정해져 있어. 자발도, 리파아도, 까심도 더 나은 건 아니야.

현세에서 우리가 파리라면 내세에서 우리는 흙먼지야." 더더욱 놀라운 것은 그 이후에도 우리 동네는 여전히 우리 이웃들에게 호감을 산다는 것이었다. 이웃 동네 남자는 우리 동네를 가리키고 감탄하며 말한다. "자발라위 동네야." 그런데 정작 우리는 마치 과거의 소중한 추억에 빠져 있는 것처럼, 아니면 우리 내면에서 낮은 목소리로 속삭이는 정체 모를 목소리에 열심히 귀를 기울이는 것처럼 아무 말 없이 우울하게 웅크리고 앉아 있다. "어제 일어난 일이 내일 다시 일어나는 것은 불가능한 게 아니야. 다시 이야기꾼의 꿈이 실현되고 어둠이 이 세상에서 자취를 감출 거야."

93

어느 날 정오가 지나고 얼마 되지 않아 한 낯선 청년이 사막에서 동네를 향해 오고 있었다. 그 뒤에 난쟁이처럼 키 작은 남자가 뒤따라오고 있었다. 그는 맨몸에 회색 질밥을 걸쳤는데, 벨트를 꼭 졸라맸다. 벨트는 질밥을 위아래로 나눈 것 같았고 윗부분은 불룩해 그 안에 뭔가 가득 들어 있는 듯 보였다. 낡고 빛바랜 빨간 가죽신을 신고 있는 그는 모자를 쓰지 않은 까치둥지 머리에 숱이 유독 많아 보였다. 그는 갈색 피부에 동그랗지만 날카로운 눈매를 가졌고 있고 눈빛은 불안하지만 꿰뚫듯 예리했다. 행동거지는 자신만만해 보였다. 그는 '대저택' 앞에 잠시 멈춰 섰다가 천천히 움직였다. 그의 친구가 그를 따라왔다. 그가 동네로 들어서자 뭇 시선이 그에게 쏠렸다. 마치 '우리 동네에 웬 이방인이지! 건방져 보이는데!'라고 말하는 것처럼 보였다. 그는 거리의 상인들, 가게 주인들,

카페에 앉아 있는 사람들, 창밖을 내다보는 사람들, 심지어는 개와 고양이도 자신을 그렇게 바라본다는 것을 느낄 수 있었다. 파리조차 다가가기를 거부하는 것처럼 자신을 무시하고 피한다는 생각이 들었다. 아이들은 그에게 참견을 하고 약을 올리려는 듯 보였다. 몇몇 아이는 그에게 다가갔고 또 다른 몇몇 아이는 새총에 돌을 끼워 넣거나 바닥에서 돌멩이를 찾았다. 그는 아이들에게 다정하게 웃어 보이고 가슴께 주머니에 손을 넣어 페퍼민트를 조금 꺼내서 나눠 주었다. 아이들은 기뻐하며 그에게 다가왔다. 아이들은 감탄하며 그를 빤히 쳐다보며 페퍼민트를 씹었다. 그는 여전히 만면에 미소를 지으며 아이들에게 말했다.

"세를 받는 빈 지하실이 있니? 가르쳐 주는 사람에겐 페퍼민트를 잔뜩 줄게."

공동 주택 앞 땅바닥에 앉아 있던 여자가 그에게 물었다.

"화가 닥칠 텐데! 우리 동네에서 살려고 하는 당신은 누구신가?"

남자가 웃었다.

"아라파라고 합니다. 잘 부탁드립니다. 저도 이곳 출신입니다. 저는 오랫동안 타지에서 살다 돌아오는 길입니다."

여자는 그를 세심히 쳐다보았다.

"뉘 자식이야?"

그는 배꼽 빠지게 웃고 나서 공손하게 대답했다.

"기억력이 뛰어난 자흐샤의 아들입니다. 아주머니, 그분 모르시죠?"

"자흐샤라고? 점쟁이?"

"예, 바로 그분 맞습니다."

벽에 기대고 서서 아이의 머리에서 이를 잡던 여자가 대화를 이어 갔다.

"그때 넌 엄마를 졸졸 쫓아다니던 꼬마였는데. 너를 기억하고 있는데 눈만 빼고 몰라보게 달라졌구나."

"그래. 그런데 네 어머니는 어디 계시니? 돌아가셨니? 하느님, 그녀의 영혼을 쉬게 하소서. 난 그녀의 바구니 앞에 앉아 점을 보곤 했지. 그럼 그녀는 속삭이며 조개를 던지고 그걸로 앞날의 운수를 알려 줬어, 자흐샤! 편히 쉬게." 첫 번째 여자가 말했다.

"오래도록 건강하세요. 사정이 허락하신다면 빈 지하실로 저를 안내해 주실 수 없나요?" 그는 호의에 감사하며 물었다.

여자가 어둠침침한 눈으로 그를 뚫어지게 바라보았다.

"그렇게 오랫동안 나가 살다 어쩐 일로 돌아오게 된 건가?"

"물을 떠난 고기가 물을 그리워한다고, 타지에 살다 보면 고향으로 돌아오게 되어 있습니다." 그는 현자의 어투를 흉내 내 말했다.

여자는 리파아 구역의 한 공동 주택을 가리켰다.

"저기 빈 지하실이 있어. 그곳에 살던 여자가 화재로 타 죽은 뒤 내내 비어 있는데, 그게 무섭지는 않지?"

창밖을 내다보던 한 여자가 웃었다.

"이 청년은 마귀가 무서워하는 사람이야."

그는 기분이 좋아서 웃는 척하며 얼굴을 들었다.

"우리 동네는 정말 기분 좋은 곳이에요. 동네 사람들이 정말로 재미있고 다정해요. 어머니가 돌아가시면서 왜 이곳으로 돌아가라고 했는지 이제야 알겠어요."

그리고 나서 그는 앉아 있는 여자를 바라보았다.

"돌아가신 어머니의 손님! 우리는 어차피 죽게 되어 있어요. 불로 죽든 물로 죽든 마귀에 의해 죽든 몽둥이에 맞아 죽든 말이죠."

그는 그녀에게 작별 인사를 하고 그녀가 가리켰던 건물을 향해 갔다. 많은 사람이 눈으로 그의 뒤를 좇았다. 한 사람이 비꼬았다.

"그 애 엄마는 알겠는데 아버지는 누구야?"

"아무도 몰라." 한 노파가 대답했다.

"그 애는 자기 마음대로, 아니면 이익을 좇아 자발 구역 사람도, 리파아 구역 사람도, 까심 구역 사람도 될 수 있어. 하느님, 그의 어머니의 영혼을 쉬게 하소서." 한 남자가 말했다.

아라파의 친구가 감정이 격해서 그에게 속삭였다.

"왜 이곳으로 돌아온 거니?"

아라파는 여전히 빙그레 웃었다.

"나는 어디서나 이런 말을 들어. 어쨌든 이곳은 우리 동네야. 우리가 살 수 있는 유일한 곳이야. 우리는 시장을 어슬렁거리다 사막과 폐허에서도 잠을 잤어. 이 사람들은 입은 험하지만 좋은 사람이고 몽둥이는 휘두르지만 어리석지. 그래서 여기서 쉽게 생계를 꾸릴 수 있어. 하나슈, 이걸 잊지 마."

하나슈는 '두고 봐야지.'라고 말하는 것처럼 좁은 어깨를 으쓱댔다. 한 마약 중독자가 그들의 길을 가로막고 아라파에게 물었다.

"네 이름이 뭐냐?"

"아라파입니다."

"아라파, 뭐라고?"

"자흐샤의 아들 아라파입니다."

구경꾼들은 그가 조롱당하는 게 기뻐서 왁자하게 폭소를 터뜨렸다.

"너의 엄마가 임신했을 때 우리는 네 아버지가 누군지 늘 궁금했는데. 네 엄마가 너한테 사실대로 말해 주었냐?" 남자가 다시 말했다.

아라파는 아픔을 감추려 더 크게 웃었다.

"어머니도 알지 못하고 돌아가셨어요."

그는 그들이 웃든지 말든지 신경 쓰기 않고 그 자리를 떴다. 그가 돌아왔다는 소식이 동네 전체에 퍼졌다. 그가 지하실을 임대하기 전에 리파아 구역의 카페에서 온 소년이 그를 찾아왔다.

"우리 구역의 수장 아자즈 씨가 당신을 만나고 싶어 해요."

그는 근처에 있는 카페로 갔다. 가장 먼저 그의 시선을 사로잡은 것은 이야기꾼이 앉아 있는 의자 위 벽 한가운데에 걸린 그림이었다. 그림 아래쪽에는 말을 탄 아자즈가, 위쪽에는 세련된 아바를 입고 멋진 콧수염을 기른 관재인 까드리가, 그 위에는 자발라위가 리파아의 시신을 무덤에서 파내어 집으로 데려가기 위해 팔에 안고 있는 모습이 그려져 있었다. 그는 그

그림을 흥미롭게 쳐다보고는 카페로 들어갔다. 아자즈가 부하들과 지지자들에 둘러싸여 오른쪽 줄 가운데 긴 의자에 앉아 있었다. 아라파는 그쪽으로 가 그의 앞에 섰다. 수장은 마치 공격하기 전 그에게 최면술이라도 걸려는 것처럼 오랫동안 무시하는 눈초리로 그를 빤히 바라보았다. 아라파는 손을 머리까지 들어 올렸다.

"우리의 수장에게 축원과 인사를 드립니다. 저희는 당신에게 보호를 받고 당신 곁이라 행복합니다."

그의 단춧구멍 같은 눈에 경멸이 스쳐 지나갔다.

"달콤한 말이야, 자흐샤 아들! 그러나 그 따위 말은 유일하게 우리에게는 통하지 않는 얄팍한 수야."

아라파가 미소를 지었다.

"원하신다면 곧 다른 수를 보여 주겠죠."

"거지 같은 놈들이 필요 이상으로 너무 많아."

"나리, 저는 거지가 아니라 많은 사람에게 알려진 마법사입니다." 아라파는 거만하게 웃으며 대답했다.

좌중은 서로의 얼굴을 쳐다보았다. 아자즈가 얼굴을 찌푸렸다.

"미친놈! 무슨 뜻이야?"

아라파는 윗주머니에 손을 넣어 연밥만 한 크기의 정교한 작은 상자를 꺼냈다. 그는 굽실거리는 비굴한 태도로 그에게 건네주었다. 그는 흥미 없다는 듯이 받아서 열어 보았다. 그 안에는 검정색 물체가 들어 있었다. 그가 궁금해하며 자세히 살펴보았다.

"잠자기, 아이코, 죄송합니다. 주무시기 두 시간 전에 극소량을 차에 섞어 드셔 보세요. 그럼, 그 후 당신의 종복 아라파를 마음에 들어 하시게 되거나 아니면 욕이란 욕은 다 하시며 저를 동네에서 쫓아내시게 될 겁니다." 아라파는 자신감에 넘쳐 말했다.

처음으로 그들 모두 강한 호기심에 눈동자를 반짝이며 목을 쑥 내밀었다. 아자즈조차 호기심을 감추지 못했다. 그러나 그는 짐짓 대수롭지 않다는 듯 물었다.

"이게 너의 마법이라는 거냐?"

"제게는 또한 희귀한 향과 신비한 민간요법과 치료법과 약, 그리고 부적이 있습니다. 병중에 있거나 아이를 낳지 못하거나 허한 사람들에게 제 능력이 발휘됩니다."

"자, 자! 좋은 소식인데 앞으로 보호세를 바쳐." 아자즈가 위협하듯 말했다.

아라파는 심장이 오그라들었지만 기쁜 표정을 지었다.

"제가 가진 것은 나리 처분에 달렸습니다."

수장은 별안간 웃음을 터뜨렸다.

"그런데 너 아직 아버지가 누군지 우리에게 말 안 했어."

"아마 나리는 알고 계실 텐데요."

그들은 카페가 떠나가라 큰 소리로 웃고 매캐한 담배 연기를 마시며 이러쿵저러쿵 경멸에 가득 찬 말을 해 댔다. 아라파는 카페를 나오며 화가 나 중얼거렸다. "누가 진짜 아버지인지 아무도 몰라. 아자즈 너도 몰라. 아, 개새끼들!"

그와 하나슈는 흐뭇한 기분으로 지하실로 들어갔다.

"내가 기대했던 것보다 괜찮아. 마침맞은데, 하나슈. 이 방은 사람들을 만나기에 딱 맞고 저 안에 있는 하나는 침실, 다른 하나는 작업실이 될 거야."

"어느 방에서 그 여자가 타 죽은 것 같니?" 하나슈가 걱정스럽게 물었다.

아라파가 큰 소리로 웃자 웃음소리가 방 안에 울려 퍼졌다.

"하나슈, 귀신이 무서워? 자발이 뱀을 부렸던 것처럼 우리는 귀신들을 부릴 거야."

그는 주위를 흡족하게 둘러보았다.

"창문이 하나밖에 없다. 길 쪽으로 난 방에 하나뿐이야. 우리는 쇠창살 사이로 밖을 내다봐야겠는데. 집은 무덤 같아도 한 가지 엄청난 장점이 있네. 도둑이 들진 않겠다."

"아니, 도둑이 들어올지도 몰라."

"그럴지도 모르지."

그러고는 한숨을 쉬었다.

"내가 하는 일은 전부 사람들에게 도움이 되는 거야. 그런데도 늘 욕만 먹었던 것 같아."

"성공은 네가 겪은 모든 괴로움뿐 아니라 돌아가신 너의 어머니가 전에 겪으셨던 고통까지도 보상해 줄 거야."

94

한가한 시간 아라파는 밖에서 무슨 일이 일어나는지 보기 위해 낡은 소파에 앉아 창밖 풍경을 즐겼다. 그는 창살에 바싹 붙어 앉았다. 지하실의 창이 지면과 맞닿아 있어 그는 지나다니는 사람들의 발, 수레바퀴, 개, 고양이, 곤충, 그리고 어린이들을 볼 수 있었다. 그러나 목을 쭉 내밀지 않고서는 어른들의 머리나 어깨는 볼 수 없었다. 벌거벗은 아이가 앞에서 죽은 생쥐를 갖고 놀기도 하고, 앞을 못 보는 노인이 왼손에는 파리가 우글거리는 콩과 견과류와 사탕이 담긴 나무 쟁반을 들고, 오른손에는 조악한 지팡이를 짚고 지나가기도 했다. 다른 지하실 창문에서 흘러나오는 울부짖는 소리도 듣고 얼굴에서 피를 흘릴 정도로 격한 남자들의 싸움을 구경하기도 했다. 아라파는 벌거벗은 아이에게 웃으며 다정하게 물었다.

"애야, 이름이 뭐니?"

"우나."

"핫수나 말이구나. 핫수나, 죽은 생쥐가 좋니?"

어린애가 생쥐를 그에게 던졌다. 창살이 없었더라면 얼굴에 맞을 뻔했다. 아이는 쏜살같이 달아났다. 아라파는 발치께에서 졸고 있는 하나슈를 바라보았다.

"이 동네는 도처에서 수장들의 존재를 느낄 수 있고 자발과 리파아와 까심 같은 사람을 닮은 데라고는 전혀 찾아볼 수 없어."

하나슈가 하품을 했다.

"우리가 보는 모든 사람은 사아달라, 유수프, 아자즈, 산투리 같은 사람들뿐이야. 우리는 자발과 리파아와 까심 같은 사람은 이야기로만 듣고 있어."

"그래도 그들이 존재했었잖아, 아냐?"

하나슈는 손가락으로 방바닥을 가리켰다.

"우리가 사는 이 건물은 리파아 구역 안에 있어. 모든 주민이 리파아 구역 사람들이야. 이야기꾼들이 매일 저녁 사랑과 행복을 위해 어떻게 살다 죽었는지 이야기하는 리파아가 사람들이지. 그런데 매일 아침 우리가 제일 먼저 듣는 것은 말다툼과 욕설뿐이야. 남자나 여자나 다 마찬가지야."

아라파가 입을 삐쭉 내밀었다.

"그들은 존재했지. 안 그래?"

"욕하는 게 리파아 구역 사람들에게 제일 쉬운 모양이야. 불쌍한 놈, 바로 어제도 싸움이 일어나 한 사람이 애꾸가 됐어."

아라파가 흥분해서 벌떡 일어섰다.

"정말 기가 막힌 곳이야! 우리 좀 봐. 모두들 우릴 이용만 하려 들지 아무도 우릴 존중하지 않지."

"그들은 아무도 존중하지 않아."

그는 이를 악물었다.

"수장들은 제외!"

하나슈가 웃었다.

"네가 이 동네에서 모든 사람, 즉 자발 구역 사람들, 리파아 구역 사람들, 까심 구역 사람들과 거래할 수 있는 유일한 사람이야."

"빌어먹을!"

잠시 침묵이 흘렀다. 그의 눈은 어두컴컴한 지하실에서 반짝거렸다.

"모두가 맹목적으로 자기 구역 출신 인물을 자랑스러워해. 한갓 이름뿐인 그 사람들을 말이야. 자랑거리라 여기는 허위의식에서 한걸음도 벗어나려고 하질 않아. 겁쟁이 개새끼들!"

그의 첫 손님은 그가 지하실로 들어와 살기 시작한 바로 그 주에 찾아온 리파아 구역의 여자였다.

"아무도 모르게 여자를 죽일 수 있는 방법이 없을까?" 그녀가 차분한 목소리로 물었다.

등골이 오싹해진 그가 놀라서 그녀를 바라보았다.

"그건 제 일이 아닙니다. 아주머니께서 몸이나 마음에 좋은 약을 원하신다면 드릴 수는 있습니다."

"당신은 마법사 아닌가?" 그녀가 반문했다.

"사람들에게 유익한 일을 하죠. 저는 사람을 죽이지는 않습니다." 그가 분명하게 선을 그어 말했다.

"겁이 나는 거야? 우리는 남모를 비밀 한 가지를 간직할 공모자가 될 거야."

그는 부드러움을 가장해 경멸조로 말했다.

"그건 리파아의 방식은 아니죠."

"리파아! 그에게 자비를! 우리는 인정머리라고는 찾아볼 수 없는 동네에서 살고 있어. 인정이라는 것이 있었다면 리파아가 그렇게 죽지는 않았을 거야." 그녀가 언성을 높였다.

그녀는 절망감을 안고 돌아갔다. 그러나 그는 후회하지 않았다. 리파아가 정말 좋은 사람이었음에도 불구하고 이 동네에서 그는 안전하지 않았다. 그런데 죄를 짓고 어떻게 안전하기를 바랄 수 있단 말인가? 그의 어머니! 그녀는 아무도 해치지 않았는데 그녀는 갖은 고생을 했다. 수완 좋은 상인이라면 그에 걸맞게 모든 사람과 좋은 관계를 유지해야 할 것이다. 그는 카페를 다 찾아다니기 시작했다. 카페에는 어디든 그가 아는 손님이 있었다. 동네의 모든 카페를 섭렵한 덕에 그는 이야기들이 뒤죽박죽 섞여 머릿속이 복잡하고 이야기가 헷갈렸다. 까심 구역에서 그를 찾아온 첫 손님은 고령의 노인이었다.

"리파아 구역의 수장 아자즈에게 자네가 준 선물에 관한 이야기를 들었어." 노인은 웃는 얼굴로 속삭이듯 말했다.

아라파는 웃으면서 그의 주름진 얼굴을 찬찬히 들여다보았다.

"자네가 가진 걸 주게. 놀랄 것 없네. 정말이지, 내가 이렇게 살아 있지 않나."

그들은 은밀하게 미소를 주고받았다.

"자넨 까심 구역 사람이지, 그렇지 않은가? 우리 구역 사람들은 그렇게 생각하는데." 노인이 용기를 내 말했다.

"그들이 아버지를 아시나 봐요?" 아라파가 빈정거렸다.

"까심 구역 사람들은 생김새를 보면 알아. 자넨 까심 구역 사람이야. 동네 사람들을 최고로 행복하고 공정하다고 느끼게 만들어 준 사람들이 바로 우리야. 유감스럽게도 정말 불행한 동네야!" 그는 사뭇 진지하게 말했다.

그러고는 그곳을 찾아온 목적을 떠올리고는 "선물을 주게."라고 부드럽게 말했다.

노인은 침침한 눈으로 작은 상자를 들여다보며 그 자리를 떴다. 노인의 시원찮은 걸음걸이에서 희망과 활력이 느껴졌다. 최근 그를 찾아온 사람은 예상 밖의 인물이었다. 그가 거실 방석 위에 앉아 자신 앞에 놓여 있는 향로에서 피어오르는 부드럽고 황홀한 향내를 맡고 있을 때 하나슈가 나이 든 누비인을 데리고 안으로 들어왔다.

"관재인 나리의 문지기 유니스 씨야."

아라파는 벌떡 일어나 반갑게 손을 내밀었다.

"어서 오세요. 잘 오셨습니다. 선지자가 오신 것과 진배없습니다. 앉으세요."

그들은 나란히 앉았다. 문지기가 누비아인답게 솔직하게 말했다.

"관재인의 부인이신 나지라 마님께서 악몽으로 잠을 통 못 주무셔."

아라파의 눈에는 호기심이 역력했다. 그는 희망과 야망으로 가슴이 두근거렸지만 간단하게 대답했다.

"일시적인 현상이니 곧 좋아지실 거예요."

"그러나 마님은 몹시 불안하신지 적절한 방법을 찾게 저를 이곳으로 보내셨네."

아라파는 오랜 세월 작고한 어머니와 늘 함께하던 떠돌이 생활에서는 느낄 수 없었던 행복과 주도권을 느꼈다.

"제일 좋은 것은 제가 직접 그녀와 이야기를 하는 겁니다."

"불가능해. 그분은 여기 오시지 않을 거고 당신도 그분을 찾아갈 수 없어." 그는 날카롭게 말했다.

아라파는 실망감을 감추고 이 절호의 기회를 놓치지 않으려고 애썼다.

"그녀의 손수건이나 그녀의 물건이면 어떤 것이든 필요합니다."

문지기는 터번을 쓴 채 머리를 숙여 인사한 후 일어섰다. 그들이 지하실 출입구에 닿자 그는 잠시 망설이다 아라파에게 귓속말을 했다.

"리파아 구역의 수장 아자즈에게 준 선물 이야기를 들었는데……."

문지기가 선물을 갖고 가자 아라파와 하나슈는 한바탕 웃었다.

"누굴 위해 선물을 가져간 걸까? 자신을 위해서, 아니 관재인을 위해서, 아니 부인을 위해서?"

"선물과 몽둥이 동네이야!" 아라파가 큰 소리로 비꼬듯 말했다.

밤이 되자 그는 동네의 모습을 살펴보려고 창가에 섰다. 건너편 벽은 달빛을 받아 은색이었고 귀뚜라미가 시끄럽게 울어 댔다. 카페에서 흘러나오는 이야기꾼의 목소리가 커졌다.

그리고 아드함이 물었습니다.

"더 이상 우리가 관계가 없다는 것을 언제 인정할 거예요?"

그러자 이드리스가 말했습니다.

"하느님, 우리를 용서하소서! 네가 내 동생이 아니란 말이냐! 그것은 천륜이야."

"형! 나에게 할 만큼 했어요, 그만하면 충분해요."

"슬픔은 고약하지. 우리는 둘 다 불행한 일을 당했어. 너는 후맘과 까드리를 잃었고 나는 힌드를 잃었어. 그 위대한 자발라위께서는 매춘부 손녀와 살인자 손자를 갖게 되셨고……."

아드함은 감정이 격해서 포효하듯 목소리가 커졌다.

"형에 대한 응징이 형이 저지른 짓만큼 나쁘지 않다면 그런 세상은 멸망해야 해요."

아라파는 진저리가 나 창가에서 빠져나왔다. '우리 동네 사람들은 도대체 언제 이런 이야기에서 벗어날까? 세상은 언제 종말을 고할까? 나의 어머니는 예전에 이런 말을 반복하셨는데……. '죄과의 응징이 죄과보다 가혹하지 않다면 그런 세상은 멸망할 거야!' 사막에 사셨던 불쌍한 나의 어머니! 동네 사람들, 당신들은 이 이야기에서 대체 무엇을 얻습니까?'

95

아라파와 하나슈는 벽에 붙어 있는 가스등에 불을 켠 후 지하실 뒷방에서 일하고 있었다. 그 방은 눅눅하고 어두운 데다 지하실 안쪽에 위치해 있어 일상생활을 하는 데 적합하지 않아 아라파는 그 방을 작업실로 꾸몄다. 방바닥과 방 구석구석에는 종이 부적 꾸러미, 흙, 생석회, 풀과 향신료, 생쥐, 개구리, 전갈과 같은 말린 동물과 곤충, 유리병 조각 더미, 목이 긴 병, 단지에 들어 있는 물, 코를 찌르는 냄새가 나는 이상한 액체, 석탄, 난로가 있었고 벽에 매단 선반에는 온갖 종류의 그릇과 냄비와 자루가 놓여 있었다. 아라파는 커다란 도자기에 여러 가지 재료를 섞어 반죽을 하는 데 몰두했다. 이마에 땀이 송골송골 맺히자 그는 가끔씩 질밥 소매로 닦아 냈다. 하나슈는 근처에 비스듬히 누워 아라파가 시키는 대로 그의 요구에 응하기 위해 흥미롭게 그를 지켜보고 있었다. 하나슈는 그를 위로하고 싶어서인지 아니면 그의 비위를 맞추고 싶어서인지 그에게 말을 걸었다.

"이 불행한 동네에서 가장 바쁘다는 사람도 네가 힘들게 일하는 것의 몇 분지 일도 안 할걸. 대체 뭘 위해 그리 일하는 거니? 몇 푼 아니 고작 1피아스터⁴⁾에 불과할 텐데!"

"하느님이여, 우리 어머니를 편히 쉬게 하소서! 어머니의 진가를 아는 사람은 오직 나밖에 없어. 어머니가 네 머릿속의 갖가지 생각을 읽고 너에게 말해 주는 그 놀라운 마법을 알려 주시던 날 내 삶은 완전히 바뀌었어. 어머니가 아니었으면 나는 기껏해야 소매치기나 거지가 되었을 거야." 그는 기분 좋게 대꾸했다.

그래도 하나슈는 고집스럽게 아쉬워했다.

"그깟 동전 몇 푼!"

"참고 견디면 돈은 불어나. 그 점은 걱정하지 마. 폭력을 써서 부자가 될 수는 없어. 내가 누리고 있는 높은 위상을 잊지 마. 나를 찾아오는 사람들은 전적으로 나를 믿고 자신들의 행복을 내 손에 맡겨. 그건 하찮은 게 아니야. 마법 그 자체의 기쁨을 잊지 마. 쓸모없는 것을 쓸모 있는 것으로 만드는 기쁨, 네가 시키는 대로 해서 사람들이 치유되는 기쁨 같은 것. 그리고 네가 갈망하는 미지의 힘이 있어. 네가 그렇게 할 수만 있다면 좋으련만."

하나슈는 난로를 바라보다 갑자기 이야기의 맥을 끊었다.

---

4) 이집트에서 통용되는 하위 화폐 단위.

"채광창 아래에서 난로에 불을 지피는 게 좋겠어. 안 그러면 질식할 거야."

"마음대로 해. 그런데 제발 내 생각만은 방해하지 마. 이 동네에서 교육을 받았다고 자처하는 사람들 가운데 어떤 바보도 고약한 냄새가 나는 이 더럽고 어두운 방에서 만들어진 것들의 중요성을 간파할 수 없을 거야. 그들은 '선물'의 중요성은 알지만 선물이 다는 아니지. 상상할 수 없는 놀라운 기적이 이 방에서 일어날 수도 있어. 미친놈들은 아라파의 진가를 깨닫지 못하지만 언젠가는 그들도 알게 될 거야. 그때 그들은 하느님께 우리 어머니의 영면을 빌고 지금처럼 그녀를 모욕하지 못할 거야."

하나슈는 엉거주춤 일어났다가 다시 털썩 주저앉으며 분개했다.

"어리석은 수장이 몽둥이로 이 아름다운 것들을 모두 파괴하게 될 거야."

"우리는 아무도 해치지 않고 보호세를 내고 있어. 누가 그런 우리를 해칠 수 있지?" 아라파가 날카롭게 말했다.

하나슈가 웃었다.

"리파아는 뭘 잘못해서 그렇게 됐냐?"

아라파는 화가 나 그를 쏘아보았다.

"왜 나를 화나게 하는 거니?"

"너는 부자가 되길 원하는데 여기선 수장들만 부자가 되고, 네가 강자가 되길 바라는데 여기선 오직 수장들에게만 힘이 허용돼. 잘 판단해!"

아라파는 재료들이 잘 섞였다는 확신이 들 때까지 침묵했다. 그가 하나슈를 바라보았다. 그가 여전히 걱정하고 있는 문제를 알고 웃었다.

"어머니가 너보다 앞서서 나에게 경고하셨어. 고마워, 하나슈! 걱정도 팔자다! 난 계획을 세우고 돌아왔어."

"마법 외에는 네 관심을 끄는 게 아무것도 없는 것 같아."

"마법은 정말 놀라운 거야. 그 힘이 어디까지인지 아무도 몰라. 마법을 부릴 줄 아는 사람에게 몽둥이는 어린애들 장난감이야. 하나슈, 너는 알아. 바보처럼 굴지 마. 동네 사람 모두 마법사라고 상상해 봐!" 아라파는 취한 듯 기분 좋게 말했다.

"모두가 마법사면 다 굶어 죽을 거야."

아라파는 송곳니를 드러내고 활짝 웃었다.

"바보처럼 굴지 마, 하나슈. 자신에게 물어봐. '그들이 무엇을 만들 수 있었는지.' 사실 기적은 저주와 욕설이 난무하는 우리 동네에서도 일어난다는 거야."

"그래. 그보다 먼저 그들이 굶어 죽지 않는다면 그렇겠지."

"그들은 죽지 않을 거야……."

그러나 그는 말을 끝맺지 못했다. 그는 생각하느라 여념이 없어 작업을 계속할 수 없었다. 그가 다시 말을 이었다.

"까심 구역의 이야기꾼은 까심이 모든 사람이 필요로 하는 것을 얻을 수 있도록 부동산을 이용하길 원했다고 이야기해. 그래서 그들은 일을 하지 않고도 한가롭게 아드함이 꿈꾸었던 행복을 누릴 수 있게 되었지."

"그게 까심이 한 말이지!"

"여가가 최종 목적은 아니지만, 한가하고 자유롭게 삶을 영위한다고 상상해 봐. 그건 단지 아름다운 꿈일 뿐 웃기는 일이야, 하나슈. 기적을 만들기 위해 일을 하지 않는 게 가장 멋진 일이지!" 그는 눈을 반짝이며 말했다. 자라목을 한 하나슈는 큰 머리를 흔들었다. 무의미한 말에는 동의하지 않겠다는 뜻으로 보였다. 잠시 후 그는 일에 열중할 때처럼 진지한 어조로 말했다.

"채광창 아래서 난로를 피우게 좀 해 줘."

"그렇게 해. 그리고 너도 태워 버려야 마땅하니 불로 뛰어들어."

아라파는 한 시간 후에 작업실에서 벗어나 소파에 앉아 창밖을 내다보았다. 고요하던 세상이 생활 소음으로 시끄러워졌다. 상인들이 외쳐 대는 소리, 여자들의 수다, 농담 소리, 온갖 욕설이 들려왔다. 여기에 더해 끊이지 않는 보행자들의 발소리도 들려왔다. 순간 그는 창 건너편 담벼락에 새로운 뭔가가 생겼다는 것을 알아챘다. 낡은 여자 옷을 두른 이동식 간이 카페가 있었다. 철골조의 매대 위에는 커피와 차와 계피가 들어 있는 통, 풍로, 커피 잔, 컵, 스푼들이 나란히 올려져 있었다. 한 노인이 바닥에 앉아 물을 끓이려고 풍로에 부채질을 하고 있었고, 한 아가씨가 매대 뒤에 서서 포근한 목소리로 손님들을 부르고 있었다. "맛있는 커피 드세요." 그 카페는 까심 구역과 리파아 구역 경계에 있어 그곳을 찾는 손님의 상당수는 손수레를 끌고 다니는 장사꾼과 가난한 사람 들이었다. 아라파는 창 너머로 오랫동안 그녀를 바라보았다. 검은 히잡을 두른 갈색 얼굴은 참으로 예뻤다. 그녀가 입고 있는 목에서부터 발끝까지 내려오는 짙은 갈색의 치렁치렁한 질밥은 너무나 긴 나머지 바닥에 질질 끌렸다. 주문을 받거나 빈 잔을 갖고 돌아오는 그녀의 모습이 얌전하고 단정해 보였다. 날씬한 몸매는 또 어떤가! 불결한 환경으로 인해 아니면 재 때문에 왼쪽 눈꺼풀이 염증으로 벌겋게 붓지만 않았어도 갈색 눈동자는 얼마나 예뻤을지! 얼굴 모습으로 보아 그녀와 노인은 부녀간이 분명했다. 그는 동네 사람 태반이 그렇듯 틀림없이 늘그막에 그녀를 보았을 것이다. 아라파는 주저하지 않고 그녀에게 소리쳤다.

"아가씨! 차 한 잔 부탁해."

그녀는 그를 건너다보고는 재빨리 모래에 반쯤 박혀 있던 포트를 꺼내 컵을 채웠다. 그녀는 길을 건너 차를 가져왔다. 아라파는 웃으며 찻잔을 건네받았다.

"고마워. 얼마니?"

"1니클라[5]예요."

"비싸다! 하긴 너한테 비싼 건 없지."

"큰 카페에서는 1타리프[6]예요. 그거나 이거나 별 차이 없다고요."

그녀는 그의 대꾸를 기다리지 않고 가 버렸다. 그는 식기 전에 차를 마시며 그녀에게서 시선을 떼지 않았다. '저런 아가씨와 함께라면 얼마나 행복할까? 그녀는 한쪽 눈이 벌겋게 부어오른 것을 제외하면 완벽했다. 저런 정도라면 그에게 치료

---

5) 이집트의 옛 화폐 단위로, 2말림에 해당한다. 1말림은 1000분의 1 이집트 파운드이다.

6) 이집트의 옛 화폐 단위로, 5말림에 해당한다.

는 식은 죽 먹기인데.' 그러나 문제는 돈이었다. 그가 아직 모으지 못한 상당한 액수의 돈이 필요할 것이다. 지하실은 준비가 다 되어 있었다. 하나슈가 복도나 거실에서 자면 문제는 없었다. 그가 원하면 언제든 침대에 있는 빈대부터 깨끗하게 없앨 수도 있다. 그때 낯선 웅성거리는 소리가 들렸다. 사람들이 동네 꼭대기 쪽을 바라보고 있었다. 그들 중 몇몇이 "산투리다…….산투리!"라고 말했다. 그는 창가에 바짝 붙어 서서 산투리가 한 무리의 부하를 거느리고 다가오고 있는 것을 보았다. 그는 간이 카페를 지나면서 그녀에게 눈을 떼지 못하고 부하 한 명에게 물었다.

"저 아가씨는 누구?"

"샤크룬의 딸 아와티프입니다."

산투리는 흐뭇한지 눈썹을 치켜올리며 그녀에게로 다가갔다. 아라파는 화도 나고 불안했다. 그가 빈 잔을 흔들자 그녀가 살며시 다가와 빈 잔과 1니클라를 받았다. 그는 턱으로 산투리가 지나간 쪽을 가리키며 물었다.

"성가시게 하지 않았지?"

"필요하면 당신에게 도움을 청할게요. 도와주실 거죠?"그녀는 몸을 돌리며 대답했다.

그는 그녀가 자신을 깔보는 것 같아 마음이 상했다. 그것은 대항할 수 없는 슬픔이었고 불안이었다. 그때 하나슈가 부르는 소리를 듣고 그는 벌떡 일어나 집 안으로 달려갔다.

96

시간이 흐르면서 손님 수도 상당히 늘었다. 그 어떤 손님도 아와티프만큼 그를 기쁘게 해 주지 않았다. 손님들 앞에서 보이는 근엄한 태도도 잊고 반갑게 그녀를 맞았다. 그는 자신 앞에 놓인 방석에 그녀를 앉히고는 책상다리를 하고 앉아 세상을 다 가진 것 같은 기쁨을 맛보았다. 그는 그녀를 쭉 훑어보며 눈인사를 했다. 곧 그의 시선은 염증으로 퉁퉁 부은 눈꺼풀 때문에 거의 감긴 그녀의 왼쪽 눈에 꽂혔다.

"치료를 게을리했구나. 내가 너를 처음 본 날도 벌겠는데."

"따뜻한 물로 씻으면 될 거라고 생각했어요. 저 같은 사람들은 잊어버리기 일쑤거든요." 그녀는 사과하듯 말했다.

"건강을 소홀히 하지 마. 특히 너의 예쁜 눈처럼 소중한 데에 문제가 생겼을 땐."

그녀는 칭찬을 듣자 기분이 좋아서 웃었다. 그는 선반에 손을 뻗어 그릇을 꺼냈다. 그러고는 작은 꾸러미를 열었다.

"이 안에 든 것을 조금 덜어 손수건에 싸서 김을 충분히 쏘인 뒤 하룻밤 눈 위에다 올려놔. 다시 예쁜 눈으로 돌아올 때까지 매일 밤 왼쪽 눈에 올려놔."

그녀는 꾸러미를 들고 주머니에서 지갑을 꺼내 오른쪽 눈으로 얼마인지 물었다. 그가 웃었다.

"됐어. 우리는 이웃이자 친구야."

"하지만 당신은 찻값을 내잖아요."

"사실 난 네 아버지한테 돈을 내는 거야. 훌륭하신 분이야. 내가 너의 아버지와 알게 되길 얼마나 바랐는데. 너의 아버지가 고령의 나이에 일을 하셔서 유감이야."

"아버지는 건강도 좋으시고 집에만 계시려 하지 않으세요. 다만 너무 오래 사셨다고 슬퍼하세요. 아버지는 까심이 살아 있었을 때 벌어진 일들을 직접 지켜보신 산증인이세요." 그녀가 자랑스럽게 대답했다.

아라파는 흥미로운 표정을 지었다.

"진짜! 아버지가 그를 도왔던 사람들 중 한 분이셨니?"

"아니요. 아버지는 그때 행복을 맛보셨어요. 그래서 그때를 여전히 동경하세요."

"아버지와 가까워져서 그분의 이야기를 듣고 싶네."

"아버지를 이런 대화에 끌어들이지 마세요. 아버지의 안전을 위해서도 잊어버리셨으면 좋겠어요. 아버지는 전에 술집에서 친구 분들과 술을 마시고 술에 취해 큰 소리로 말하셨대요. 까심의 시절로 되돌아가야 한다고요. 그 후에 아버지는 술집을 나오시다 밖에서 기다리고 있던 산투리와 맞닥뜨리셨어요. 그놈이 아버지를 마구 때려 아버지는 실신까지 하셨어요."

아라파는 화가 치밀었다. 그는 아와티프를 쳐다보았다.

"이런 수장들이 있는 한 안전한 사람은 없어."

그녀는 그의 말뜻이 무엇인지 묻는 듯 힐끗 쳐다보았다.

"사실이에요. 아무도 안전하지 않아요."

그는 입술을 깨물며 우물쭈물 망설였다.

"나는 산투리가 파렴치한 시선을 너에게 던지는 걸 봤어."

그녀는 고개를 숙이며 미소를 감추었다.

"하느님도 무심하시지!"

"그런 수장이 너를 감탄해 바라보는 게 기쁘지 않니?" 아라파는 의아해서 물었다.

"그는 부인이 넷이나 있는걸요."

그의 가슴이 철렁 내려앉았다.

"그래도 부인을 또 얻겠다면?"

"그가 아버지를 공격한 후 저는 그를 혐오해요. 수장들은 모두가 똑같다고 생각해요. 그들에게 마음이란 건 없어요. 그들이 어찌나 오만하게 보호 명목의 세를 거두는지 모두가 그들이 정말 혜택을 베푼다고 착각이 들게 하죠." 그녀가 신랄하게 말했다.

그녀의 말에 그는 다시 활기를 되찾았다.

"말 잘하네, 아와티프! 까심이 그들을 없앤 날 그가 멋지게 해낸 것처럼 말이다. 그런데 그들은 건드리면 덧나는 곪은 종기처럼 되살아났어."

"그래서 아버지는 까심 시절을 그리워하세요."

그가 갑자기 고개를 저었다.

"리파아와 자발 시절을 그리워하는 사람들도 있지. 그런다고 지난날이 되돌아오지는 않아."

"그렇게 말씀하시는 건 당신이 우리 아버지처럼 까심을 보지 못했기 때문이에요." 그녀는 그다지 기분이 나빠 보이지는 않았지만 뾰로통해서 말했다.

"그럼, 너는 그를 보았니?"

"아버지가 그렇게 말씀하세요."

"어머니도 나에게 말해 주었지. 근데 그게 무슨 소용이 있니? 수장들이 사라지지 않고 우리 곁에 있는데. 나의 어머니도 그들의 피해자 가운데 한 분이셨어. 돌아가신 어머니에게 그들이 욕하는 것 좀 봐."

"정말이에요?"

마치 침전물을 저으면 컵 속의 맑은 윗물이 혼탁해지듯 그의 얼굴이 어두워졌다.

"그래서 나는 네가 걱정돼, 아와티프. 수장들은 우리의 생존과 체면과 사랑과 평화를 위협하고 있어. 너에게 솔직하게 말하는데 그 짐승 같은 놈이 너를 바라보는 것을 본 다음부터 내가 그들을 없애 버려야겠다는 확신이 들었어."

"사람들은 그게 우리 시조의 뜻이라고 말하죠." 아와티프가 조심스레 말했다.

"우리 시조가 어디 있니?"

"대저택에요." 그녀가 순진하게 대답했다.

"그래. 너의 아버지는 까심에 대해서 이야기를 하시고 까심은 우리 시조에 대해서 이야기를 했지. 우리는 그렇게 듣고 있을 따름이야. 그런데 우리는 까드리, 사아달라, 아자즈, 산투리, 유수프만 봐. 우리는 우리를 고통에서 벗어나게 해 줄 힘이 필요하지, 추억이 무슨 소용이 있어?" 그는 기쁜 표정이 싹 가신 얼굴로 조용히 말했다.

이야기의 흐름에서 벗어나 다른 이야기로 인해 즐거운 만남이 거의 엉망이 된 것을 깨닫고 그는 얼른 화제를 돌렸다.

"내가 너를 필요로 하듯 우리 동네는 힘이 필요해."

그녀는 비난하는 시선으로 그를 노려보았다. 양의 탈을 쓴 늑대의 눈에는 전혀 이상하지 않은 그녀의 대담함에 그는 빙긋 웃었다.

"예쁘고 근면한 마음씨 좋은 아가씨. 일만 하느라 눈이 퉁퉁 부은 것조차 잊고 있네. 아마도 너는 내게 도움을 요청하러 왔겠지만 사실 너를 필요로 하는 사람은 바로 나야." 미간을 찌푸리며 화가 난 그녀의 화를 풀어 주려고 그는 진지하게 말했다.

"가야 해요." 그녀는 자리에서 일어서면서 말했다.

"제발 화내지 말고 기억해. 나는 새로운 사실을 말하지 않았어. 내가 너를 감탄하며 바라보고 있다는 것을 지난 며칠간 너는 눈치챘을 거야. 내 눈길이 창 너머 너의 카페에 가 있으니까. 나 같은 총각은 영원히 혼자서는 못 살아. 우리 집은 할 일이 천지라 돌보아 줄 사람이 필요해. 쓰고 남을 만큼 충분히 벌고 있고. 누군가 그 돈을 함께 써 줘야 하는데."

그녀는 방을 나왔다. 그녀와 작별 인사를 하기 위해 그는 복
도 끝에 서 있었다. 인사를 하지 않고 가는 것이 내키지 않은
것처럼 "안녕히 계세요."라고 말했다. 그는 그대로 그 자리에
서서 노래를 흥얼거렸다.

아름다운 내 사랑! 그대의 볼은 정말로 도도하구나!
아름다운 내 사랑! 날 위해 당신의 사랑으로 잔을 채워 주오.
내 눈에 당신은 가장 사랑스러운 사람이라오.

그는 활기차게 작업실로 걸어갔다. 하나슈가 일에 몰두해
있었다.

"뭐 하니?"

하나슈는 그 앞에 병을 내보였다.

"준비 다 됐어, 단단히 봉했고. 사막에서 시험을 해야 해."

아라파는 그것을 넘겨받아 마개가 닫혔는지 확인했다.

"그래. 사막에서 해야지, 그렇지 않으면 우리 일이 발각돼."

"이제 막 생계비를 벌기 시작해 살 만해졌는데……. 하느님
께서 너에게 주신 복을 내팽개치지 마." 하나슈가 걱정스럽게
말했다.

하나슈는 살 만해지자 삶에 대한 스트레스로 우울했다. 아
라파는 그가 그런 생각을 하고 있다는 것을 알고 미소를 지은
후 잠시 그를 바라보았다.

"그분은 나의 어머니이자 너의 어머니셨어."

"그래, 그리고 어머니는 너에게 복수를 생각하지 말라고 당부하셨어."

"네 생각은 겉으로 보이는 것과는 달리 전혀 딴판이었지."

"우리는 복수하기 전 살해될 거야."

아라파가 웃었다.

"확실히 말할게. 난 이미 오래전에 복수를 포기했어."

하나슈의 얼굴이 밝아졌다.

"병을 비우게 이리 줘."

아라파가 병을 단단히 잡았다. "아니, 완성될 때까지 실험을 계속할 거야."

하나슈는 아라파가 놀린다고 생각하고 부아가 나 얼굴을 찡그렸다. 아라파가 계속했다.

"하나슈, 내가 말하는 그대로야, 믿어 줘. 복수한다는 생각은 그만뒀어. 어머니의 간청 때문이 아니라 복수하겠다는 생각을 그만두어야만 수장들을 없앨 수 있다는 확신이 들기 때문이야."

"그 아가씨를 사랑하기 때문이겠지." 하나슈가 예리하게 말했다.

아라파는 목젖이 보일 정도로 활짝 웃었다.

"아가씨에 대한 사랑, 인생에 대한 사랑, 마음대로 불러. 까심이 옳았어."

"까심이 너랑 무슨 상관이야? 까심은 우리 시조의 소망을 이루었을 뿐이야."

그가 입을 삐죽거렸다.

"누가 알아? 동네 사람들은 그 이야기만 하지, 그런데 우리는 이 방에서 결정적이고 확실한 일을 하고 있어. 우리의 삶 가운데 안전이 어디 있니? 아자즈가 내일 우리가 번 돈을 훔치러 와. 내가 아와티프에게 청혼을 하면 산투리의 몽둥이가 나를 가만두지 않을 거야. 모든 남자 심지어 거지들조차 그럴 거야. 나의 행복을 깨뜨리는 것은 동네 사람들의 행복을 깨뜨리는 거야. 나를 납득시키는 것은 동네 사람들을 납득시키는 거야. 나는 수장도, 자발라위의 하인도 아니지만 이 방에 놀랄 만한 물건들이 있어. 그것들은 나에게 자발과 리파아와 까심의 힘을 모두 합친 것보다 열 배나 큰 힘을 줘."

그는 병을 손에 쥔 채 올리고 던질 것처럼 역동적인 자세를 취하고 하나슈를 향했다.

"오늘 밤 산에서 그것을 실험해 보자. 얼굴 좀 펴고 놀랄 준비나 해."

그는 작업실을 나와 창가 옆에 있는 소파에 풀썩 주저앉아 카페를 바라보았다. 밤은 점점 깊어 갔다. 커피를 마시라는 그녀의 목소리가 커졌다. 그녀가 창문을 보지 않으려고 시선을 피하는 게 그로 하여금 그녀가 그를 의식하고 있다고 생각케 했다. 미소가 마치 별처럼 그녀의 입가에 떠올랐다. 아라파도 미소를 지었다. 그는 온몸으로 미소를 지었다. 마음속에서 기쁨이 넘쳐흘러 매일 아침 머리를 빗겠다고 맹세했다. 알자말리야에서 도둑을 쫓는 사람들의 아우성 소리가 들려왔다. 잠시 후 카페에서 리벡의 선율이 흘러나왔다. 그리고 저녁 공연의 시작을 알리는 이야기꾼의 목소리가 들렸다.

첫째, 관재인 까드리 만세!

둘째, 수장 두목 사아달라 만세!

셋째, 수장 산투리 만세!

　아라파의 꿈이 무참하게 산산조각 났다. 그는 역정이 나 진저리를 치며 혼잣말을 했다. '이야기가 시작되겠구나. 언제나 끝날까? 밤새 그런 이야기를 듣는 게 무슨 소용이 있다고? 이야기꾼이 이야기를 시작하고 해시시 소굴은 깨어나겠구나. 아, 슬픈 동네다!'

97

샤크룬의 삶을 뒤흔든 설명할 수 없는 불가사의한 일이 일어났다. 가끔씩 그는 연설을 하는 것처럼 아주 큰 소리로 말했다. 그러면 사람들은 "나이가 너무 많아, 그는 너무 늙었어."라며 동정했다. 그는 아주 사소한 일로, 아니 아무 이유도 없이 화를 버럭 내곤 했다. 그러면 사람들은 역시 같은 말을 했다. 사정상 무슨 말이라도 해야 할 때조차 한참 동안 그는 말이 없었다. 그러면 역시 사람들은 나이가 많아서 그렇다고 이야기했다. 그는 가끔 동네에서 결코 해서는 안 될 불경스러운 말을 해서 사람들을 안타깝게 했다. 그럴 때마다 사람들은 "하느님, 저는 망령이 들지 않게 하소서."라고 말했다. 아라파는 관심과 애정을 가지고 자주 창살 사이로 샤크룬을 지켜보았다. 어느 날 아라파는 샤크룬을 지켜보면서 혼잣말을 했다. '비록 누더기 같은 더러운 옷을 걸쳤지만 존경받을 만한 인물이야.' 그의 수척한 얼굴에는 까심 시절 이후에 동네가 겪은 풍상이 그대로 새겨져 있었다. 까심과 동시대를 살았다는 것은 그에게 불운이었다. 왜냐하면 그는 공정하고 평화로운 시절을 보내며 토지의 이익 가운데 자신의 몫도 받고 자발라위의 이름으로 새로운 건물이 세워지는 것을 보고 까드리의 명령으로 신축 공사가 중단되는 것을 보았기 때문이다. 그는 한마디로 지나치게 오래 산 불운한 사람이었다. 그는 눈이 다 나아 흠집 하나 없이 깨끗한 얼굴의 아와티프가 다가오는 것을 보았다.

"예쁜 아가씨, 차 좀 부탁해."

잠시 후 그녀가 그에게 차를 내밀었다. 그는 그녀에게서 잔을 건네받기 전 그녀를 가지 못하게 붙잡으려 했다.

"다 나은 것 축하해, 너는 이 동네의 장미야!"

"하느님과 당신 덕분이에요."

그는 그녀에게서 잔을 건네받을 때 의도적으로 자신의 손가락을 그녀의 손가락에 갖다 댔다. 돌아가는 그녀의 경쾌한 걸음걸이에서 그는 그녀가 그의 손가락이 닿았던 것을 용인하고 기뻐한다는 것을 알 수 있었다. 단호하게 결단을 내려야 할 적절한 시기는 도대체 언제일까? 산투리와 셈을 청산할 방법을 모색할 때 그는 수천 번도 더 생각하지만, 다른 일을 할 때는 담대함이 부족한 남자는 아니었다. '샤크룬이 산투리에게 기회를 주는 것은 옳지 않아! 그러나 그는 수레를 끌며 행상을 다니다 더 이상 그 일을 할 수 없을 정도로 힘들고 장사가 힘에 부쳐 이 재수 없는 카페를 연 불쌍한 사람이다.' 멀리

서 떠들썩한 소리가 들려왔다. 사람들의 고개가 일제히 알자말리야 쪽으로 향했다. 곧 박수를 치며 노래하는 여자들을 가득 실은 마차가 보였다. 그녀들 가운데 공중목욕탕에서 돌아오는 신부가 있었다. 아이들이 환호하며 우르르 마차로 달려가 마차 옆에 바싹 달라붙었다. 마차는 자발 구역으로 올라갔다. 한동안 아랍 여성 특유의 환호성과 축하 인사와 소곤대는 음담패설로 분위기가 한껏 달아올랐다. 샤크룬이 마치 분한 사람처럼 일어나 우렁찬 목소리로 "쳐라! 쳐!"라고 소리를 질렀다.

아와티프가 재빨리 그에게 달려가 자리에 앉게 한 후 슬프지만 애틋하게 등을 토닥였다. 아라파는 그 남자가 꿈을 꾸는지 환상을 보는 것인지 궁금했다. '나이가 많다는 것은 정말이지 저주구나! 그렇다면 우리의 시조 자발라위는 어떻게 살아계시지?' 그는 남자가 진정할 때까지 바라보았다.

"샤크룬 아저씨, 자발라위를 보신 적 있으세요?"

"바보! 자발 시절 이전부터 자기 집에 은둔하고 있는 것도 몰라?" 그는 쳐다보지도 않고 대답했다.

아라파가 웃자 아와티프가 미소를 지었다.

"오래 사실 거예요, 샤크룬 아저씨." 그는 즐거운 듯 말했다.

"보람 있는 일생을 보낼 때 기도는 정말로 가치 있는 거야." 샤크룬이 소리쳤다.

아와티프가 잔을 가져가며 속삭였다.

"그냥 두세요. 밤에 한 시간도 주무시지 않으세요."

"아와티프, 내 마음은 당신 곁에 있어." 그는 매우 걱정스럽게 말했다.

그러고 나서 그녀가 자리를 뜨기 전에 서둘러 말했다.

"내 마음은 당신 곁에 있어, 아와티프. 당신과 함께 우리 문제를 이야기하고 싶어."

그녀는 손가락을 입에 갖다 대며 주의를 주고 돌아갔다. 그는 아이들이 노는 것을 지켜보는 것으로 위안을 삼았다. 산투리가 까심 구역에 불쑥 나타났다. 아라파는 본능적으로 창가에서 고개를 돌렸다. 그가 왜 왔을까? 그가 리파아 구역에 살면서 신변 보호인으로 아자즈를 만난 것은 행운이었다. 아자즈는 '선물'을 너무 좋아하는 사람이었다. 산투리가 샤크룬의 카페 앞에 멈춰 섰다. 그는 아와티프의 얼굴을 살피면서 "설탕 넣지 않은 커피 한 잔."이라고 말했다. 한 여자가 창가에 서서 웃음을 터뜨렸고 다른 여자의 목소리도 들렸다.

"왜 까심 구역의 수장이 거지의 카페에서 커피를 달라고 그러지?"

산투리는 무관심한 것처럼 보였다. 아와티프가 그에게 커피 잔을 건네자, 아라파는 심사가 뒤틀렸다. 수장은 커피가 식기를 기다리며 번쩍이는 금니를 드러낸 채 파렴치하게 그녀를 보고 웃었다. 아라파는 마음속으로 무깟탐 산에서 그에게 치명타를 입히리라고 다짐했다. 산투리는 한 모금 마시고 말했다. "맛있는 커피를 만든 아름다운 너의 손에 축복이!"

그녀는 무서워 웃는 것도 찡그리는 것도 마음 편히 할 수 없었다. 샤크룬은 섬뜩해서 그 둘을 쳐다보았다. 산투리가 그녀에게 5피아스타짜리 동전을 내밀자, 그녀는 거스름돈을 주기 위해 주머니를 뒤졌다. 그러나 그는 거스름돈을 받지 않은 채 까심 구역의 카페로 돌아갔다. 아와티프는 어쩔 줄을 몰랐다.

"그에게 가지 마." 아라파가 낮은 목소리로 말했다.

"그럼, 거스름돈은요?"

샤크룬은 기력이 없었지만 일어나서 거스름돈을 받아 들고 카페로 갔다. 잠시 후 노인은 자기 자리로 돌아와 실없이 웃었다. 그의 딸이 그에게로 가 "그만 웃으세요."라고 말했다. 그는 다시 일어나 대저택을 바라보며 "자발라위! 자발라위!"라고 소리쳤다.

집에 있던 사람, 지하실에 있던 사람, 카페에 있던 사람 모두가 창가나 문에서 그를 응시했다. 아이들이 그에게로 달려왔다. 심지어는 개들도 그를 바라보았다.

"자발라위! 당신의 소원이 묵살되고 돈이 낭비되는데 언제까지나 가만히 있을 겁니까? 당신의 자손들이 그렇듯 당신도 도둑맞고 있어요, 자발라위!" 그가 소리쳤다.

아이들은 환호하고 좌중은 깔깔댔다. 노인은 계속 소리쳤다.

"자발라위, 안 들리세요? 무슨 일이 우리에게 일어났는지 모르세요? 어째서 우리들의 수장들보다 더 착한 이드리스를 처벌하셨습니까, 자발라위?"

그러자 산투리가 카페에서 그를 향해 소리를 질렀다.

"조심해, 영감탱이!"

"빌어먹을 나쁜 놈." 샤크룬이 그에게 소리쳤다.

그곳에 있던 사람들이 걱정스럽게 "이제 그는 죽은 목숨이야."라고 소곤댔다. 산투리가 분노를 참지 못하고 그의 머리에 주먹을 날렸다. 그가 비틀거리며 넘어지려 하자 아와티프가 잡아 주었다. 그녀를 본 산투리는 자기 자리로 돌아갔다.

"집에 가요, 아버지." 그녀는 울면서 말했다.

아라파는 그녀를 도와 부축해 주었다. 노인은 숨을 몰아쉬면서 약한 힘으로 그들을 밀어냈다. 구경꾼들은 침묵했다.

"아와티프, 네 잘못이야. 아버지를 나오시지 못하게 했어야지." 한 여자가 창가에서 말했다.

"저로서는 어쩔 수 없었어요."

샤크룬은 나지막이 중얼거렸다. "자발라위! 자발라위!"

98

동틀 무렵 길고 긴 곡소리가 정적을 깨뜨렸다. 샤크룬이 죽은 것이다. 우리 동네에서는 이상한 일이 아니었다.

"지옥에나 가라. 그는 태도가 안 좋았어, 그래서 죽은 거지." 산투리의 친구들이 말했다.

"샤크룬은 다른 사람들처럼 살해당한 거야. 살인자들은 자신들의 죄를 감추려 들지도 않고, 사람들은 아무도 감히 불평하려 들지도 않고, 단 한 명의 목격자도 나타나지 않아." 아라파가 하나슈에게 말했다.

"재앙이야! 우리가 어째서 이곳으로 왔던가!"

"우리 동네니까."

"우리 어머니는 쓸쓸하게 동네를 떠나셨어. 저주받은 동네 그리고 거기 사는 사람들."

"우리 동네니까." 그가 고집스럽게 말했다.

"우리는 저지르지도 않은 죄를 마치 속죄하는 것 같아."

"포기하는 게 가장 큰 죄야."

"산속에서 한 병 실험은 실패했어." 하나슈가 절망한 듯 말했다.

"다음번에는 성공할 거야."

운구가 시작되자 아와티프와 아라파만이 그 뒤를 따랐다. 사람들은 아라파가 장례식에 참석한 것을 보고 놀랐다. 그들은 미친 마법사의 대담함에 대해 수군거렸다. 더욱 놀라운 사실은 장례 행렬이 까심 구역 한가운데 이르렀을 때 산투리가 끼어들었다는 것이었다. '뻔뻔스럽긴! 창피스러운 줄도 모르고!' 그러나 그는 부끄러워하지 않았다.

"아와티프, 아버지 몫까지 오래 살아." 산투리가 아와티프에게 말했다.

아라파는 이 말을 듣고 청혼이 임박했음을 알아챘다. 한편 눈 깜짝할 사이에 장례 행렬이 많이 바뀌었다. 무서워서 뒤에 서성이던 지인들과 이웃들이 황급히 끼어들어 길은 사람들로 북적였다.

"아와티프, 아버지 몫까지 오래 살아." 산투리가 재차 말했다.

그녀는 도전적으로 그를 쳐다보고 "당신은 사람을 죽이고 그 사람의 장례식에까지 참석하는군요."라고 말했다.

산투리는 모두가 다 들을 수 있을 정도로 크게 "전에 까심도 그런 말을 들었지."라고 말했다.

여기저기서 아우성이었다. "하느님 외에 신은 없다고 신앙 고백을 해. 우리의 생사 여부가 하느님께 달려 있어."

"우리 아버지는 당신 손에 맞아 돌아가셨어요." 아와티프가 소리쳤다.

"제발 그러지마, 아와티프. 내가 정말로 네 아버지를 쳤다면 그 자리에서 죽었을 거야. 정말로 나는 때리지 않았어. 난 단지 위협만 했을 뿐이야. 거기 있던 사람들 모두가 목격자야." 산투리가 말했다.

"그를 혼란스럽게 했을 뿐이야. 산투리는 그에게 손도 대지 않았어. 정말이야, 손도 대지 않았어. 만일 우리가 거짓말을 하는 것이라면 벌레가 우리 눈을 파먹게 해도 좋아." 사람들이 경쟁적으로 그에게 유리한 증언을 했다.

"세상에 이럴 수가!" 아와티프가 소리쳤다.

"제발 그러지마, 아와티프." 기가 막힌다는 듯 산투리가 말했다.

"장례식이 순조롭게 진행되도록 그냥 놔둬." 아라파가 그녀에게 귓속말로 속삭였다.

"병신 같은 놈! 네가 뭐라고 그녀와 수장 사이에 끼어들어?" 산투리의 부하 중 하나인 아다드가 아라파가 방심한 틈을 타 그의 얼굴을 철썩 때리며 소리쳤다.

아라파가 얼떨떨해서 아다드를 향해 몸을 돌리자 전보다 더 센 따귀가 날아왔다. 곁에 있던 다른 사람도 그의 얼굴을 때렸고 또 다른 사람은 얼굴에 침을 뱉었다. 네 번째 사람이 그의 옷깃을 잡았고, 다섯 번째 사람이 세게 밀쳐 뒤로 벌러덩 넘어졌다. 여섯 번째 사람이 그에게 발길질을 하며 "저 여자 근처에 가면 넌 무덤에 묻힐 줄 알아."라고 말했다.

그는 영문을 몰라 얼떨떨해서 잠시 큰 대자로 누워 있었다. 그는 마음을 가라앉힌 다음 아픈 몸을 힘들게 일으켰다. 아이들이 그를 빙 둘러싸고 "송아지가 쓰러졌다. 칼을 가져와라." 라고 소리치기 시작했다. 미칠 듯 화가 난 그는 절뚝거리며 지하실로 돌아갔다. 하나슈가 가슴 아파하며 그를 쳐다보았다.

"내가 가지 말라고 했잖아."

"조용히 해, 불쌍한 놈들!" 그가 불같이 화를 내며 소리쳤다.

"그 애에게서 눈을 돌리거나 아니면 우리와 작별을 해." 하나슈가 부드러우면서도 단호하게 말했다.

아라파는 아무 말 없이 무언가 생각에 잠긴 듯 바닥만 내려다보다가 고개를 들었다. 그는 시무룩한 표정으로 겁이 날 정도로 확실하게 "네가 생각하는 것보다 더 빨리 내가 그녀와 결혼할 테니 두고 봐."라고 말했다.

"미친 짓이야."

"아자즈가 신랑 행렬의 선두에 설 거야."

"차라리 네 옷을 알코올에 적시고 불 속에 뛰어들지 그래."

"난 오늘 밤 사막에서 병 실험을 다시 할 거야."

그는 며칠 동안 집에만 틀어박혀 두문불출했다. 그러나 아와티프와는 창문을 통해 연락을 주고받았다. 애도 기간이 끝나자 그와 그녀는 건물 통로에서 몰래 만났다.

"당장 결혼하는 게 좋겠어."

"내가 허락하면 당신에게 견딜 수 없는 고통스러운 일이 일어날 거예요." 그녀는 그의 청혼에 놀라지 않았지만 슬프게 말했다.

"아자즈가 우리 결혼식을 봐주기로 약속했어. 그게 무슨 말인지 알 거야." 그가 자신 있게 말했다.

혼사는 아주 은밀히 진행되어 만반의 준비를 마쳤다. 사전에 아무도 모르게 샤크룬의 딸 아와티프가 마법사 아라파와 결혼을 해서 그의 집으로 들어갔고 리파아 구역의 수장 아자즈가 결혼식 증인이 되었다는 것을 동네 사람들이 알게 되었다. 대부분의 사람들이 놀랐고, 어떤 사람들은 어떻게 그런 일이 있을 수 있었는지, 어떻게 아라파가 감히 그럴 수 있었는지, 어떻게 그가 아자즈를 설득해 그의 축복을 받으며 결혼을 할 수 있었지 궁금해했다. 그러나 그것을 알게 된 사람들은 "음, 큰일이로군!"이라고 했다.

99

산투리와 그의 부하들이 까심 구역의 카페에 모였다. 아자즈가 그 소식을 듣고 리파아 구역의 카페에서 부하들과 만났다. 이들의 회합 소식이 알려지자 두 구역 사이에 있던 상인과 거지와 아이들이 순식간에 자취를 감췄고 상점과 창문이 일제히 닫혔다. 산투리와 그의 부하가 밖으로 나오자 아자즈와 그의 부하도 밖으로 나왔다. 분위기가 험악해졌고 일촉즉발의 긴장감이 감돌았다. 이때 한 선량한 남자가 옥상에서 "우리 측 사람들을 화나게 하는 게 뭡니까? 피를 흘리기 전에 생각해 보세요."라고 소리쳤다.

모두들 두려움에 숨을 죽이고 있는 가운데 아자즈가 산투리를 바라보며 "우리는 화가 난 게 아니야. 우리는 화가 날 까닭이 없어."라고 말했다.

"넌 동료로서 해서는 안 될 행동을 했어. 그리고 네가 한 짓은 어떤 수장도 인정할 수 없는 짓이야." 산투리가 퉁명스럽게 말했다.

"내가 무얼 했는데?"

"너는 나에게 도전하는 놈을 보호했어." 분을 삭이지 못한 산투리는 씩씩거리며 말했다.

"그 애는 아버지가 사망해 혼자 남은 여자랑 결혼했을 뿐이야. 난 모든 리파아 구역 사람들의 결혼식 증인이 되어 주지."

"그놈은 리파아 구역 사람이 아니야. 그놈 자신은 물론 아무도 그의 아버지가 누구인지 몰라. 네가 그놈 애비일지도 모르고, 혹시 나일지도 모르지. 아니면 동네 거지인지도 모르지." 산투리가 모욕적으로 말했다.

"그러나 그는 지금 우리 구역에서 살지."

"단지 빈 지하실을 발견했을 뿐이야."

"그래서 뭐?"

"너는 동료로서 하지 말아야 할 행동을 했어." 산투리는 쩌렁쩌렁 울리게 소리쳤다.

"소리 지르지 마. 수탉처럼 싸울 문제가 아냐." 아자즈가 소리쳤다.

"그럴 만하니까 그러는 거야."

"내가 먼저 시작하게 하지 마!" 아자즈는 이미 각오하고 있다는 듯 말했다.

"아자즈, 너 몸 조심해!"

"제기랄, 멍청이!"

"빌어먹을, 후레자식!"

몽둥이가 난무할 뻔했지만 명령조로 소리치는 포효하는 소리가 들렸다.

"창피한 줄 알아!"

그들이 누구인지 보려고 몸을 돌리자 수장 두목 사아달라가 리파아 구역 사람들을 헤치고 나와 두 구역 사이의 한가운데 섰다.

"몽둥이 내려놔."

예배 드리는 사람들의 머리가 숙여지듯 몽둥이가 땅에 내려졌다. 사아달라는 먼저 산투리를 보고, 그러고 나서 아자즈를 쳐다보았다.

"누구의 이야기도 듣고 싶지 않아. 조용히 돌아가. 여자 때문에 살육을 저지르려 하다니! 참, 아쉽다. 대체 너희들은 어떤 인간이냐?"

무리들은 조용히 흩어졌다. 사아달라도 집으로 돌아갔다.

지하실에 있던 아라파와 아와티프는 그날 밤이 평화롭게 지나갔다는 것을 믿을 수가 없었다. 그들은 떨리는 가슴과 창백한 얼굴, 그리고 바싹 타 들어가는 메마른 입으로 바깥에서 일어나고 있는 일에 귀를 기울이고 있었다. 명령조로 말하는 사아달라의 목소리를 듣기 전까지 그들은 목이 타 들어갔다.

"이렇게 사는 건 정말 가혹해요!" 아와티프가 땅이 꺼질 듯 한숨을 쉬었다.

그는 그녀를 안심시키고 싶어 자신의 머리를 가리키며 말했다.

"나는 자발과 까심처럼 이것으로 일해."

그녀는 힘겹게 침을 삼켰다.

"계속 안전할 것으로 생각하세요?"

그는 겉으로는 밝게 그녀를 껴안았다.

"모든 부부가 우리처럼 행복하면 좋으련만!"

그녀는 그의 어깨에 머리를 파묻고 숨을 죽이며 속삭였다.

"이 일이 이 정도에서 끝날까요?"

"어떤 수장도 측근을 믿지 않아." 그는 분명하게 말했다.

"알아요. 제게는 그가 죽는 것을 볼 때까지 아물지 않을 상처가 있어요." 그녀는 고개를 들며 말했다.

그는 그녀의 말뜻을 알아듣고 생각에 잠긴 채 그녀의 눈을 들여다보았다. "당신 같은 경우에 복수는 불가피해. 그러나 그것이 전부는 아니야. 산투리가 우리한테 폭력을 사용해서 우리가 안전하지 않은 것이 아니라 동네 전체의 안전이 수장들의 협박에 좌지우지되고 있어서 안전하지 않은 거야. 우리가 오늘 산투리에게 이긴다고 아자즈가 내일 우리한테 싸움을 걸지 않으리라고 장담할 수 있겠어? 아니면 유수프가 그다음 날 그러지 않으리라는 보장은?"

그녀는 배시시 웃었다.

"당신은 자발이나 리파아 혹은 까심처럼 되고 싶으세요?"

그는 대답 대신 그녀의 머리 냄새를 맡으며 머리카락에 입을 맞추었다.

"우리의 시조 자발라위가 그들에게 과업을 맡기셨어요."

"우리의 시조 자발라위! 돌아가신 당신의 아버지가 그랬던 것처럼 예속당한 모두가 '자발라위!'를 소리쳐 부르지. 당신은 문을 꼭 걸어 잠근 할아버지 집 주변에 살면서 할아버지를 본 적이 없는 우리와 같은 자손들에 대해 들어 본 적이 있어? 그리고 당신은 손가락 까닥하지 않고 이런 식으로 자신의 재산을 범죄자들이 마음대로 농락하게 하는 자산가에 대해 들어 본 적이 있어?"

"그는 아주 늙은 사람이에요." 그녀는 단순하게 대답했다.

"나는 지금껏 누구한테도 그렇게 오래 산 사람에 대해 들어 본 적이 없어." 그는 의심스러워하며 말했다.

"사람들이 그러는데, 무깟탐 시장에는 백오십 살도 더 된 사람이 있다고 하던데요! 당신 주님은 전능하세요."

그는 잠시 침묵하고 나서 중얼거렸다.

"마법도 마찬가지야. 뭐든 할 수 있어."

그녀는 손가락으로 그의 가슴을 쿡쿡 누르며 그의 망상을 비웃었다.

"당신의 마법은 누군가의 눈을 고칠 수 있지요."

"더 수많은 일을 할 수도 있어!"

그녀는 한숨을 쉬었다.

"우리는 정말 바보예요! 마치 우리를 위협하는 것이 아무것도 없는 것처럼 태평하게 노닥거리고 있다니!"

그는 그녀가 화제를 돌리고 싶어 한다는 것을 무시하고 이야기를 계속했다.

"언젠가 마법이 수장들을 제거할 수 있을 거야. 그러면 우리 동네 사람들에게 먹을 것이 넉넉하게 제공되고 집도 지을 수 있을 거야."

그러자 그녀가 웃으며 "최후 심판의 날 이전에 이런 일이 일어날 수 있어요?"라고 물었다.

그의 매서운 두 눈이 꿈을 꾸듯 몽롱했다.

"아, 만약 우리 모두가 마법사가 될 수 있다면!"

"만약이라고요? 당신이 갖고 있는 그런 마법 없이 까심은 짧은 시간 내 정의를 실현했어요."

"그런데 그것은 오래 지속되지 않았지. 마법이 있었다면 사라지지 않았을 거야. 갈색 눈동자의 아와티프, 마법을 과소평가하지 마. 그건 우리 사랑만큼이나 중요해. 우리의 사랑처럼 새로운 삶을 창조할 수 있어. 우리들 대다수가 마법사이어야 성과가 있을 텐데."

"그런데 어떻게 그런 일이 일어날 수 있어요?" 그녀는 장난삼아 물었다.

그는 대답을 미루고 한참을 생각했다.

"정의가 이루어질 때, 자발라위의 상속 조건이 이행될 때, 우리 대다수가 노역을 하지 않고 마법에 전념할 때……."

"당신은 동네 사람들이 전부 마법사가 되길 원하세요?"

그녀는 온화하게 웃고는 말을 이었다.

"만약 우리 시조가 몸져누워 있으면 어떻게 열 가지 조건이 이행될 수 있을까요? 그분이 자손들 중 누군가에게 과업을 다시는 맡길 수 없을 것처럼 보이는데."

그가 이상하다는 듯 그녀를 바라보았다.

"왜 우리는 여태 그에게 가지 않았지? 가 볼까?"

그녀가 다시 웃었다.

"당신은 관재인의 집에 들어갈 수 있어요?"

"아니. 그러나 대저택에는 아마도 들어갈 수 있을 거야."

그녀가 그의 손을 때렸다.

"농담 그만하세요. 우리 인생도 장담할 수 없는 형국인데."

그가 뜻 모를 미소를 지었다.

"만약 내가 농담을 즐기는 사람이라면 고향에 돌아오지 않았을 거야."

그의 말투 어딘가가 그녀의 가슴을 철렁하게 만들었다. 그녀는 놀라서 그를 똑바로 바라보며 "진담이군요!"라고 큰 소리로 말했다.

그가 한마디 말도 없이 그녀를 바라보자 그녀가 다시 말을 이었다.

"그들이 당신을 대저택에 가뒀다고 상상해 보세요."

"손자가 자기 할아버지 집에 있는 게 뭐가 이상해?"

"농담이라고 하세요. 세상에! 도대체 무엇 때문에 나를 그렇게 심각한 눈으로 쳐다보는 거예요? 이상한 일이에요. 왜 그를 만나고 싶은 거죠?"

"그를 만나는 것은 위험을 무릅쓸 만한 가치가 있는 거 아닌가?"

"그것은 말일 뿐이에요. 어떻게 그것이 현실이 될 수 있겠어요?"

그는 그녀를 진정시키려고 그녀의 손바닥을 톡톡 쳤다.

"내가 고향에 돌아온 이후 나는 아무도 생각하지 못한 것들을 혼자서 생각해 왔어."

"왜 우리는 이대로 살 수 없는 거예요?" 그녀가 애원하듯 물었다.

"그렇게 살 수만 있다면 얼마나 좋겠어! 그들은 우리가 이대로 살게 내버려 두지 않아. 인간은 스스로 자신의 인생을 꾸려 사람답게 살아야 해."

"그렇다면 도망가요."

"마법을 부릴 수 있는데 왜 도망가. 난 도망가지 않아." 그는 완강하게 말했다.

그는 그녀를 부드럽게 잡아당겨 꼭 끌어안고는 어깨를 토닥이며 "우리는 앞으로 이야기할 기회가 많이 있을 거야. 그러니 너무 괘념 말고 지금은 마음 편히 가져."라고 귓속말을 했다.

100

'이 남자가 미쳤나, 아니면 망상에 사로잡힌 걸까?' 아와티프는 아라파가 일을 하고 생각하는 것을 지켜보며 의문을 갖기 시작했다. 그녀에게 행복한 일상의 평온을 깨는 유일한 것은 단 한 가지 자신의 아버지를 죽인 산투리에게 복수를 하겠다는 염원이었다. 복수는 동네에서 아주 오래된 신성불가침의 전통이었다. 결혼이 그녀에게 가져다준 행복을 생각해서라도 그녀는 내키지 않더라도 이러한 신성한 전통을 잊었으면 좋았을 것이다. 아라파는 산투리에 대한 복수를 반드시 해내고야 말겠다고 마음속에 새긴 중대한 일 가운데 하나라고 믿고 있었고, 그녀에게도 그렇게 보였다. 그녀는 그를 이해하지 못했다. 그는 자신이 카페의 이야기꾼들이 리벡의 연주에 맞춰 들려주는 이야기 속의 주인공 중 하나라고 생각하는 것일까? 자발라위는 그에게 어떤 일도 맡기지 않았고, 그는 자발라위나 이야기꾼들이 들려주는 이야기를 크게 믿고 있는 것 같지도 않았다. 확실한 것은 그가 생계를 꾸리는 데 쏟는 시간과 정열보다 훨씬 더 많은 시간과 정열을 마법에 쏟는다는 것이었다. 생각에 잠길 경우 그는 자신과 가정에서 벗어난 다른 사람들에게는 의미가 없는 동네일, 수장들의 지배 구조, 관재인, 부동산, 부동산에서 얻는 수익, 그리고 마법과 같은 통상적인 문제를 곰곰 숙고했다. 그는 마법과 미래에 대한 웅대한 꿈을 꾸었다. 작업실에서 하는 일이 정신을 바짝 차리고 주의를 기울여야 하는 일이기 때문에 그는 동네에서 해시시를 피우지 않는 유일한 사람이었다. 이 모든 것은 대저택에 잠입하고픈 그의 광적인 열망 앞에서는 대수롭지 않은 일이었다. 만일 동네가 나아가야 할 방향에 대해 그의 조언을 구하려고 "왜요? 여보. 당신은 동네가 나아갈 방향을 아시죠?"라고 물으면 "우리 모두 알아."라고 대답했다.

"당신에게 있어 죽음을 무릅쓰게 하는 게 대체 뭐예요?"

"나는 유언장의 열 가지 조건을 알고 싶어."

"중요한 것은 아는 것이 아니라 행동하는 거야."

"당신이 뭘 할 수 있어요?"

"이야기가 사실이라면 정말로 나는 아드함을 쫓겨나게 한 유언장이 들어 있는 책을 보고 싶어."

"그 유언장 안의 무엇에 관심이 있는 거예요?"

"내가 왜 그것이 마법의 책이라고 믿는지 나도 몰라. 그리고 당신이 생각하듯이 사막에서 자발라위가 한 일들은 몽둥이나 완력이 아닌 마법으로만 설명돼."

"당신은 행복하고 돈도 잘 버는데 무엇 때문에 당신의 목숨을 걸어요?"

"산투리가 우리를 잊었다고 생각하지 마. 밖에 볼일을 보러 갈 때마다 나는 약이 바싹 오른 그의 부하들의 시선 때문에 거의 쓰러질 지경이야."

"마법으로 충분하니, 이제 대저택은 잊으세요."

"그곳에 유언장이 있어. 최초의 마법책. 자기 아들에게조차 주기를 꺼렸던 자발라위의 힘의 비밀."

"아마도 그게 당신이 상상하는 것처럼 대단한 게 아닐 수도 있어요."

"아니면 목숨을 걸 만한 것인지도 모르지."

그 순간 그는 단호하게 자신의 입장 정리를 하고 허심탄회하게 그녀에게 말했다.

"이게 나야, 아와티프. 내가 무엇을 할 수 있을까? 나는 불쌍한 여자가 아이 아버지가 누군지도 모른 채 낳은 너절한 놈일 뿐이야. 모두가 이 사실을 알고 또 이를 재미 삼아 희희낙락 떠들어 대지. 세상에서의 나의 유일한 관심거리는 대저택뿐이야. 아버지가 누군지 모르는 사생아가 전력투구하여 자기 할아버지를 알고 싶어 하는 건 조금도 이상한 일이 아니지. 나의 뒷방 일은 어떤 것도 내 눈으로 직접 보고 내 손으로 직접 만져 보기 전에는 믿지 말라고 가르쳐 왔어. 대저택으로 들어가는 일은 불가피해. 아마도 내가 구하는 힘을 찾게 될지도, 아니면 못 찾게 될지도 몰라. 그러나 내가 찾는 게 무엇이든 간에 내가 현재 겪고 있는 혼란스러움보다는 나을 거야. 나는 우리 동네에서 고난을 선택한 최초의 사람이 아냐. 자발도 관재인의 곁에서 자기 일을 계속할 수 있었고, 리파아도 훌륭한 목수가 될 수 있었고, 까심도 까마르와 그녀의 재산에 만족하며 동네 유지로 살아갈 수 있었어. 그러나 그들은 다른 길을 선택했지."

"정말 많은 사람이 스스로를 파멸로 내모는구나!"라며 하나슈가 슬프게 말했다.

아라파가 예민하게 반응했다.

"그런 사람들 중 소수만 정당한 이유가 있어!"

하나슈는 여전히 그를 도왔다. 동트기 두어 시간 전 그는 그림자처럼 아라파를 따라 사막으로 향했다. 아와티프는 아라파를 막을 수 없다는 것을 깨닫고 그를 위해 두 손 모아 기도를 올렸다. 초승달이 일찍 기울어 칠흑 같은 밤이었다. 우애가 깊은 두 남자는 대저택의 담에 바짝 붙어 담을 따라 걸어 이윽고 사막과 접한 대저택의 뒷담에 도달했다.

"예전에 리파아는 우리가 서 있는 바로 이곳에서 자발라위의 목소리를 들었어." 하나슈가 속삭였다.

아라파가 조심스럽게 주위를 살폈다.

"이야기꾼들이 그렇게 말하지. 우린 모든 진실을 알게 될 거야!"

"사막에서 그가 직접 자발에게 이야기를 했고, 까심에게는 하인을 보냈어." 하나슈는 사막을 가리키며 진지하게 말했다.

"그리고 여기서 리파아가 죽고, 우리 어머니는 강간을 당하고 매도 맞았어. 그런데 우리 할아버지란 분은 침묵하고 어떤 조치도 취하지 않았어."라며 아라파는 볼멘소리를 했다.

하나슈는 구덩이를 파는 데 필요한 연장을 땅바닥에 내려 놓았다. 잠시 후 그들은 담 밑을 파기 시작했다. 파낸 흙은 바구니에 담아 구덩이 밖에 버렸다. 그들은 흙냄새가 폐부 깊숙이 밀려들어 올 정도로 열심히 구덩이를 팠다. 하나슈도 아라파만큼 열심이었다. 겁에 잔뜩 질려 있었지만 그도 아라파 못지않게 간절한 마음인 것 같았다. 아라파의 정수리 부분만 땅 위로 보일 정도가 됐을 때 구덩이 안에서 그가 말했다.

"오늘 밤 이 정도면 충분해."

그러고는 양손을 짚고 구덩이에서 몸을 빼 밖으로 나왔다.

"구덩이 입구를 널빤지로 막고 구덩이가 드러나지 않게 그 위를 흙으로 덮어야 해."

그들은 날이 밝자 서둘러 집으로 돌아갔다. 그는 미지의 대저택을 거닐게 될 놀라운 다음 날을 생각했다. 누가 알아? 자발라위를 만나서 이야기를 나누게 될지도 모른다. 그에게 과거와 현재의 일을 묻고, 상속의 조건과 유언장의 비밀을 밝혀 달라고 부탁하게 될지도 모른다. 그런 일은 오로지 자욱한 연기 속에서 해시시에 취해 있을 때만 실현되는 꿈이었다.

아와티프는 밤을 꼬박 새워 그를 기다렸다. 그녀는 졸린 눈으로 나무라듯이 그에게 눈을 흘기고는 중얼거렸다.

"당신은 마치 무덤에서 돌아온 것 같군요."

그는 불안감을 감추고 기쁜 표정을 지었다.

"당신은 정말 다정해."

그가 그녀 옆에 눕자 그녀가 말했다.

"만약 내가 당신에게 의미 있는 사람이라면 당신은 내 생각을 가볍게 여기지 않았을 거예요."

"내일 벌어질 일을 목격하면 당신 생각이 바뀔 거야."

"내가 죽지 않고 행복해질 수 있는 기회는 천 분의 일에 불과해요."

아라파가 웃었다.

"그들의 증오하는 눈빛을 보면 네가 누리는 평화란 게 착각일 뿐이라는 걸 너는 깨닫게 될 거야."

날카로운 외마디가 새벽녘 고요한 정적을 깨뜨렸고 곧이어 울부짖는 소리가 들렸다. 아와티프가 얼굴을 찡그리며 중얼거렸다.

"불길한 징조야."

아라파가 그 말을 소홀하게 넘기며 어깨를 으쓱했다.

"아와티프, 나를 비난하지 마. 당신도 내가 하는 일의 일정 부분 책임이 있어."

"제가요?"

"나는 어머니에 대한 복수를 하겠다는 일념을 가슴에 품고 고향으로 돌아왔어. 당신의 아버지가 당하는 것을 보자 나의 복수심은 커져 수장들 모두에게 복수하겠다고 다짐했지. 그런데 당신을 사랑하게 되면서 애초에 품었던 복수심도 차츰 잊혀졌어. 나는 동네 사람들이 즐겁게 살아갈 수 있도록 자발라위 힘의 비밀만을 찾기 위해 자발라위의 집에 가려고 해." 그는 사뭇 진지했다.

그녀는 그를 한참 바라보았다. 그는 불빛에 비친 그녀의 눈

길에서 아버지를 잃었을 때처럼 그도 잃을 수도 있다는 두려
움과 아픔이 또렷하게 느껴졌다. 그는 그녀에게 용기를 주고
자 다정하게 웃어 보였다. 울부짖는 소리가 밖에서 점점 크게
들려왔다.

101

하나슈는 구덩이 속에 있는 아라파의 손을 잡고 작별 인사를 했다. 아라파는 바닥에 엎드려 흙냄새가 물씬 풍기는 통로를 따라 기기 시작했다. 그는 계속 기어 대저택의 정원 쪽 오솔길 밖으로 머리를 내밀었다. 그러자 새벽이슬을 머금은 장미꽃과 재스민꽃, 그리고 헤나꽃의 향기가 한데 어울린 그윽한 꽃향기가 코끝을 스쳤다. 그는 극도로 불안했지만 향기에 취해 그냥 그곳에 잠시 서 있었다. 그는 아드함이 그리워하다 죽은 바로 이 정원의 향기를 맡고 있었다. 보이는 것이라곤 밤하늘에 반짝이는 별뿐이었고, 들리는 것이라곤 이따금 바람에 흔들리는 나뭇잎 소리뿐 무서운 정적이 흘렀다. 땅은 촉촉하게 젖어 있었다. 그래서 집 안으로 들어갔다 나올 때 바닥에 흔적을 남기지 않기 위해 신발을 벗었다. 문지기와 정원사, 그리고 다른 하인들은 도대체 어디서 자고 있는 걸까? 그는 어둠 속에 희미하게 모습이 드러난 커다란 직사각형의 건물을 향해 소리 나지 않게 매우 조심스럽게 엎드려 기어갔다. 칠흑같이 어두운 사막과 폐허에서 밤을 보내고 돌아다녔던 그였지만, 이 대저택을 향해 가면서 지금까지 살아오면서 한 번도 경험해 보지 못한 공포를 느꼈다. 이야기꾼들이 확신하는 저택 일 층에 이르는 계단에 손에 닿을 때까지 그는 벽을 따라 기어갔다. 여기서 자발라위는 이드리스를 집 밖으로 내쫓았을 터다. 그것은 아버지의 명령을 어긴 대가로 인해 뒤집힌 아들의 운명이었다. 자기 아들에게도 그러했는데 그의 힘의 비밀을 훔치기 위해 집 안에 잠입한 사람을 그는 어떻게 대할까? 서두르지 말자. 지난 세월 동안 그에 대한 두려움으로 난공불락이었던 이 집에 도둑이 들리라고는 아무도 생각할 수 없을 것이다. 그는 난간 주위를 기어서 빙 돈 다음 계단을 기어오르기 시작했다. 객실에 이르자 신발을 벗은 후 겨드랑이 사이에 끼웠다. 그러고는 이야기꾼들이 침실과 연결된다고 알려 준 옆문으로 기어갔다. 갑자기 기침 소리가 들렸다. 정원 쪽인 듯했다. 그는 문 밑에 바싹 엎드려 정원을 바라보았다. 마치 유령처럼 누군가 건물로 다가오고 있는 것이 보였다. 그는 자신의 심장이 고동치는 소리가 들릴까 봐 숨을 죽였다. 누군가가 점점 가까이 오기 시작했다. 드디어 계단을 오르기 시작했다. 자발라위 바로 그 사람일지도 몰랐다. 오래전 거의 같은 시각에 아드함을 잡아냈듯이 지금 범행 중인 아라파를 잡아낼지도 모를 일이었다. 그 사람은 아라파가 숨은 곳에서 1미터가량 떨어진 곳에 이르렀지만 다른 문으로 들어가 침대 비슷한 자리에 누웠다. 그러자 아라파는 긴장이 풀리고 극도의 피로가 몰려왔다. 그 사람은 아마도 용변을 보러 나왔다가 되돌아간 하인인 것 같았다. 잠시 후 코 고는 소리가 들렸다. 아라파는 다시 용기를 내 손으로 더듬더듬 손잡이를 찾았다. 그 후 조심스럽게 손잡이를 돌려 제 한 몸 빠져들어 갈 만큼만 문을 살짝 열고 기어들어 가 문을 닫았다. 세상이 깜깜한 암흑으로 변했다. 그는 한 손으로 더듬어 첫째 계단을 찾고는 고양이처럼 기어올랐다. 곧 벽에 난 구멍 속의 등불이 비추는 길고 넓은 홀이 나왔다. 그곳에서 오른쪽으로 돌아가면 내실이 있고, 그 홀은 왼쪽으로 그 집의 전면을 따라 길게 뻗어 있었다. 그 가운데 있는 침실 문은 굳게 닫혀 있었다. 오른쪽 그 모퉁이에 우마이마가 서 있었고, 지금 그가 서 있는 곳에서 아드함이 유언장을 찾기 시작했을 터다. 이제 아라파가 같은 목적의 일을 시작하려고 한다. 커져 가는 두려움이 그의 가슴을 짓눌렀고 그 때문에 사라져 가는 의지와 용기를 갑절로 내야 했다. 지금 포기하면 웃음거리가 될 터였다. 하인이 어느 순간 나타나고, 누군가 그의 어깨에 손을 얹는다면 그는 미쳐 버릴지도 모를 일이었다. 그는 서둘러야만 했다. 그는 까치발로 살금살금 걸어가 반짝이는 손잡이를 돌리고 문을 살짝 밀어 열었다. 그리고 방 안으로 들어가 문을 닫았다. 문이 닫히자 사물이 분간이 안 될 정도로 안은 깜깜했다. 그는 조심스레 숨을 쉬며 주변을 살펴보았으나 아무것도 보이지 않았다. 얼마 지나지 않아 향긋한 냄새가 났다. 향기를 맡자 이유를 알 수 없는 불안과 묘한 슬픔이 가슴 가득 밀려들었다. 자발라위 침실에 와 있는 것이 틀림없었다. 언제 어둠에 눈이 익을까? 어떻게 그는 산만해진 정신을 추스를까? 누가 예전에 바로 이 자리에 서 있었지? 있는 힘을 다하고 용기백배하지 않으면 만사가 끝장이라는 것을 그는 어떻게 느낄 수 있었을까? 지금 치밀하게 계산대로 행동하지 않으면 그는 죽음을 피할 수 없을 것이다. 그는 기이한 모양을 만들며 스쳐 지나가는 구름을 떠올렸다.

아라파는 손가락으로 벽을 더듬으며 어깨가 의자에 부딪힐 때까지 까치발로 벽을 따라 움직였다. 갑자기 방구석에서 들리는 소리에 등골이 오싹해졌다. 그는 의자 뒤에 서서 자신이 들어온 문 쪽을 바라보았다. 가벼운 발걸음 소리와 스치는 옷자락 소리를 들은 그는 방 안이 환해지고 자신 앞에 선 자발라 위의 모습을 보게 되리라고 기대했다. 그럼 그는 그의 발아래 바싹 엎드려 "저는 당신의 후손입니다. 저는 아버지가 없습니다. 저는 단지 좋은 일을 하려고 했을 뿐입니다. 마음대로 처벌하십시오."라고 말하려 했다. 어두웠지만 그는 누군가 문으로 다가오는 것을 보았다. 문이 조심스레 열리고 밖에서 불빛이 스며들어 왔다. 그 사람은 문을 조금 열어 놓고 오른쪽으로 돌아갔다. 불빛에 비친 그는 결코 잊지 못할 유난히 마르고 긴 얼굴의 늙은 흑인 여자였다. 하녀일까? 그럼 여기가 하인들의 거처인가? 그는 의자 옆에서 문틈으로 새어 들어오는 희미한 불빛에 의지해 방 안을 살펴보았다. 의자들과 소파가 보였다. 방 한가운데 캐노피가 드리워져 있는 크고 높다란 침대가 보였고 그 아래에는 조그만 침대가 있었다. 그 침대는 방금 전

나간 하녀의 침대였고 그 근사한 침대는 틀림없이 자발라위의 침대일 것이다. 그렇다면 그는 지금 아라파가 그 방에 들어온 것도 모르고 침대에서 자고 있단 말인가? 멀리서라도 그의 얼굴을 보기를 얼마나 갈망했던가! 그렇지만 열린 문은 아라파에게 경고라도 하듯 하녀가 되돌아올 것임을 암시했다. 그가 왼쪽을 돌아보자 엄청난 비밀을 간직한 듯 굳게 닫혀 있는 작은 방문이 보였다. 고인이 된 아드함도 옛날에 이렇게 그 문을 바라보았을 터다. 그는 자발라위가 누워 있다는 사실도 잊고 의자 뒤로 기어가 그 작은 문 아래에 이르렀다. 그는 유혹을 떨쳐 낼 수 없었다. 그는 팔을 뻗어 손가락을 열쇠 구멍에 넣어 아래로 누른 후 문을 앞으로 당겼다. 문이 열렸다. 그러고는 급히 문을 닫았다. 그의 심장은 두려움과 해냈다는 성취감으로 격렬하게 요동쳤다. 그 순간 희미한 불빛이 사라지고 방은 다시 어둠에 잠겼다. 다시 발소리가 들렸다. 늙은 하녀가 자리에 누우면서 삐걱거리는 침대 소리가 들렸다. 그리고 정적이 흘렀다. 그는 하녀가 잠들기를 기다리면서 큰 침대를 보려고 애썼지만 보이지 않았다. 자발라위를 만나는 것은 미친 짓이라는 확신이 들었다. 왜냐하면 그와 만나기도 전에 하녀가 깨어나 소리를 지를 것이고, 그러면 만사가 끝장나기 때문이었다. 그 책은 젊은 시절 자발라위에게 사막과 사람들을 지배하게 해 준 마법과 유언장 조건이 담긴 중요한 것이다. 자발라위 이전에 어떤 사람도 마법을 써 본 적이 없었기 때문에 아라파 이전의 사람 중 어느 누구도 그 책에 마법에 관한 것이 들어 있을 것이라고 생각하지 못했다. 그는 손을 다시 들어 열쇠 구멍에 손가락을 걸고 문을 끌어당겼다. 그는 기어들어 가 문을 닫았다. 그는 긴장감을 털어 버리기 위해 숨을 깊이 들이마시고 몸을 일으켰다. 왜 자발라위는 자식들에게 그 책의 비밀을 감추었을까? 심지어 그가 가장 사랑했던 아드함에게 까지도 비밀로 했을까? 분명 비밀이 있을 것이다. 잠시 후 그가 촛불을 밝히면 우리 모두 그 비밀을 밝혀낼 수 있을 것이다. 아드함이 예전에 촛불을 밝혔고 이제 아라파가 같은 장소에서 다시 한 번 촛불을 밝힐 터였다. 앞으로 이야기꾼들이 이 사실을 영원히 들려줄 것이다.

그가 촛불을 켜자 그를 바라보고 있는 눈이 보였다. 당황했지만 침대에 몸을 누인 나이 든 흑인 하인의 눈이었다. 그는 겁도 나고 당황했다. 그 흑인 하인은 불 켜는 소리에 눈을 떴지만 아마도 비몽사몽간의 의식이 몽롱한 상태였을 것이다. 자기도 모르는 사이에 무의식적으로 그는 하인에게 달려들어 오른손으로 그의 목을 잡고, 있는 힘을 다해 눌렀다. 하인이 격렬하게 바동대며 그의 손을 잡자 아라파는 발로 그의 배를 걷어차고 그의 목에 힘을 더 주었다. 그의 왼손에서 초가 떨어져 촛불이 꺼지자, 방 안은 어둠에 묻혔다. 흑인 하인은 어둠 속에서 마지막 저항을 하다가 이내 조용해졌다. 그러나 그는 마치 미친 사람처럼 손에 힘이 빠질 때까지 그의 목을 계속 눌렀다. 그는 숨을 헐떡이며 등이 문에 닿을 때까지 뒷걸음질 쳤다. 그는 아주 잠깐 지옥과 같은 고요와 고통을 느꼈다. 그는 점점 힘이 빠지는 것을 느꼈다. 시간이 죄보다 더 무겁게 느껴졌다. 그가 정신을 차리지 못했다면 방바닥이나 노인의 시체

위에 쓰러졌을 것이다. 어떤 힘이 그에게 도망치라고 했다. 그는 시체를 넘어 그 오래된 책이자 저주의 책에 다가가지 못했다. 그는 다시 초를 켤 용기가 없었다. 차라리 보이지 않는 것이 나았다. 그는 양팔에 통증을 느꼈다. 그것은 아마도 흑인 하인이 필사적으로 저항하면서 손톱으로 할퀸 상처일 것이다. 아드함의 죄는 거역이었지만 자신의 죄는 살인이라는 것을 생각하자 몸서리가 났다. 그는 모르는 사람을 죽였고 또한 죽여야 할 이유도 없는 사람을 죽인 것이다. 범법자들과 싸울 때 사용할 힘을 구하러 왔다가 그는 부지불식간에 범죄자가 되고 말았다. 그는 어둠 속에서 그 책이 걸려 있다고 생각되는 구석 쪽으로 고개를 돌렸다. 문을 밀고 안으로 들어가자 그의 뒤로 바로 문이 닫혔다. 그는 벽을 따라 기어서 문으로 갔다. 그는 마지막 의자 뒤에서 망설였다. 그가 이 집에서 본 사람들은 모두 하인들이었다. 그렇다면 집주인은 어디에 있는 것일까? 그가 저지른 이 죄는 그 둘 사이에서 앞으로 영원할 것이다. 그는 한없는 실망감과 좌절감을 느꼈다. 그는 조심스럽게 문을 열었다. 불빛에 눈이 부셨다. 그 불빛이 소란스럽게 아우성을 치며 그에게 달려들고 있다는 생각이 들었다. 그는 문을 닫고 까치발로 걸어서 칠흑 같은 어둠 속에서 계단을 내려왔다. 그는 객실을 가로질러 정원으로 갔다. 그는 지칠 대로 지치고 슬픈 마음에 경계심이 느슨해져 순간 방심했다. 그때 객실에서 자고 있던 사람이 깨어나 소리쳤다.

"누구요?"

아라파는 객실 아래 벽에 몸을 바싹 붙였다. 공포로 인해 새

힘이 불끈 솟았다. 그가 다시 한 번 소리치자 고양이가 "야옹" 하고 대답했다. 그는 또다시 살인을 저지를까 두려워 그곳에 꼼짝 않고 몸을 숨겼다. 다시 세상이 고요해지자 후원을 기어서 담까지 갔다. 그는 통로 입구를 찾아냈고 들어올 때처럼 기어 나갔다. 통로 끝에 거의 이르자 누군가의 발에 부딪쳤다. 무슨 일인가 생각해 볼 틈도 없이 그 발은 아라파의 머리를 냅다 걷어찼다.

102

아라파는 자신의 머리를 발로 걷어찬 사람에게 달려들었
다. 잠시 동안 두 사람은 서로 다투었다. 잠시 후 남자는 화난
목소리로 아라파에게 누구냐고 소리를 질렀다. 아라파는 놀
라 큰 소리로 대답했다.

"하나슈!"

그 두 사람은 서로 도와가며 지상으로 올라왔다.

"시간이 너무 지체되는 것 같아 무슨 일이 생겼는지 알아보
려고 들어갔었어." 하나슈가 말했다.

"여느 때처럼 또 실수를 저질렀어. 자, 가자." 아라파가 힘
겹게 숨을 쉬며 말했다.

그들은 고요히 잠든 동네로 돌아왔다. 아와티프가 아라파
를 보자마자 소리를 질렀다.

"씻으세요……. 원 세상에……. 손과 목에 흐르는 이 피는

뭐예요?"

아라파는 움찔했지만 대답은 하지 않았다. 그는 씻으러 나
가자마자 바로 기절해 버렸다. 잠시 후 아와티프와 하나슈의
도움으로 의식을 되찾은 그는 소파에 두 사람 사이에 끼어 앉
았다. 그는 자발라위에게서 달아난 것보다 더 멀리 잠이 그에
게서 달아난 것처럼 느꼈다. 그는 도저히 혼자서 비밀을 간직
할 감당이 서지 않자 그 집에서 겪은 이상한 일을 그 두 사람
에게 들려주었다. 이야기를 마치자 두 사람은 두려움과 절망
에 가득 찬 눈으로 그를 뚫어지게 바라보았다. 아와티프가 작
은 목소리로 "전 처음부터 반대했어요."라고 말했다.

하나슈는 이 불상사의 충격을 줄이고자 애썼다.

"이런 일은 피할 수 없어."

"그렇지만 산투리와 다른 수장들이 저지른 죄보다 더 나
빠!" 아라파가 말했다.

"너무 자책하지 마." 하나슈가 말했다.

"나는 아무 잘못도 없는 노인을 죽였어. 누가 알아? 그가 자
발라위가 까심에게 보낸 하인인지?"

그들은 심한 불면증에 시달리는 사람들처럼 잠시 동안 말
이 없었다. 이윽고 아와티프가 말문을 열었다.

"모두들 잠을 자는 게 좋겠어요."

"두 사람은 자도록 해. 나는 오늘 밤 잠을 못 잘 것 같아."

그들은 다시 침묵했다.

"자발라위를 보지도 그의 목소리를 듣지도 못한 거야?" 하
나슈가 물었다.

아라파는 슬프게 고개를 끄덕이며 "그래."라고 대답했다.

"그렇지만 어둠 속에서나마 그의 침대를 보았잖아!"

"우리가 그의 집을 바라보는 것과 다를 바 없지!"

"나는 네가 오랫동안 돌아오지 않아서 그와 이야기를 하고 있다고 생각했어." 하나슈가 비통하게 말했다.

"밖에선 뭐든 상상하지 못하겠어!"

"열이 있는 것 같아요. 자는 게 좋겠어요."라고 아와티프가 걱정스럽게 말했다.

"내가 어떻게 자?"

그는 자신의 몸에서 열이 나고 멍한 것으로 보아 아내의 말이 맞다고 생각했다. 하나슈가 비통하게 다시 말했다.

"너는 유언장이 바로 네 코앞에 있었는데 그것을 못 봤단 말이지?"

아라파의 얼굴이 고통으로 일그러졌다. 하나슈가 계속했다.

"그렇게 고생했는데 참 아쉽다!"

"그래."

잠시 후 아라파가 단호하게 말했다.

"이번 일로 나는 우리가 다룰 수 있는 마법에만 의존해야 한다는 것을 깨달았어. 아마 짐작과는 너무 거리가 먼 미친 짓을 저질렀다고 보는 것은 아니지?"

"아니. 너 외에 어떤 사람도 그 책이 마법의 책이라고 말하지 않았어."

아라파가 이전보다 훨씬 더 불안한 마음을 가라앉히려는 듯 보였다.

"병 실험은 예상보다 훨씬 더 빨리 성공할 거야. 우리 자신을 지켜야 할 때가 오면 그 실험은 매우 요긴하게 쓰일 거야."

다시 끔찍한 정적이 감돌 것 같은지 하나슈가 말을 이었다.

"네가 그런 모험을 감행하지 않고 대저택에서 그 집주인을 만나게 해 줄 마법을 알고 있었더라면 좋았을 텐데."

"마법에는 한계가 없어. 그런데 지금 내 손 안에 있는 것은 몇 가지 약과 방어나 공격에 사용할 병 계획뿐이야. 현재로는 가능한 게 무엇인지 상상도 할 수 없어." 아라파가 열을 올려 대답했다.

"당신은 그런 모험 따윈 생각도 해서는 안 돼요. 자발라위와 우리는 다른 세계에 살고 있어요. 당신이 그와 이야기를 나눌 수 있었더라도 소득이 없었을 거예요. 그는 재산, 관재인, 수장, 자손들, 동네는 아마도 다 잊어버렸을 거예요!" 아와티프가 짜증스레 말했다.

예기치 못한 상황으로 인해 아라파의 이상한 행동이 당연히 받아들여졌지만 그는 뚜렷한 이유 없이 화를 내고 예민하게 굴었다.

"무식해 속고 있는 이 동네 사람들……. 그들이 무엇을 알아? 아무것도 몰라. 그들은 이야기꾼들이 들려주는 이야기만 알아! 그들이 들은 것을 행동으로 옮기는 걸 기대하긴 어려워. 그들은 이 동네가 세상의 중심이라고 생각하지만, 이곳은 파렴치한 놈들과 거지의 피난처일 뿐이야. 너희들의 시조 자발라위가 오기 전까지 이곳은 곤충만 사는 황무지였어."

그는 하나슈를 놀라게 했다. 아와티프가 수건에 물을 적셔

그의 이마에 얹으려 하자, 그는 그녀의 손을 거칠게 뿌리치며
말했다.

"나는 자발라위조차 갖지 못한 것을 갖고 있어. 나는 자발
과 리파아와 까심이 힘을 합쳐 해내지 못할 일을 할 수 있는
마법을 갖고 있어."

아와티프가 간청하듯 말했다.

"언제 주무실 거예요?"

"내 머릿속의 현황한 불길이 사그라지면."

"곧 날이 밝겠군." 하나슈가 중얼거리자, 아라파가 버럭 화
를 내며 큰 소리로 말했다.

"날이 밝으라고 해. 그렇지만 마법이 수장들을 없애고 사람
들의 영혼을 악령에서 구원하고 부동산에서 얻는 것보다 더
많은 행복을 가져다줄 때까지 해는 떠오르지 않을 거야. 마법
은 아드함이 늘 꿈꾸었던 전설의 음악이 될 거야."

그는 땅이 꺼질 듯 한숨을 내쉬고는 녹초가 되서 머리를 벽
에 기댔다. 아와티프는 그가 잠들기를 바랐다. 그때 갑자기 어
디선가 새벽의 고요한 정적을 뚫고 사람들을 혼비백산하게
만드는 외마디 소리가 들려왔다. 곧이어 비명 소리와 통곡 소
리가 들렸다. 아라파가 벌떡 일어나 겁에 질려 말했다.

"하인의 시체가 발견됐구나."

그러자 아와티프가 바싹 말라 갈라진 목소리로 물었다.

"그 집에서 나는 소리인지 어떻게 알아요?"

아라파가 밖으로 뛰쳐나가자 그의 뒤를 이어 남은 두 사람
도 밖으로 나갔다. 그들은 집 앞에 서서 대저택을 바라보았다.

어둠이 걷히며 날이 밝아 오기 시작했다. 창문이 열리고 사람들이 고개를 내밀고 대저택을 바라보았다. 한 남자가 동네 끝에서 나와 알자말리야 쪽으로 허겁지겁 달려갔다. 아라파가 그에게 물었다.

"무슨 일이에요?"

그는 꾸물대지 않고 선뜻 대답했다.

"하느님의 뜻이에요. 그토록 오래 살았던 자발라위가 드디어 죽었어요."

103

세 사람은 지하실로 돌아섰다. 떨어지지 않는 발을 간신히 옮긴 아라파는 소파에 털썩 주저앉으며 말했다.

"내가 죽인 사람은 불쌍해 보이던 흑인 하인이었어. 그 사람은 밀실에서 자고 있었어."

모두들 한마디도 하지 않았다. 그들은 흘겨보는 아라파의 시선을 피해 바닥만 내려다보고 있었다.

"두 사람이 나를 믿지 않는다는 걸 알아. 맹세하지만 나는 그의 침대에 가까이 가지 않았어."

하나슈가 잠시 망설이다 침묵보다 차라리 그에게 말을 하는 게 나을 것 같다고 생각했는지 조심스럽게 말문을 열었다.

"아마도 워낙 경황이 없어서 그의 얼굴을 자세히 못 봤을 거야."

"천만에. 너는 나를 믿지 않아."라며 아라파는 절망적으로 소리쳤다.

"목소리 좀 낮추세요." 아와티프가 기겁하며 작은 목소리로 말했다.

아라파는 급히 뒷방으로 들어가 두려움에 떨며 어둠 속에 앉아 있었다. 도대체 왜 그런 미친 짓을 했을까? 그래, 미친 짓이지. 천지가 흔들리는 것 같았다. 땅속에서 슬픔이 새어 나오는 것 같았다. 이상야릇한 그 방이 그에게는 유일하게 안락한 곳이었다.

해가 뜨자 동네 사람들이 속속 대저택 주위로 몰려들었다. 소식이 순식간에 퍼졌던 것이다. 특히 관재인이 대저택에 잠시 들렀다가 자신의 집으로 돌아간 뒤 소식은 전광석화처럼 퍼졌다. 사람들은 도둑놈이 뒷담 아래에 굴을 파고 그 집에 몰래 들어가 충직한 하인을 죽였다고 했고, 그 소식을 들은 고령의 자발라위가 건강이 좋지 않았던 탓에 그 충격을 이기지 못하고 사망했다고 했다. 사람들은 너무나 화가 나서 울지도, 소리치지도 않았다. 아와티프와 하나슈에게서 그 소식을 전해 들은 아라파가 큰 소리로 말했다.

"그것 봐. 내 말이 맞지."

잠시 후 그는 자발라위가 어쨌든 자신으로 인해 죽었다는 것을 떠올리고 부끄럽고 괴로워 입을 굳게 다물었다. 아와티프는 할 말을 잃고 "편히 잠드소서."라고 중얼거렸다.

"그가 명을 단축해 죽은 것도 아닌데 뭐!"라고 하나슈가 말했다.

"그렇지만 나 때문에 죽었어. 나는 그의 후손 중 그 누구보다도 나빠. 가장 사악한 후손보다 더 나빠. 그런 놈들이 얼마나 많은데 말이야."라고 이야기꾼처럼 슬프게 말했다.

"당신은 좋은 의도로 갔던 거잖아요." 아와티프가 울면서 말했다.

"우리가 발각되지 않겠지?" 하나슈가 걱정스레 물었다.

"도망가요." 아와티프가 소리쳤다.

그러자 아라파는 부아가 치미는지 그녀에게 손가락질을 하며 말했다.

"그렇게 해서 우리가 죄를 지었다는 명백한 증거를 만방에 보여 주려고."

수많은 사람이 운집한 가운데 길가에서 그들의 적개심에 불타는 소리가 들려왔다.

"자발라위를 장사 지내기 전에 범인부터 잡아 죽여야 해."

"현 세대는 우리 동네 역사상 가장 간악한 세대야! 가장 악랄하다고 생각한 놈들도 지금까지 이 대저택을 존경했어. 이드리스조차도 그랬고. 우리는 심판의 날까지 저주받을 거야."

"우리 동네 사람이 살인자 일 리 없어. 도대체 어느 누가 그런 생각을 해?"

"모든 게 곧 밝혀질 거야."

"최후 심판의 날까지 우리는 저주받을 거야."

가슴을 치며 애석해하는 소리가 점점 커지자 하나슈는 신경이 과민해졌다.

"이제 어떻게 이 동네에서 살지!"

자발 구역 사람들은 자발라위가 자발 구역 내 무덤에 안장

되어야 한다고 했다. 그것은 그들이 혈연적으로 누구보다도 그와 가깝고, 다른 한편으로는 그가 그의 다른 가족들과 이드리스가 묻힌 묘지에 묻히길 원치 않았기 때문이었다. 리파아 구역 사람들은 리파아가 자신의 손으로 직접 파 놓은 무덤에 그를 묻어야 한다고 주장했다. 까심 구역 사람들은 까심이 자발라위 후손 가운데 가장 훌륭한 사람이라 그곳의 묘지가 존경하는 조상의 시신을 묻는 데 가장 적합하다고 말했다. 자발라위를 안장할 시각이 되자 여차하면 싸움이 벌어질 형국이었다. 관재인 까드리는 대저택 내 예전의 부동산 관리 사무실 자리에 세워진 작은 사원에 시신을 안장할 것이라고 발표했다. 이런 문제 해결은 다수의 지지를 얻어 냈지만 동네 사람들은 생전에 그의 모습을 보지 못했던 것처럼 그의 장례식 또한 보지 못하게 되어 섭섭해했다. 리파아 구역 사람들은 자발라위가 리파아를 위해 손수 손으로 파서 묻었던 그 무덤에 묻히게 될 것이라고 기뻐하며 소곤거렸다. 그러나 다른 사람들이 아무도 그 오래된 이야기를 믿지 않았다. 오히려 그들을 비웃자 화가 난 수장 아자즈가 하마터면 산투리와 싸울 뻔했다. 바로 그때 사아달라가 모두에게 소리를 지르며 경고했다.

"이렇게 슬픈 날 애도하지 않고 분위기를 망치는 자는 누구든 머리통을 박살 낼 거다."

오직 자발라위를 가까이 모셨던 하인들만이 그의 시신을 염하는 것을 지켜보았다. 그들은 자발라위에게 수의를 입히고 시신 운반대 위에 올려 가족의 중대사를 치렀던 넓은 홀로 옮겼다. 그곳은 바로 아드함이 감독권을 위임받고 이드리스의 반란이 일어났던 곳이다. 이어서 관재인과 세 구역의 지도자들이 장례식을 치르기 위해 모여들었다. 그의 시신은 해질 무렵 안장되었다.

저녁에 동네 사람 모두가 장례식을 위해 쳐 놓은 천막으로 모여들었다. 아라파와 하나슈도 리파아 구역 사람들과 함께 갔다. 아라파는 죄를 지은 후 통 잠을 자지 못해 얼굴이 마치 송장 같았다. 동네 사람들은 사막의 정복자이자 모든 사람의 지배자로, 힘과 용기의 상징인 동시에 부동산과 동네의 실질적 소유자이자 대를 이어 가게 한 자신들의 시조인 자발라위에 대한 칭송을 늘어놓았다. 아라파는 슬퍼 보였다. 그렇지만 아무도 그가 마음속으로 무슨 생각을 하는지 신경조차 쓰지 않았다. 그는 그 집의 명예를 아랑곳하지 않고 그곳에 잠입한 사람, 조상이 사망함으로써 그 조상의 존재를 확인한 사람이었다. 그는 모든 사람에게 등을 돌리고 자신의 손을 영원히 더럽힌 사람이었다. 그는 자신의 죄를 어떻게 속죄할 수 있을지 스스로에게 물었다. 자발, 리파아, 까심의 공적을 다 합쳐도 충분하지 않았고, 관재인과 수장을 죽여 동네 사람들을 그들의 범죄 행위로부터 구출해 낸다 해도 충분하지 않았고, 자신을 모든 위험에 빠뜨려도 충분하지 않았다. 모든 사람에게 마법의 기술과 장점을 다 가르쳐 준다 해도 충분하지 않았다. 단 하나 충분한 것이 있다면, 바로 자발라위를 소생시킬 수 있는 마법의 경지에 오르는 것이었다. 보는 것보다 죽이는 게 더 쉬웠던 자발라위. 세월이 약이라고 시간이 지나야 마음속의 끔찍한 상처를 치유할 힘이 생길 것이다. 거짓 눈물을 흘리는 이 못된 수장들! 아하! 어쩌나! 수장들 중 단 한 사람도 아라파가 지은 것과 같은 죄를 짓지 않았다. 그들은 참을 수 없는 모욕과 수치심으로 침울하게 앉아 있었다. 이웃 동네 사람들은 수장들이 해시시를 피우고 있을 때 자발라위가 그의 집에서 살해되었다고 말할 것이다. 그래서인지 그들의 눈은 복수심으로 불타올랐다. 그들의 눈빛에서 비애와 죽음이 보였다. 아라파는 그날 밤늦게 지하실로 돌아와 아와티프를 끌어안으며 절망적이지만 간절하게 물었다.

"아와티프, 당신 생각을 솔직하게 말해 봐. 당신은 내가 범인이라고 생각하나?"

"당신은 정말 좋은 사람이에요. 내가 만난 사람 중에서 가장 선량한 사람이죠. 그렇지만 가장 불운한 사람이기도 해요."라고 아와티프는 다정하게 말했다.

"지금 내가 느끼고 있는 이 고통을 겪어 본 사람은 아마 아무도 없을 거야." 아라파는 눈을 감으며 말했다.

"그래요. 알고 있어요."

그녀는 차가운 입술로 그에게 키스를 하며 속삭였다.

"우리에게 화가 닥칠까 두려워요."

아라파가 그녀에게서 얼굴을 돌리자 하나슈가 말했다.

"마음이 놓이질 않아. 오늘 아니 내일 우리가 한 짓이 드러나겠지. 그래도 나는 자발라위에 관한 것들이 속속 밝혀질 거라고는 생각지 않아. 그의 뿌리, 그의 재산, 그와 그의 자손과의 관계, 그와 자발, 리파아, 그리고 까심과 만났던 일들 말이야. 그렇지만 그의 죽음만은 밝혀질 거라고 생각돼."

"도망치는 일 말고 다른 해결책이 있니?" 아라파가 답답하게 숨을 내쉬고는 물었다.

하나슈는 말이 없었다. 그러자 아라파가 다시 말했다.

"나에게 한 가지 계획이 있는데 그 계획을 실행하기 전에 마음을 좀 가라앉히고 싶어. 내가 죄인이라면 그 계획을 실행할 수 없지만."

"너는 죄가 없어." 하나슈가 시큰둥하게 말했다.

"하나슈, 나는 실행에 옮길 거야. 우리 걱정은 하지 마. 동네 사람들의 주의를 범죄에서 딴 데로 돌리게 할 거야. 놀라운 일이 일어날 거야. 가장 놀라운 일은 자발라위가 다시 살아나는 거야."

아와티프는 탄식했고, 하나슈는 얼굴을 찡그렸다.

"너 미쳤니?"

"자발라위의 말 한마디가 가장 선량한 후손들로 하여금 행동을 하게 하고 죽음에까지 이르게 했어. 자발라위의 죽음은 그의 말보다 강력해. 그의 선량한 자식 하나가 그와 똑같이 모든 것을 해야만 할 거야. 그의 자리에 올라 그가 되어야 해. 알겠니?" 아라파가 열띤 목소리로 말했다.

104

마침내 동네에서 아무 소리도 들리지 않자 아라파는 지하실을 떠날 차비를 했다. 아와티프가 문 앞까지 따라 나왔다. 그녀의 눈은 울어서 붉게 충혈되어 있었다. 그녀는 완전히 체념한 듯 말했다.

"무사하시길 빌어요."

하나슈가 끈질기게 요청했다.

"왜 같이 가면 안 되는데?"

"혼자 도망치는 게 둘이 도망치는 것보다 쉬워."

하나슈가 그의 등을 토닥이며 충고했다.

"반드시 최후의 수단으로 그 병을 사용해야 해."

아라파는 고개를 끄덕이고 떠났다. 그는 어둠에 잠긴 동네를 한차례 바라보고 알자말리야로 향했다. 그는 알와타위트와 알디라사와 대저택 뒤편의 사막의 먼 길을 돌아 북쪽으로 사막이 내려다보이는 사아달라의 집 담에 도착했다. 담의 중간 지점까지 가 그는 땅바닥을 손으로 더듬어 큰 돌을 찾아서 옆으로 치웠다. 그는 하나슈와 함께 밤마다 팠던 구멍 속으로 들어갔다. 그는 구멍 반대쪽 입구를 막고 있는 천을 밀어내고 수장 두목 집의 정원으로 머리를 내밀었다. 그는 담 옆에 숨어 그곳을 살펴보았다. 닫힌 창문에서 희미한 불빛이 흘러나왔다. 잠들지 않은 응접실 창문에 어른거리는 불빛을 제외하고 정원은 어둠 속에 잠들어 있었다. 가끔씩 응접실에서 야비하고 거친 웃음소리가 들려왔다. 그는 품에서 비수를 빼들고 기다렸다. 시간은 견딜 수 없을 정도로 무거운 죄질보다 더 무겁게 흘렀다. 해시시 모임은 그가 도착하고 삼십 분이 지나서 끝이 났다. 문이 열리고 한 사람씩 정원 쪽 대문을 통해 동네로 빠져나갔다. 문지기가 손에 등불을 들고 다가와 대문을 닫고 사아달라를 객실까지 안내하고 되돌아갔다. 아라파는 왼손에는 돌멩이를 하나 쥐고, 오른손에는 칼을 쥔 채 몸을 숙이고 살며시 다가갔다. 그는 사아달라가 계단에 첫 발을 올려놓을 때까지 종려나무 뒤에 숨어 있었다. 그러다 그에게 달려들어 그의 등에다 비수를 꽂았다. 사아달라는 비명을 지르며 쓰러졌다. 문지기가 놀라서 뒤로 돌아서자 그는 왼손의 돌멩이를 등불에 던졌다. 등이 박살 나고 등불이 꺼졌다. 아라파는 잠입해 들어온 벽 쪽으로 재빨리 달아났다. 문지기가 고래고래 소리를 질렀다. 곧 집과 정원 끝에서 웅성거리는 소리와 다급한 발소리가 들려왔다. 아라파는 달아나다 나무 그루터기에 걸려 넘어져 얼굴을 땅에 찧었다. 다리와 팔목에 심한 통중을 느꼈으나 그는 꾹 참고 구덩이를 향해 기어갔다. 사람들의 목소리와 발소리가 가까이에서 들려왔다. 그는 얼른 구덩이로 뛰어들어 사막으로 빠져나가기 위해 빠르게 기어갔다. 신음을 하고 몸을 일으켜 세운 뒤 동쪽으로 향했다. 대저택의 담을 따라 돌기 전 뒤를 돌아다보자 그를 향해 달려오는 무리가 보였다. 그를 향해 "거기 누구냐?" 하는 소리가 들렸다. 그는 통증에도 불구하고 한층 속도를 내 대저택의 뒷담 끝에 이르렀다. 대저택과 관재인의 집 사이의 공간을 가로지를 무렵 그는 횃불을 보았고 큰 소리를 들었다. 그는 무깟탐 시장을 향해 사막으로 접어들었다. 그는 곧 통증이 더욱 심해질 것이라고 직감했다. 추적자들이 가까이 다가왔는지 정적을 깨고 "잡아라……. 저놈을 포위해라."라고 외치는 고함 소리가 들려왔다. 그는 아바에서 수개월의 실험을 거친 병을 끄집어냈다. 그리고 그는 걸음을 멈추고 다가오는 사람들을 정면으로 바라보았다. 그들의 모습이 눈에 확연히 들어올 때까지 눈을 부릅뜨고 주시했다. 그리고 그 병을 그들에게 던졌다. 몇 초가 지나자 지금껏 들어 보지 못한 큰 소리가 나고 폭발이 일어났다. 곧이어 비명 소리와 신음 소리가 들려왔다. 아라파는 계속 달아났다. 더 이상 쫓아오는 사람은 없었다. 사막 끝에 이르러 숨을 헐떡거리면서 바닥에 쓰러져 신음 소리를 냈다. 그는 고통을 느꼈고 힘이 빠져 더는 움직일 수 없었다. 수많은 별이 총총히 빛나는 밤에 그 혼자만 있었다. 뒤를 돌아다보았지만 어둠과 적막뿐이었다. 그는 다리에서 흐르는 피를 손으로 닦아 내고 모래로 지혈시켰다. 어떻게 해서라도 계속 가야만 한다고 생각하며 양손에 힘을 주고 몸을 일으켜 서서히 알디라사를 향해 걸어갔다. 알디라사 쪽에서 한 사람이 다가오는 것이 보였다. 그는 겁을 먹고 조심스럽게 그 사람을 바라보았지만 그 사람은 그를 쳐다보지도 않은 채 그냥 스쳐 지나갔다. 아라파는 안도의 숨을 내쉬고 왔던 길을 다시 돌아 집으로 향했다. 그가 동네 부근에 이르렀을 무렵 적막강산인 평상시와는 달리 해 뜨기 전 어둠 속에서 아우성이 들려왔다. 재앙을 경고하는 목소리, 분노의 외침, 울부짖는 소리, 흐느끼는 소리가 뒤섞여 들려왔다. 그는 잠시 멈추었다 담에 바싹 붙어 앞으로 나아갔다. 그는 동네 한 모퉁이에서 곁눈질을 했다. 관재인의 집과 사아달라의 집 사이의 모퉁이에 한 무리의 사람들이 모여 있었다. 까심 구역은 황량하고 어두워 보였다. 그는 집에 이를 때까지 담을 따라 걸었다.

그는 몸을 던져 아와티프와 하나슈 사이에 끼어 앉아 피투성이의 다리를 드러냈다. 아와티프는 놀라서 서둘러 물이 가득 담긴 물동이를 가지고 왔다. 그녀가 상처를 씻어 주자 그는 비명을 지르지 않기 위해 이를 악물어야 했다. 하나슈가 "밖은 분노로 이글이글 타오르고 있어."라고 걱정스레 말하면서 그녀를 도왔다.

"사람들이 폭발 소리에 대해서 뭐라고 말하지?" 아라파가 얼굴을 찌푸리며 물었다.

"너를 추적하던 사람들이 경위를 설명했는데 아무도 믿지 않았어. 그런데 사람들은 그들의 목과 얼굴에 난 상처를 보고 어리둥절한 표정으로 멍하니 서 있더라. 폭발 이야기에 사아달라의 죽음이 묻혀 잊힌 것 같아."

"동네 수장 두목이 죽었으니 내일부터 나머지 놈들이 그 자리를 두고 싸우기 시작할 거야." 아라파가 말했다. 그러고는 상처에 붕대를 정성스레 살살 감고 있는 아내를 바라보며 "수장 시대의 종말이 얼마 남지 않았어. 제일 먼저 사라질 놈이 당신의 아버지를 죽인 놈이 될 거야."라고 말했다.

그러나 그녀는 대답하지 않았다. 하나슈는 불안한 눈을 반짝였다. 아라파는 심한 통증에 머리를 두 손으로 감쌌다.

105

다음 날 아침 일찍 지하실 문을 두드리는 소리가 들렸다. 아와티프가 문을 열자 관재인의 문지기인 유니스가 서 있었다. 그녀는 그에게 다정하게 인사를 하고 안으로 들어오라고 했으나 그는 그 자리에 서서 꼼짝도 하지 않고 "나리께서 급히 상의하실 일이 있다고 아라파 씨를 만나고 싶어 하십니다."라고 말했다.

아와티프는 평상시라면 당연히 기뻤을 테지만 그러지 못하고 아라파에게 그 말을 전했다. 잠시 후 아라파가 잘 차려입고 나타났다. 그는 흰색 질밥 차림에 물방울무늬의 터번을 두르고 깨끗한 가죽신을 신었다. 그러나 그는 감출 수 없는 불의의 사고로 다리를 절게 돼 지팡이를 짚고 있었다. 그는 손을 들어 인사를 하며 "수고하십니다."라고 말했다. 그는 문지기의 뒤를 따랐다.

동네는 온통 지난밤의 이야기로 북새통을 이루었고 사람들은 걱정스러운 눈으로 "내일은 어떤 일이 생기려나?" 하고 묻는 것 같았다. 사아달라의 집은 울음바다였고 수장들의 부하들은 각 구역의 카페에 모여 서로 의견을 듣고 있었다. 아라파는 문지기를 따라 관재인의 집으로 들어갔다. 그들은 재스민으로 이엉을 얹은 통로를 따라 건물에 도달했다. 아라파는 이 집과 대저택은 서로 상당히 닮았다고 생각했다. 너무나 흡사해 다른 점이라고는 계단밖에 없는 것 같았다. 그는 분개하며 "너희들은 동네 사람들에게 이로운 것에서가 아니라 자신들에게 이로울 때 자발라위를 모방하는군." 하고 중얼거렸다. 문지기는 허락을 구하기 위해 그를 앞질러 갔다. 그가 되돌아와 들어가라고 안내했다. 그는 넓은 방으로 들어갔다. 관재인 까드리는 그를 기다리며 제일 안쪽에 앉아 있었다. 그는 등이 보일 정도로 허리를 숙이고 팔을 뻗으면 까드리와 닿을 거리에 걸음을 멈춰 섰다. 첫눈에 봐도 그는 훤칠하게 키가 크고 몸매가 다부지고 통통한 얼굴에 혈색이 좋아 보였다. 아라파의 인사를 받고 인사 대신 미소를 짓자, 그의 위풍당당한 외모와는 어울리지 않는 싯누런 치아가 드러났다. 그는 아라파에게 자신의 옆자리에 앉으라고 권했지만 아라파는 가장 가까운 의자에 앉았다.

"결례를 용서해 주십시오, 나리."

그러나 관재인은 소파 옆자리에 앉으라고 부드럽지만 명령조로 말했다.

"이곳애…… 이곳에 앉게!"

아라파는 어쩔 도리가 없었다. 그는 멀찌감치 그에게서 떨어져 소파에 앉으면서 '뭔가 비밀이 있는 게 틀림없어.'라고 생각했다.

그는 문지기가 문을 걸어 잠그자 확신이 들었다. 그는 조용히 기다렸다. 관재인은 말없이 지켜보더니 허심탄회하면서도 침착하게 물었다.

"아라파, 왜 사아달라를 죽였나?"

눈과 눈이 마주치자 시선이 얼어붙었다. 그는 몸에서 힘이 빠져나가며 사지가 후들거렸다. 눈앞의 모든 것이 빙빙 돌았다. 미래가 과거로 전복되었다. 그는 까드리가 자신감 넘치는 눈으로 자신을 응시하고 있는 것을 보고, 그가 틀림없이 모든 것을 알고 있다는 확신이 들었다. 운명이었다. 관재인은 그에게 틈을 주지 않고 다소 날카롭게 말했다.

"두려워하지 마라! 그렇게 두려운데 왜 그를 죽였지? 정신을 가다듬고 솔직하게 대답해. 왜 사아달라를 죽였어?"

침묵을 견딜 수 없었던 아라파는 자기가 무슨 말을 하는지도 모르면서 "나리……. 제가요?"라고 말했다.

"망할 자식, 내가 헛소리하는 줄 아는가 본데 내가 증거도 없이 말하는 줄 알아? 대답해. 왜 죽였어?"그는 날카롭게 말했다.

절망한 아라파는 어찌할 바를 몰라 멍한 눈으로 방 여기저기를 둘러보았다.

"아라파, 도망갈 곳은 없어. 밖에 있는 자들이 네가 저지른 죄를 알면 당장에라도 너를 물어뜯고 네 피를 마시려 들거야.” 관재인은 섬뜩할 만큼 차가운 목소리로 말했다.

수장 두목의 집에서 통곡 소리가 더욱 커졌다. 모든 희망이 물거품처럼 사라졌다. 그는 아무 말도 못하고 입만 벌렸다. 관재인이 거칠게 소리쳤다.

“침묵이 손쉬운 도피처로 보이지. 그런데 내가 밖에 있는 잔인한 놈들에게 너를 던져 주며 ‘여기 사아달라를 죽인 놈이 있다.’라고 말할까, 네가 원한다면 ‘여기 자발라위를 죽인 놈이 있다.’라고 말할까?” 관재인은 가혹하게 말했다.

“자발라위!” 그는 귀에 거슬리는 쉰 목소리로 소리쳤다.

“너는 뒷담 아래 터널을 팠지. 처음에는 용케 도망쳤지만 두 번째는 들켰어. 아라파, 도대체 왜 죽였나?”

“나리, 저는 결백합니다. 전 결백합니다.” 아라파는 무모하게 무턱대고 말했다.

“너의 혐의가 알려지면 아무도 나에게 범행 증거를 보여 달라고 요구하지 않을 것이다. 우리 동네에서는 소문이 사실이고, 사실은 바로 판결이며, 판결은 사형이야. 그러니 대저택에 침입한 사실을 털어놔.”

이 남자는 모든 것을 알고 있었다. 어떻게 알았을까? 어쨌든 그는 모든 것을 알고 있었다. 그런데 왜 그는 동네 사람 모두가 있는 자리에서 그를 고발하지 않는 것일까?

“도둑질을 할 생각이었나?”

아라파는 절망하여 눈을 감고 아무 말도 하지 못했다.

“말해, 뱀 같은 놈!”

“나리!”

"다른 사람들보다 형편이 훨씬 나은데 왜 도둑질을 하려고
했지?"

"악마의 유혹이죠." 아라파는 자포자기해 고백하듯 말했다.

관재인은 우쭐해서 웃었다. 아라파는 왜 그가 자신을 죽이
지 않고 지금까지 살려 두었는지, 그리고 왜 이 비밀을 수장
들에게 털어놓지 않았는지 어안이 벙벙해 자신에게 물었다.
관재인은 그를 괴롭히듯 자기 마음대로 하게 내버려 두었다.

"너는 아주 위험한 인물이야."

"저는 정말로 불쌍한 놈입니다."

"몽둥이를 농담거리로 만든 무기를 지닌 자께서 불쌍하
다니?"

죽은 자는 한쪽 시력을 잃어도 울지 않는 법이다. 그가 아니
라 이 사람이 진짜 마법사였다. 관재인은 말하기 전 잠시 자포
자기 상태의 그를 바라보며 즐겼다.

"내 하인 중 하나가 추격자들 틈에 있었지. 그자는 뒤에 처
져서 다행히 너의 무기에 다치지 않았어. 그는 혼자서 너를 조
용히 미행했어. 너는 그가 너를 미행하고 있다는 것을 몰랐지.
알디라사에서 그는 너를 알아보았지만 네가 놀랄까 봐 공격
하지 않고 나에게 달려와 다 말해 주었어."

"다른 사람에게 말하지 않았을까요?" 아라파는 아무 생각
없이 경솔하게 말했다.

"그는 충직한 하인이야." 그는 웃으며 말했다.

잠시 후 그는 의미심장하게 "자, 이제 너의 무기에 대해 나
에게 털어놔라."라고 말했다.

안개가 걷히듯 의혹이 풀리기 시작했다. 관재인은 아라파의 생명보다 더 귀중한 것을 탐내고 있었던 것이다. 그는 완전히 자포자기 상태였다. 도망칠 구멍이 어디에 있을까?

"사람들이 상상하는 것보다 간단합니다!" 그가 낮은 목소리로 말했다.

관재인은 실눈을 뜨고 미간을 찌푸렸다.

"지금 당장 너의 집을 수색할 수 있다. 그러나 너에게 사람들의 이목이 집중되는 것은 피하고 싶다. 알겠느냐?"

그는 잠시 침묵한 후 "나에게 복종하는 한 너는 죽지 않아." 라고 덧붙였다.

그러고는 협박의 눈빛을 보냈다.

"나리께서 원하시는 것은 무엇이든 따르겠습니다." 아라파는 절망한 나머지 될 대로 되라는 식으로 말했다.

"마법사, 드디어 내 뜻을 이해하기 시작했군. 너를 죽일 생각이었다면 너는 벌써 저 개들이 잡아먹었어."

그는 목청을 가다듬고 이야기를 계속했다.

"자발라위와 사아달라는 잊도록 하자. 네 무기에 대해 말해 봐라. 그게 뭐냐?"

"마법의 병입니다." 그는 교활하게 말했다.

관재인은 의심스러운 눈으로 그를 응시했다.

"명확하게 설명해라."

아라파는 처음으로 자신감을 되찾았다.

"오직 마법사만이 그 마법의 주문을 알고 있습니다."

"내가 너의 안전을 보장했는데도 설명을 안 하겠다고?"

아라파는 속으로 웃으면서 겉으로는 심각하게 말했다.

"제가 말한 것은 모두가 사실입니다."

관재인은 잠깐 바닥을 내려다본 뒤 고개를 들며 물었다.

"많이 갖고 있느냐?"

"지금은 하나도 없습니다."

"뱀 같은 놈!" 관재인은 이를 악물며 소리쳤다.

"제 집을 뒤져 보시면 제 말이 사실이라는 것을 아시게 될 것입니다."

"만들 수는 있지?"

"물론입니다." 아라파는 자신 있게 대답했다.

관재인은 매우 흥분해서 팔짱을 끼었다.

"나는 그것이 많이 필요하다."

"원하시는 대로 갖게 되실 겁니다."

처음으로 그들은 서로 뜻이 통했다는 시선을 주고받았다.

"나리는 저 진저리 나는 수장들을 제거하고 싶으시군요." 아라파가 대담하게 말했다.

그 순간 관재인의 눈빛이 이상하게 반짝 빛났다.

"무엇 때문에 대저택을 침입했는지 솔직하게 말해 봐라."

"단지 호기심 때문입니다. 그 충직한 하인을 죽일 의도는 없었습니다."

관재인은 의심스러운 눈초리로 그를 노려보았다.

"너는 노인을 돌아가시게 했어."

"그래서 저는 가슴이 찢어지게 아픕니다." 아라파는 슬프게 말했다.

관재인은 어깨를 으쓱했다.

"그분처럼 우리가 살 수 있으면 좋으련만."

아라파는 속으로 '이 사악한 위선자, 당신은 그분의 재산에만 관심이 있을 뿐이야.' 하고 생각하면서 "만수무강하시길 빕니다."라고 말했다.

"진정 호기심 때문에 그랬다고?" 관재인이 의아해서 재차 물었다.

"그렇습니다."

"그럼, 왜 사아달라를 죽였나?"

"나리처럼 수장들을 모두 제거하고 싶어서입니다." 그는 솔직하게 말했다.

관재인이 미소를 지었다.

"그들은 철옹성 같은 악한들이지."

아라파는 속으로 '그렇지만 사실 당신은 그들이 사악해서가 아니라 그들이 부동산에서 나오는 수익을 가져가기 때문에 증오하지.' 하고 생각했다.

"나리 말씀이 옳습니다."

그는 감언으로 꾀었다.

"너는 꿈도 꾸지 못할 정도로 부자가 될 거야."

"그것이 바로 제가 원하는 바입니다." 아라파가 기민하게 대답했다.

"몇 푼 벌려고 너 자신을 괴롭히며 일할 것 없다. 내 보호 아래 자유롭게 마법만 만들어라. 앞으로 네가 원하는 것은 모두 다 갖게 될 거다." 관재인은 흡족하게 말했다.

106

세 사람은 소파에 앉아 있었다. 아라파가 자신에게 벌어진 일을 이야기하자 아와티프와 하나슈는 마음을 졸이며 그의 이야기를 열중해서 들었다. 아라파는 다음과 같은 말로 자신의 흥미진진한 이야기를 끝냈다.

"우리에겐 선택의 여지가 없어. 사아달라의 운구가 아직 시작되지 않았지? 받아들이느냐 아니면 죽느냐 둘 중 하나야."

"아니면 도망치든가요." 아와티프가 말했다.

"우리를 포위하고 있는 그의 부하의 눈을 피해 도망칠 수는 없어."

"그의 보호를 받고 있어도 안전하지는 못할 거예요."

그는 그녀의 말을 무시했다. 아니 그는 자신의 두려움을 의식적으로 모른 척하고 싶었다. 그는 하나슈를 바라보았다.

"무슨 일 있어? 아무 말도 안 하게."

"우리는 이곳으로 돌아오며 몇 가지 소박한 꿈을 꾸었지. 그런데 너는 이제 혼자서 그 후에 생긴 변화와 커진 꿈들에 대한 책임을 지려고 해. 처음에 나는 너의 야망에 반대했지만 주저하지 않고 너를 도왔어. 차츰 네 생각을 믿게 되어 지금 내가 바라는 건 단 하나 우리 동네가 구원을 받아 더할 나위 없이 좋은 동네가 되는 거야. 오늘 우리는 뜻하지 않게 갑자기 새로운 계획에 말려들었어. 그 계획은 바로 우리 자신을 동네 사람들을 길들이기 위한 끔찍한 도구로 전락하게 만들 거야. 저항할 수 없는 도구, 소멸되지 않는 도구, 수장은 저항할 수 있지만 수장을 죽일 수도 있는 도구 말이야." 하나슈가 슬프고도 진지하게 말했다.

"그러나 그 이후 우리에게 안전이란 없을 거예요. 그는 당신에게서 그가 원하는 것을 다 얻어 내고 감쪽같이 당신을 제거할지도 몰라요. 그가 지금 수장들을 제거하려고 일을 꾸미고 있는 것처럼요." 아와티프가 말했다.

마음속 깊이 두 사람의 말을 끊임없이 생각하며, 그 말이 절절히 옳다고 생각한 아라파는 마치 자신을 설득하려는 것처럼 "그가 항상 내 마법을 필요하게 만들어야지."라고 말했다.

"최선은 당신이 그의 새로운 수장이 되는 거군요." 아와티프가 말했다.

하나슈가 그녀의 편을 들었다.

"그래. 몽둥이 대신 병이 무기인 수장. 만일 그가 너를 어떻게 생각하는지 알고 싶다면 그가 수장들을 대하는 태도를 떠올리도록 해."

아라파는 부아가 치미는지 뿌루퉁했다.

"참 대단하다. 마치 나만 야심이 있고 두 사람은 욕심이 없는 사람들 같네. 내가 바로 두 사람의 신앙이야. 나는 골방에서 뜬 눈으로 꼬박 며칠 밤을 새우고 우리 동네의 공익을 위해 두 번이나 목숨을 걸고 모험을 했어. 만일 두 사람이 선택의 여지없이 우리에게 강요된 것을 받아들이길 거부한다면 도대체 우리들이 무엇을 해야 하는지 나에게 말해 줘."

그는 화가 나 도전적으로 두 사람을 바라보았다. 둘 다 아무 대꾸도 하지 않았다. 고통이 전신을 옥죄어 왔다. 세상은 그에게 가위눌리는 악몽 같기만 했다. 그는 갑자기 지금의 고통이 자신이 선조를 무참하게 공격한 것에 대한 복수일지도 모른다는 이상한 생각이 들었다. 고통과 슬픔이 점점 커졌다.

"도망가요!" 아와티프가 절망적으로 애원하듯 작은 소리로 말했다.

"어떻게?" 그가 성이 나 격한 목소리로 물었다.

"모르겠어요. 하지만 도망이 자발라위의 집에 잠입하는 것보다 당신에게 더 어려운 건 아닐 거예요."

그는 절망적으로 숨을 내쉬었다.

"지금 관재인이 우리를 기다리고 있고, 그의 스파이들이 도처에 깔려 있어. 어떻게 도망칠 수 있단 말이야?" 그는 애도하듯이 조용히 말했다.

고요하다. 정말 고요하다. 자발라위의 무덤처럼 고요하다.

"나 혼자서 패배를 모두 감내하고 싶지 않아." 그가 책망하듯 말했다.

하나슈가 탄식하며 "우리에겐 선택의 여지가 없구나."라고 변명하듯 말하고 나서, 의욕적으로 "앞으로 도망갈 기회가 올 거야."라고 덧붙였다.

"누가 알아!" 아라파는 심란한 기색을 보이며 말했다.

그가 뒷방으로 가자 하나슈가 따라 들어갔다. 그들은 목이 긴 병에 모래와 유리 조각과 다른 몇 가지를 넣었다.

"우리는 우리의 작업 과정을 단계별로 나타내는 기호를 정해야 해. 또한 우리는 우리의 노력이 헛되지 않도록, 그리고 나의 죽음이 이들 실험의 끝이 되지 않도록 안전한 비밀 노트에 잘 기록해야 해. 이뿐 아니라 나는 네가 마법을 배울 준비가 되어 있으면 좋겠어. 앞으로 우리에게 어떤 일이 예정되어 있는지 모르잖아."

두 사람은 매우 조심스럽게 작업을 계속했다. 아라파는 우연히 친구를 바라보았다. 그는 인상을 쓰고 있었다. 그는 자신의 심정을 감추지 않았지만 어색한 상황을 감추려고 "이 병들이 수장들을 없앨 거야."라고 말했다.

"우리를 위해서가 아니라 동네를 위해서야." 하나슈가 속삭임에 가깝게 말했다.

아라파는 작업에서 손을 놓지 않고 "이야기꾼의 이야기는 너에게 무슨 교훈을 남겼니? 과거에는 자발, 리파아, 까심 같은 이들이 있었지. 그런데 왜 미래에는 그런 사람들이 나타나면 안 되는 걸까?"라고 말했다.

"나는 가끔 네가 그런 사람이 될 거라고 생각했어." 하나슈가 한숨지으며 말했다.

아라파는 거북살스러워 헛웃음을 지었다.

"내가 패배했다고 생각이 바뀌었어?"

하나슈는 대답하지 않았다. 그러자 다시 아라파가 이야기를 계속했다.

"적어도 한 가지 점에서는 나는 그들과 같을 수 없을 거야. 그들에게는 추종자가 있었지만 나는 나를 이해해 주는 사람조차 없어."

그러고는 웃었다.

"까심은 달콤한 단 한마디의 말로 강한 추종자를 얻을 수 있었는 데 반해 나는 내 일을 한 남자에게 가르치고 훈련시켜 후계자로 만드는 데도 수년의 세월이 걸리니⋯⋯."

그는 병을 다 채우고 코르크 마개로 막았다. 그러고는 그 병을 감탄하며 등불에 비추어 보았다.

"오늘 이것이 사람들의 심장을 철렁하게 하고 얼굴에 상처를 냈지만 내일은 그들을 죽일 거야. 내가 너한테 말하는데 마법에는 끝이 없어."

107

누가 수장 우두머리가 될까? 사아달라가 무덤 속에 눕자마자 사람들은 궁금해지기 시작했다. 각 구역 사람들은 서로 자기들 수장을 추천했다. 자발 구역 사람들은 유수프가 가장 강한 수장이고 가장 확실한 자발라위의 핏줄이라고 말했다. 리파아 구역 사람들은 자신들이야말로 자발라위가 손수 자신의 집에 묻은 남자, 역사상 가장 고귀한 남자와 같은 구역의 사람들이라고 말했다. 까심 구역 사람들은 스스로가 자신들의 구역뿐 아니라 동네 사람 모두를 위해 승리를 구가했던 사람들이고, 까심이 다스리던 시절에 동네는 하나가 되어 정의와 형제애가 지배적이었다고 말했다. 늘 그렇듯 해시시 소굴에서 시작된 불화의 조짐은 밖으로 퍼져 나가 먼지가 날리듯 소문으로 나돌았다. 사람들은 최악의 상황을 각오하기에 이르렀다. 수장들은 이제 혼자서 외출하지 않았다. 카페나 해시시 소굴에 밤늦게까지 있을 경우 몽둥이로 무장한 추종자들이 그들을 에워쌌다. 각 구역의 이야기꾼들은 자신들의 수장을 리벡의 반주에 맞춰 좋게 떠들어 댔다. 가게 주인들과 거리의 상인들은 인상을 쓰고 비관적인 생각으로 얼굴이 어두웠다. 사람들은 너무나 두렵고 걱정스러워 자발라위가 사망한 것과 사아달라가 살해당했다는 것을 잊었다. 야채 장수 나바위야 어머니가 목청껏 소리 높여 이야기를 해야 했다.

"사는 게 지옥이네! 오히려 죽은 자들이 행복하다니!"

어느 날 저녁 자발 구역의 옥상 한곳에서 누군가가 외치는 소리가 들렸다.

"동네 사람 여러분 들어 보시고 여러분과 우리를 이성적으로 판단해 보세요. 자발 구역이 동네에서 가장 오래된 구역입니다. 그리고 자발은 최초로 관대한 사람이었습니다. 그러니 여러분이 유수프를 수장 두목으로 받아들이시면 누구도 수치스럽지 않을 겁니다."

리파아 구역과 까심 구역에서 야유가 터져 나왔고 간간이 낯 뜨거운 욕설과 험담이 들렸다. 순식간에 아이들이 건물 앞에 모여 노래를 부르기 시작했다.

유수프! 비열한 놈!
누가 너한테 그런 짓을 하라고 했냐?

사람들은 몹시 화가 나고 암담해졌다. 아직 재앙이 다가오지 않은 유일한 까닭은 대립 구도의 세 구역이 서로 싸워야 했기 때문이다. 두 구역이 연합하든가 아니면 한 구역이 자진해서 경쟁에서 물러나야만 했다. 정작 사건은 동네가 아닌 동네에서 멀찌감치 떨어진 곳에서 일어났다. 바이트 알까디에서 행상을 하는 상인 둘이 만났다. 한 사람은 자발 구역 사람이었고 다른 한 사람은 까심 구역 사람이었다. 서로 격렬하게 싸우다가 까심 구역 사람은 이가 부러졌고 자발 구역 사람은 눈을 다쳤다. 술탄 목욕탕에서는 세 구역의 여자들 사이에서 싸움이 벌어졌다. 여자들은 탕 안에서 벌거벗고 싸움을 했다. 그들은 서로 뺨을 할퀴고 온몸을 가리지 않고 이빨로 물어뜯고 머리끄덩이를 잡아당겼다. 물통, 속돌, 수세미, 비누가 어지럽게 날아다녔다. 싸우다 두 여자는 의식을 잃었고 한 여자는 유산을 했다. 셀 수 없이 많은 여자들의 몸이 피범벅이 되었다. 바로 그날 오후 싸움을 했던 여자들은 동네로 돌아오자마자 옥상에서 다시 싸움을 벌였다. 이번에 여자들은 돌을 던지며 상스러운 욕설을 해 댔다. 이어 돌멩이들이 어지럽게 날아다니고 악을 쓰는 그녀들의 목소리가 하늘까지 닿았다.

바로 그때 관재인이 보낸 전령이 몰래 잠입해 자발 구역의 수장 유수프에게 관재인을 만나러 가라고 전했다. 유수프는 아무도 모르게 관재인을 만나러 가길 원했다. 관재인은 그를 친절하게 맞이하고 그에게 그의 구역 사람들을 진정시킬 방법을 강구하는 데 힘쓰라고 요구했다. 특히 자발 구역이 관재인의 집 바로 이웃이었기 때문이었다. 작별 인사로 악수를 할 때 관재인은 다음에 만날 때는 유수프가 수장 두목이 되어 있기를 바란다고 말했다. 유수프는 분명 관재인이 자신을 지지

한다는 생각에 도취되어 그의 집을 빠져나왔다. 그는 수장 두목 자리가 자신의 수중에 들어오게 될 것이라고 굳게 믿었다. 그는 곧바로 구역을 정비했다. 구역 사람들은 앞으로 자신들이 권력을 장악하고 세력을 떨치게 될 것이라고 서로 수군댔다. 이 소식이 다른 구역으로 퍼져 나가자 좌중은 흥분했다. 그 후 며칠 지나지 않아 아자즈와 산투리가 은밀히 만나 유수프를 제거하기로 하고, 성공하면 수장 두목 자리는 제비뽑기로 정하기로 담합했다. 다음 날 새벽 까심 구역 사람들과 리파아 구역 사람들이 모여 자발 구역을 공격했다. 격렬한 싸움이 벌어져 유수프와 그의 부하 상당수가 죽고 나머지 사람들은 달아났다. 자발 구역 사람들은 자포자기해 강한 힘 앞에 굴복했다. 이미 합의를 본 제비뽑기는 오후에 실시하기로 결정했다. 약속된 시간이 되자 남녀를 불문하고 까심 구역 사람들과 리파아 구역 사람들이 동네 어귀인 대저택 앞에 모여들었다. 남쪽으로는 관재인의 집 앞까지, 북쪽으로는 제비뽑기로 이긴 사람이 차지하게 될 수장 두목의 집 앞까지 사람들로 꽉 들어찼다. 산투리와 아자즈는 각자 무리를 이끌고 와 다정하고 평화스럽게 인사를 나누었다. 그들은 사람들 앞에서 포옹을 했다. 아자즈는 모두가 들을 수 있도록 큰 소리로 말했다.

"당신과 나는 형제입니다. 앞으로 무슨 일이 생긴다 해도 우리는 변치 않는 형제일 것입니다."

그러자 산투리가 열광하며 이를 반겼다.

"가장 터프한 남자여, 영원토록!"

대저택 앞 공터를 사이에 두고 두 구역 사람들이 마주보았다. 양측에서 한 사람씩 두 사람이 종이 뭉치로 가득 찬 바구니를 들고 앞으로 나왔다. 두 사람은 바구니를 공터 한가운데에 내려놓고 각자 자기편 사람들에게 돌아갔다. 망치는 아자즈를, 칼은 산투리를 상징했다. 그 상징물이 종이쪽지에 그려져 있다고 모두에게 공표되었다. 눈가리개를 한 아이가 종이쪽지 하나를 바구니에서 꺼내기 위해 앞으로 나왔다. 팽팽한 긴장과 침묵이 흐르는 가운데 아이가 손을 넣어 종이쪽지 하나를 꺼냈다. 눈가리개를 한 아이는 쪽지를 펼쳐 상징물이 보이도록 높이 치켜들었다.

"칼이다! 칼!" 까심 구역 사람들이 소리쳤다.

산투리가 아자즈에게 손을 내밀자 아자즈가 그의 손을 잡고 웃으며 손에 힘을 주었다. 동네 사람들이 함성을 질렀다.

"우리 동네 수장 두목 산투리 만세!"

리파아 구역 사람들 사이에서 한 남자가 양팔을 벌리고 산투리에게 다가갔다. 산투리가 그를 포옹하려고 팔을 벌리자 갑자기 그 남자가 믿기지 않을 만큼 빠르고 강하게 산투리의 심장을 칼로 찔렀다. 산투리가 앞으로 폭 고꾸라졌다. 잠시 사람들은 어리둥절해 있었다. 그러나 곧 분노와 협박과 고함 소리가 터져 나왔다. 두 구역은 유혈이 낭자한 잔혹한 싸움을 벌였다. 그러나 까심 구역 사람 중에는 아자즈를 대적할 수 있는 사람이 없었다. 곧 까심 구역 사람들은 싸움에 졌다는 패배감을 느꼈다. 사상자들은 쓰러졌고 일부는 달아났다.

저녁이 되자 아자즈가 수장 두목이 되었다. 까심 구역은 울부짖는 소리로 소란한 반면, 리파아 구역에서는 아랍인 특유의 환호성이 터져 나왔고 무리들이 그를 둘러싸고 길에서 춤을 추기 시작했다. 갑자기 흥분의 열기를 가라앉히는 고함 소리가 들렸다.

"쉿! 들어라! 양의 탈을 쓴 악인들아! 들어라!"

순간 사람들은 깜짝 놀라 소리가 나는 방향을 바라보았다. 문지기 유니스를 앞세우고 하인들에 둘러싸여 관재인이 걸어오고 있었다. 아자즈가 그의 행렬 앞으로 다가갔다.

"당신의 충복, 수장 두목 아자즈, 잘 부탁드립니다."

관재인은 깔보는 시선으로 그를 쏘아보았다. 무겁게 내려앉은 무시무시한 정적을 깨고 관재인이 입을 열었다.

"아자즈, 나는 동네의 수장을 한 명도 원치 않아."

리파아 구역 사람들은 당황했다. 그들의 입가에 승리의 기쁜 미소가 사라졌다.

"나리, 무슨 말씀이십니까?" 아자즈가 놀라서 물었다.

"우리는 수장직도 수장도 원치 않아. 동네 사람들을 평화스럽게 살게 내버려 둬." 관재인은 분명하게 힘주어 말했다.

"평화스럽게라고요?"

관재인이 그에게 준엄한 눈길을 보내자, 아자즈는 "그럼, 나리는 누가 보호합니까?"라며 도전적으로 물었다.

하인들의 손을 벗어난 병들이 날아와 아자즈와 그의 부하들의 머리 위에서 폭발했다. 폭발의 굉음에 담이 흔들렸고 깨진 유리 파편 조각과 모래가 그들의 얼굴과 온몸에 쏟아져 내려 피가 솟구쳤다. 솔개가 병아리를 낚아채기 위해 달려들듯 공포가 그들에게 엄습해 왔다. 그들은 혼비백산하고 사지가 후들거렸다. 아자즈와 그의 부하들이 픽픽 쓰러졌다. 하인들은 그들을 마저 죽였다. 리파아 구역에서 처절한 비명 소리와 고함이 들려왔고, 까심 구역과 자발 구역에서는 신이 난 사람들의 환호성이 울려 퍼졌다. 유니스가 동네 한복판에 서서 주변이 잠잠해질 때까지 모두에게 조용히 하라고 주의를 주었다. 그러고 나서 그는 소리쳤다.

"동네 사람 여러분! 관재인 나리 덕에 여러분에게 행복과 평화가 깃들었습니다. 관재인 나리 만세! 오늘 이후 여러분을 학대하고 여러분의 돈을 강탈하는 수장들은 없습니다."

우레와 같은 박수 소리가 하늘을 찌르는 듯했다.

108

아라파와 그의 가족은 한밤중에 리파아 구역에 있는 지하실에서 대저택 왼쪽에 자리한 수장 두목의 집으로 이사했다. 이는 관재인의 명령에 따른 것이었다. 이제 그의 명령을 거역할 수 있는 사람은 아무도 없었다. 아라파와 그의 가족은 자신들이 꿈보다 더 꿈 같은 장소에 와 있다는 것을 실감했다. 그들은 꽃과 나무가 풍성한 정원, 우아한 정자, 테라스, 침실, 거실, 이 층의 식당, 옥상을 둘러보았다. 옥상에는 닭장, 토끼우리, 비둘기 둥지가 있었다. 그들은 난생처음 화려한 옷을 걸치고 맑은 공기를 마시며 향긋한 냄새를 맡았다.

"대저택의 축소판이야. 그러나 비밀은 없어." 아라파가 말했다.

"네 마법은? 그것은 비밀로 치지 않니?" 하나슈가 말했다.

아와티프의 눈에는 당황한 기색이 역력했다.

"아무도 이런 건 꿈꾸지 않아요."

세 사람은 외모로 보나 옷 색깔로 보나 향기로 보나 예전과는 영 딴판이었다. 그들이 그곳에 이사를 하자마자 여러 명의 사람이 찾아왔다. 첫 번째 남자는 자신을 문지기라고 소개했다. 두 번째 남자는 요리사, 세 번째 남자는 정원사, 네 번째 남자는 새들을 돌보는 사육사라고 했고, 나머지 여자들은 하녀라고 했다. 아라파는 놀라서 "누가 당신들을 보냈습니까?"라고 물었다.

"관재인 나리께서요." 문지기가 그들을 대표해 대답했다.

잠시 후 아라파는 관재인의 부름을 받고 그 즉시 그에게 달려갔다. 두 사람은 객실 후미진 곳에 있는 나무 침상에 나란히 앉았다.

"아라파, 우리는 앞으로 종종 만나게 될 거야. 너를 부르는 걸 귀찮아하지 마라."

사실 그는 낯선 장소에 관재인과 함께 앉아 있는 게 불안했다. 그러나 그는 웃는 얼굴로 "영광입니다. 염려 마십시오, 나리."라고 말했다.

"네 마법이 모든 행복의 근원이다. 그래, 집은 마음에 드나?"

"저희같이 가난한 사람들은 꿈도 꾸지 못할 정도입니다. 그리고 오늘 여러 명의 하인이 찾아왔습니다."

관재인은 그의 얼굴을 세심히 살펴보았다.

"너의 시중을 들고 너를 보호하도록 내가 보낸 사람들이다."

"저를 보호한다고요?"

까드리가 웃었다.

"그래. 동네 사람들이 네가 수장 두목의 집으로 이사한 것을 두고 수군댄다는 걸 모른다고? 그들 사이에서는 '그가 그 마법의 병을 만든 장본인이야.'라는 말이 오가. 너도 알다시피 수장들의 가족들이 원한을 품고 있고 다른 사람들은 질투에 눈이 멀었어. 그러니 너는 지금 심각한 위험에 처했어. 아무도 믿지 말고 혼자 밖에 나가거나 집에서 멀리까지 나가지 마라."

아라파는 얼굴을 찌푸렸다. 그는 분노와 증오로 둘러싸인 죄수에 지나지 않았다.

"그러나 걱정 마라. 내 부하들이 네 주변에 늘 있다. 그러니 네 집과 내 집에서 원하는 대로 인생을 즐겨라. 네가 잃을 게 무엇이 있다고? 사막과 폐허 외에는 아무것도 없어. 그리고 동네 사람들이 하는 말을 부디 잊지 마라. 그들은 '아자즈를 살해한 무기로 사아달라를 살해했다.' '사아달라의 집을 침입한 수법이 전에 대저택을 침입한 수법과 똑같아. 아자즈와 사아달라와 자발라위를 죽인 사람이 동일한 사람인 마법사 아라파다.'라고 말하고 있어."

"제가 저주를 머리에 이고 있군요." 아라파는 발작적으로 언성을 높였다.

"내가 너를 보호하고 하인들이 네 주위에 있는 한 겁내지 마라." 관재인은 조용히 말했다.

'나를 창살 없는 감옥에 가둔 나쁜 놈! 당신에게 봉사하려는 게 아니라 당신을 죽이려고 마법을 사용하고 싶었을 뿐이야. 사랑하여 자유를 주고 싶었던 사람들이 지금 나를 증오한

다. 아마도 나는 그들 손에 죽을지도 몰라.'

"동네 사람들에게 수장들의 몫을 나눠 주십시오. 그러면 그들은 당신과 저에게 만족할 것입니다." 그는 희망을 품고 말했다.

까드리는 조롱하듯 비웃었다.

"그렇다면 무엇 때문에 수장들이 제거된 거냐?"

그러고는 잔인하게 훑어보며 말을 이었다.

"너는 그들을 만족시킬 방법을 찾고 있다! 그만둬. 차라리 나처럼 타인의 증오심에 익숙해져라. 그리고 네가 나를 기쁘게 해야만 네가 안전하다는 것을 명심해."

"언제든지 분부만 내리십시오." 아라파는 낙담해서 대답했다.

관재인은 마치 천장 장식을 자세히 살펴보려는 듯 고개를 들고 위를 올려다보았다. 그는 다시 고개를 숙이고 "나는 네가 새로운 생활의 즐거움에 빠져 마법을 소홀히 하지 않기를 바란다."라고 말했다.

아라파는 고개를 끄덕였다.

"그럼, 전력을 다한 만큼 많은 마법의 병이 만들어지겠군!"

"지금 갖고 있는 걸로도 충분합니다." 아라파가 조심스럽게 말했다.

까드리는 미소로 노여움을 감추었다.

"많은 수의 병을 저장해 두는 게 현명하지 않나?"

아라파는 대답하지 않았다. 그는 절망에 사로잡혔다. 그의 차례가 이토록 빨리 올 수 있단 말인가? 그가 불쑥 말을 꺼냈다.

"나리, 제가 여기 있는 게 불편하시다면 가서 다시는 오지 않겠습니다."

"방금 뭐라고 했나?" 관재인은 놀라 당황한 표정을 지었다.

"나리께서 저를 얼마나 필요로 하느냐에 따라 제 목숨이 왔다 갔다 한다는 것을 압니다." 그는 남자를 거리낌 없이 똑바로 바라보며 말했다.

그러자 남자는 기쁨이 사라진 억지웃음을 지었다.

"내가 자네의 총명함을 과소평가하고 있다고 생각하지 마라. 나는 네가 지금 건전한 생각을 하고 있다는 것은 인정해. 너는 어떻게 내가 너를 필요로 하는 것이 단지 병 때문이라고 생각할 수 있지? 네 마법은 다른 기적은 일으킬 수 없냐?"

그러나 아라파는 무뚝뚝하게 처음에 하던 이야기를 계속 이어 갔다.

"나리의 사람들이 제가 나리를 위해 한 비밀스러운 일을 발설한 자들입니다. 틀림없습니다. 그리고 나리가 살아 계시려면 제가 필요하다는 것을 잊지 마십시오."

관재인이 위협하듯 얼굴을 찌푸렸지만 아라파는 머뭇거리지 않고 "오늘 나리에게 수장들은 없습니다. 나리가 지닌 힘은 병에서 생긴 겁니다. 만일 제가 오늘 죽는다면 나리는 내일 아니 모레 제 뒤를 이어 죽게 되실 겁니다."라고 말했다.

관재인은 갑자기 성난 야수처럼 그에게 달려들어 그의 목을 두 손으로 잡고 버둥거릴 때까지 손에 힘을 줬다. 그러나 그는 곧 꽉 잡은 손에서 힘을 빼고 손을 풀었다. 그러고는 혐오스러운 미소를 지었다.

"우리가 싸워야 할 까닭도 없고 승리를 자축하고 인생도 평화롭게 즐길 수 있는데 세 치 혀를 잘못 놀려 내가 너에게 무슨 짓을 하게 했는지 봐라."

아라파는 놀란 가슴을 진정시키느라 심호흡을 했다. 남자는 하던 이야기를 마저 했다.

"두려워 마라. 네 목숨이 나로 인해 위험하지는 않을 테니. 나는 네 목숨도 내 목숨처럼 지킬 거야. 세상만사를 즐겨. 그러나 우리가 함께 결실을 거두어야 하는 네 마법을 잊지는 마라. 우리 중 하나가 다른 사람을 배신하면 그 자신을 배신하는 것이나 다름없다는 것을 명심해."

새로 이사 온 집에서 지금까지 있었던 일을 반복하여 듣던 아와티프와 하나슈는 얼굴빛이 어두워졌다. 세 사람 모두 이 새로운 삶이 결코 안전하지 않다고 느끼는 듯했다. 그러나 곧 그들은 오래된 고급 와인과 산해진미가 가득 놓인 식탁에 둘러앉아 저녁을 먹는 동안 걱정거리를 잊었다. 아라파가 처음으로 소리 내서 웃고, 하나슈는 파안대소를 하며 몸까지 흔들었다. 그 두 사람은 상황에 맞춰 살았다. 그들은 마법을 준비하기에 적합하도록 만든 응접실 뒤에 있는 방에서 작업을 했다. 아라파는 자신만이 알고 있는 노트에 자신이 만든 상징을 부지런히 기록했다. 한 번은 작업 도중 하나슈가 "허, 참 나, 우린 죄수나 다름없어!"라고 말했다.

"목소리 낮춰. 벽에도 귀가 있어!" 아라파는 조심스럽게 말했다.

하나슈는 무척 분한 듯 문을 쳐다보고는 속삭이듯 말했다.

"쥐도 새도 모르게 그를 없앨 신무기를 만들 수는 없니?"

"주변에 온통 하인들 일색인데 그런 무기를 몰래 시험해 볼 기회조차 갖기도 불가능해. 그는 우리에 대해 모르는 게 없어. 우리가 그를 죽여도 우리가 우리 자신을 방어하기 전 동네 사람들 가운데 원한을 품은 사람들이 우리를 죽여 버릴 거야." 아라파가 뿌루퉁해서 말했다.

"그렇다면 왜 이렇게 열심히 작업하는 거니?"

"일밖에 할 게 없잖아." 아라파가 탄식하며 말했다.

해가 지면 아라파는 관재인의 집에서 그와 함께 술을 마시곤 했다. 밤늦게 집에 돌아오면 하나슈가 정원이나 나무 격자 창이 달린 방에서 해시시를 준비하고 있었다. 전에 아라파는 해시시를 피운 적이 없었다. 그러나 물결에 휩쓸리듯 그는 될 대로 되라는 식으로 살았다. 무척 지루하기 짝이 없었다. 아와티프조차 이러한 생활에 익숙해졌다. 그들은 지루함, 두려움, 절망, 죄의식을 잊어야 했다. 그들은 또한 지난날 꾸었던 부푼 꿈을 잊어야 했다. 그럼에도 불구하고 두 남자는 할 일이라도 있었지만 아와티프는 할 일이 없었다. 그녀는 구역질이 날 때까지 음식을 먹고 허리가 아플 정도로 누워 잠을 잤다. 그녀는 아드함이 그토록 그리워했던 삶을 실컷 누리고 있다는 것을 기억하며, 정원에서의 다양한 삶의 아름다움을 즐기며 오랜 시간을 보냈다. 아, 이 얼마나 지루한 삶인가! 이렇게 지겹고 무료한 삶을 누가 바라겠는가? 만일 이 삶이 적과 증오하는 사람들에 둘러싸인 것이 아니라면 아드함이 꿈꾸던 삶일지도 모른다. 그러나 앞으로도 적에게 둘러싸여 갇혀 있는 삶을 살게 될 것이다. 유일한 탈출구는 해시시밖에 없었다.

아라파가 관재인의 집에서 늦도록 돌아오지 않자, 정원에서 기다려야겠다고 생각한 아와티프는 개구리 울음소리와 나뭇가지 흔들리는 소리를 들으며 정원에 앉아 있었다. 마치 카라반이 낙타몰이꾼에 이끌려 가듯 달이 떠오르면서 밤은 이슥해졌다. 문 열리는 소리가 나자 그녀는 그를 맞이할 채비를 했다. 그때 지하실 쪽에서 옷 스치는 소리가 들리고 달빛 아래 하녀 하나가 그녀를 알아보지 못하고 대문을 향해 걸어가는 게 보였다. 아라파가 비틀거리며 걷자 하녀는 건물 벽 쪽을 향했다. 그는 그녀를 따라갔다. 아와티프는 달빛으로 드리워진 벽의 검은 그림자 속으로 사라진 그들이 포옹하는 장면을 목격했다.

109

아와티프도 자발라위 동네 여자답게 분노가 폭발했다. 그녀는 딱 달라붙어 있는 남녀에게 사자처럼 달려들어 주먹으로 아라파의 머리를 마구 때렸다. 그는 어리둥절해 비틀거리며 하녀에게서 떨어지면서 균형을 잃고 쓰러졌다. 그녀는 하녀의 목을 할퀴고 머리를 때렸다. 하녀의 비명 소리가 한밤의 정적을 깨뜨렸다. 아라파가 힘겹게 일어났다. 그는 싸우고 있는 두 여자 곁에 감히 다가가지 못했다. 하나슈가 뛰어오고 이어 하인들이 우르르 몰려왔다. 사태를 알아차린 하나슈는 하인들을 쫓아 보내고 재빠르게 두 여자 사이에 끼어들어 온갖 욕설과 악담을 퍼붓던 아와티프를 방으로 데려갔다. 아라파는 휘청거리며 저 멀리 사막이 바라다보이는 나무 격자창이 있는 방으로 올라가 자신의 해시시 소굴의 방석 위에 풀썩 주저앉았다. 그는 다리를 쭉 뻗고 벽에 머리를 기대고 앉았다.

얼이 빠져 정신이 반쯤 나간 상태였다. 곧 하나슈가 그를 따라 왔다. 하나슈는 아무 말 없이 해시시 파이프가 놓여 있는 아라 파의 맞은편에 앉았다. 그는 아라파를 흘긋 바라보고 나서 바 닥만 내려다보다가 침묵을 깼다.

"기어코 추문을 만들었구나."

아라파는 수치스럽다는 듯 그를 올려다보고 말문을 막았다.

"불이나 피워!"

그들은 다음 날 이른 아침까지 그곳에 있었다. 문제를 일 으킨 하녀가 떠나고 다른 하녀가 시중을 대신 들었다. 흥청흥 청한 생활과 하녀들로 인해 아라파가 계속해서 바람을 피운 다고 생각한 아와티프는 남편의 일거수일투족을 자신이 품 고 있는 의혹에 맞춰 곡해하기 시작했다. 삶은 지옥이 되었 다. 이제 그녀는 무시무시한 감옥에서 자신을 위로했던 유일 한 위안거리마저 잃게 되었다. 그 집은 그녀의 것도, 그녀 남 편의 것도 아니었다. 낮에는 감옥이었다가 밤에는 홍등가로 변했다. 그녀가 사랑했던 아라파는 어디에 있는 것일까? 그녀 와 결혼하기 위해 산투리에게 도전했던 아라파, 이야기꾼이 들려주는 이야기의 주인공이라고 생각할 정도로 동네를 위해 수차례 죽음을 불사하고 위험을 감수했던 아라파, 지금 그는 까드리나 사아달라와 같은 멍텅구리에 불과했다. 그에게 있 어 삶은 불면의 두려움이자 타는 듯한 고통이었다.

아라파가 어느 날 밤 관재인의 집에서 돌아와 보니 아와티 프가 보이지 않았다. 문지기에 따르면 그녀는 초저녁에 집을 나갔다 돌아오지 않았다. 아라파는 숨 쉴 때마다 술 냄새를 풀풀 풍기며 "그녀가 어디로 갔지?"라고 말했다.

"그녀가 이 동네에 있다면 이웃이었던 무팟타까[7] 장수 잔필 어머니와 함께 있을 거야." 하나슈가 걱정스럽게 말했다.

"'여자는 오냐오냐해서는 안 된다.' 이건 우리 동네의 격언이야. 그녀가 비굴하게 제 발로 돌아올 때까지 모른 척할 거야."

그녀는 돌아오지 않았다. 열흘이 지났다. 아라파는 아무도 눈치채지 않게 밤에 잔필 어머니를 찾아가기로 작정했다. 그는 예정된 시각에 몰래 집을 빠져나왔고 하나슈가 그 뒤를 따라 나왔다. 그들이 채 몇 발짝도 떼지 않아 그들을 뒤따르는 발소리가 들렸다. 그들이 뒤돌아보니 하인 두 명이 따라오고 있었다.

"집으로 돌아가라!" 아라파가 말했다.

"저희는 관재인의 명을 받들어 나리를 보호하고 있습니다."

그는 화는 났지만 야단은 치지 않았다. 그들은 모두 까심 구역에 있는 낡은 공동 주택으로 가 잔필 어머니의 방이 있는 꼭대기 층으로 올라갔다. 아라파가 여러 차례 문을 두드리자 아와티프가 졸린 눈으로 문을 열어 주었다. 손에 든 작은 램프 불빛에 그의 얼굴을 알아본 그녀는 얼굴을 찡그리며 뒷걸음질 쳤다. 아라파가 문을 닫고 그녀를 따라 들어갔다. 방구석에서 자고 있던 잔필 어머니가 잠에서 깨어나 어리둥절해서 그를 바라보았다.

---

7) 당밀, 우유, 밀가루, 기름, 깨, 땅콩 등으로 만들어 잼처럼 빵에 발라 먹는 음식.

"무슨 일로 이곳에 왔어요? 무엇을 원하세요? 은총받은 당신의 집으로 돌아가세요."

잔필 어머니는 그의 얼굴을 빤히 쳐다보고 불안해하며 "마법사 아라파!"라고 속삭였다.

아라파는 불안해하는 여자에게 신경 쓰지 않고, 아와티프에게 "정신 차리고 나와 함께 갑시다."라고 말했다.

"나는 당신의 감옥으로 돌아가지 않아요. 나는 이 방에서 찾은 마음의 평화를 잃지 않을 거예요." 그녀는 앙칼지게 대꾸했다.

"당신은 내 아내야."

"거기 있는 당신 부인들은 다 젊고 예쁘잖아요." 그녀가 언성을 높였다.

"아와티프를 자게 내버려 두고 내일 아침에 다시 오세요." 잔필 어머니가 항의조로 말했다.

그는 그녀에게 아무 말도 하지 않고 매서운 눈길을 던지고 아와티프를 바라보았다.

"남자는 다 실수를 하기도 해."

"당신은 일생일대의 크나큰 실수를 한 거예요." 그녀가 고함을 쳤다.

그는 그녀에게 조금 다가가 노래를 부르는 것처럼 아주 감미롭게 "아와티프, 나는 당신 없이는 못 살아."라고 말했다.

"그러나 난 당신 없이 살 수 있어요."

"당신은 내가 술에 취해 저지른 한 번의 실수로 나를 떠나겠다는 거야?"

"술 취한 걸로 변명하지 마세요. 당신의 인생 자체가 오류 투성이예요. 그것들이 옳다고 주장하려면 수십 가지의 변명이 필요할 거예요. 나는 그런 걸로 번거로움과 고통을 느끼고 싶지 않아요."

"어쨌든 이 방에서의 생활보다는 나을 거 아니야?"

"누가 알아요? 간수들이 어떻게 당신이 여기에 오도록 내버려 뒀는지 말 좀 해 보시죠?" 그녀는 싸늘하게 코웃음을 치고 물었다.

"아와티프!"

"할 일이 없어 하품이나 하며 위대한 마법사 남편의 애정 행각을 지켜보며 살아야 하는 집으로는 돌아가지 않아요." 그녀는 완강하게 말했다.

그는 그녀의 마음을 돌려 보려고 애를 썼지만 허사였다. 그녀는 그의 부드러움에 완강함으로, 그의 분노에는 분노로, 그의 욕설에는 욕설로 맞섰다. 그는 절망해서 그곳을 나왔다. 그의 뒤를 따라 그의 친구와 하인들이 함께 나왔다.

"이제 무얼 할 거니?"

"매일 하던 일을 하겠지." 그는 뿌루퉁하고 시큰둥하게 말했다.

"부인 소식이 있나?" 관재인 까드리가 물었다.

그의 옆에 앉으면서 아라파가 대답했다.

"노새처럼 고집불통입니다. 하느님께서 당신을 지켜 주시기를!"

"여자 일로 괴로워할 것 없어. 그녀보다 나은 여자들이 있으니."

그는 아라파를 걱정스레 살펴보았다.

"네 아내가 네가 하는 일의 비밀을 알고 있나?"

아라파는 의아한 눈으로 그를 빤히 바라보았다.

"마법은 마법사만 압니다."

"나는 두려워."

"있지도 않은 일로 두려워하지 마십시오."

잠시 침묵이 흘렀다. 아라파가 침묵을 깨고 불안하게 "제가 살아 있는 한 나리께서는 그녀에게 검은손을 뻗으실 수는 없으십니다."

관재인은 분노를 억누르고 웃는 얼굴로 넘칠 듯한 술잔 두 개를 가리켰다.

"누가 그녀에게 해코지를 할 거라고 말하던가?"

110

까드리는 아라파와 사이가 돈독해지자 보통 한밤중에 시작되는 자신의 특별한 야회에 초대하기 시작했다. 아라파는 넓은 홀에서 벌어지는 놀라운 야회에 참석했다. 그곳에는 산해진미와 최상의 술이 넘쳐 났고 아름다운 여인들이 벌거벗고 춤을 추고 있었다. 아라파는 술과 광경에 취해 거의 제정신이 아니었다. 그는 그날 야회에서 관재인이 미쳐 날뛰며 야수처럼 제멋대로 구는 광경을 지켜보았다. 그는 정원에서 열린 야회에도 초대를 받았다. 무성한 관목 덤불 사이로 달빛을 받아 반짝이는 시냇물이 흘렀다. 그들 사이에는 과일과 와인이 놓여 있었고 앞에는 예쁜 하녀 둘이 시중을 들고 있었다. 한 명은 화로에 불을 지피고, 다른 한 명은 담뱃대를 건사했다. 살랑거리는 시원한 바람에 꽃향기와 우드 선율과 노랫소리가 실려 왔다.

우드야! 정원의 카네이션 향기가 박하 향처럼 향긋하구나.

해시시를 피우는 두 사내를 평온하게 해 주렴.

둥근 보름달이 휘영청 밝은 밤이었다. 산들바람에 푸른 잎이 무성한 뽕나무 가지가 흔들릴 때면 둥근 보름달이 덩두렷하게 모습을 드러냈고, 바람이 잦아들면 나뭇가지 사이로 달빛이 교교히 내리비쳤다. 예쁜 하녀의 손에 들린 담뱃대에서 피어오르는 냄새가 마치 별들이 궤도를 따라 도는 것처럼 아라파를 핑핑 돌게 했다.

"아드함을 고이 잠들게 하소서."

"이드리스도 고이 잠들었다. 이드리스를 떠올리면 뭐가 생각나나?" 관재인이 미소를 지으며 말했다.

"여기 이런 자리입니다!"

"아드함은 꿈을 사랑했지. 그는 자발라위가 그에게 주입시킨 것밖에는 몰랐어."

그러고 나서 웃으며 "네가 고령의 고통에서 벗어나게 해 준 자발라위!"라고 말했다.

아라파는 심장이 오그라들고 취기가 싹 달아났다.

"살아오면서 죄 많은 수장 외에 아무도 죽이지 않았어요." 그는 비통하게 중얼거렸다.

"자발라위의 하인은?"

"어쩔 수 없었습니다."

"아라파, 너는 겁쟁이야." 관재인 까드리가 조롱하듯 말했다.

그는 불편한 상황을 피하려고 해시시와 우드 선율도 잊고 가지 사이로 보이는 달을 한동안 쳐다보았다. 그는 작은 해시시 덩어리를 담뱃대에 쑤셔 넣는 소녀의 손을 힐끗 보았다. 바로 그때 관재인이 그에게 "얼빠진 놈, 정신 차려!"라고 소리를 질렀다.

아라파는 미소를 지으며 "나리, 혼자서 밤을 밝히실 겁니까?"라고 물었다.

"나와 밤을 보낼 만한 사람이 여긴 없어."

"저도 함께 밤을 지새울 사람은 하나슈밖에 없습니다."

"해시시를 충분히 피우면 혼자 있어도 아무렇지 않을 거야."

아라파는 잠시 머뭇거리다 물었다.

"나리, 우리가 갇혀 있는 건 아니죠?"

"우리를 혐오하는 사람들에게 둘러싸여 있는데, 너는 대체 무엇을 원하는 거냐?" 관재인이 날카롭게 말했다.

그는 아와티프가 했던 말을 떠올렸다. 어떻게 그녀는 그의 집보다 잔필 어머니의 집이 낫다고 생각할까?

"젠장!"

"흥을 깨지 않도록 조심해."

그는 담뱃대를 들고 "사는 게 영원히 재미있었으면."이라고 말했다.

까드리가 웃었다.

"영원히라? 마법의 덕으로 살아 있는 동안 우리가 젊은이들이 호흡하는 것처럼 젊은 혈기를 보장받을 수 있으면 좋을 텐데!"

아라파는 밤이슬에 젖은 정원의 향긋한 공기를 폐부 깊숙이 들이마셨다.

"다행히 아라파는 쓸모가 제법 있어!"

관재인은 깊숙이 삼켰던 연기를 내뿜으며 예쁜 소녀의 손에 담뱃대를 건넸다. 연기는 달빛을 받아 은색으로 빛났다.

"우리는 왜 늙는 것일까? 우리는 가장 맛있는 음식을 먹고 가장 좋은 술을 마시고 더할 나위 없이 풍요로운 삶을 즐기고 있는데 어김없이 나이를 먹고 늙어 가. 해나 달처럼 아무것도 되돌릴 수 없어." 그가 비통하게 말했다.

"그러나 아라파의 알약은 노년의 냉담함을 따뜻함으로 바꿉니다."

"네가 할 수 없는 것도 있어!"

"나리, 그게 뭡니까?"

달빛을 받은 관재인의 얼굴이 슬퍼 보였다.

"네가 가장 싫어하는 것이 무엇이냐?"

아마도 그것은 그가 현재 살고 있는 감옥일지도, 남들에게 받고 있는 미움일지도, 그가 실패한 목표일지도 모른다.

"젊음의 상실이요!"

"아니! 너는 그것을 두려워하지 않아."

"왜 아니란 말씀입니까? 아내가 화를 낼 때는 두렵습니다."

"여자들은 항상 화낼 이런저런 이유를 찾지."

한 줄기 바람이 불어오자 가지의 나뭇잎이 바람에 바스락거리고 화롯불이 시뻘겋게 달아올랐다.

"아라파, 우리들은 왜 죽을까?"

아라파가 대답하지 않고 우울한 표정으로 그를 뚫어지게

바라보았다.

"자발라위조차 죽었어."

바늘이 그의 심장을 콕콕 찌르듯 아팠지만 그는 "우리 모두 죽습니다. 그리고 우리는 모두 죽은 이들의 자식입니다."라고 말했다.

"네가 한 말을 내가 기억나게 할 것까지는 없어." 그는 언짢게 말했다.

"나리, 만수무강하십시오."

"수명이 길든 짧든, 마지막은 벌레가 좋아하는 무덤이야."

"괜한 생각으로 즐거움을 깨지 마십시오." 아라파가 부드럽게 말했다.

"생각이 떠나질 않아. 죽음⋯⋯. 죽음⋯⋯. 늘 죽음이. 시도 때도 없이 별다른 이유도 없이, 아니 아무 이유 없이 갑자기 찾아오지. 자발라위는 어디에 있을까? 그 이야기꾼이 리벡 반주에 맞춰 이야기하는 사람들은 대체 어디에 있을까? 이건 있어서는 안 될 운명이야."

아라파는 그를 쳐다보았다. 그는 얼굴이 창백했고 눈은 공포에 질려 있었다. 그의 심적 상태는 이 자리와 모순되어 보였다. 아라파는 불안하여 "중요한 것은 제대로 올바로 사는 겁니다."라고 부드럽게 말했다.

그러자 까드리는 화를 내며 손을 흔들고 흥이 깨지게 격하게 말했다. "삶은 제대로고 아주 좋아. 부족한 게 없어. 심지어 젊음도 약으로 되찾을 수 있고. 하지만 죽음이 그림자처럼 우리를 따라다니면 그런 게 다 무슨 소용인가? 매 시간 죽음이 나를 괴롭히는데 내가 어떻게 그것을 잊을 수 있단 말인가?"

아라파는 까드리의 고통을 즐기고 있었다. 그러나 곧 그는 자신의 감정이 경멸스러웠다. 그는 예쁜 하녀의 손을 갈망과 애정 어린 눈으로 좇고 있었다. 그는 속으로 '내가 저 달을 또 다시 보게 될 거라 누가 장담할 수 있을까?' 하고 생각했다.

"술이 더 필요할 것 같습니다."

"우리는 내일 아침까지 밤을 새울 거야."

아라파는 그를 멸시했다. 그는 호시탐탐 노리던 기회가 왔다고 느꼈다.

"주변의 불행한 사람들의 부러움과 시기를 받지만 않아도 입맛이 쓰고 모래알을 씹는 기분이 들지는 않을 텐데요."

관재인이 경멸하듯 웃었다.

"노파처럼 말하는군! 우리가 동네 사람들의 생활 수준을 우리처럼 높인다고 해서 우리가 죽음의 공포로부터 벗어날 수 있단 말이냐?"

아라파는 체념 상태에서 머리를 끄덕이며 까드리의 분노가 가라앉기를 기다렸다.

"빈곤과 불행, 그리고 상황이 나쁜 곳에서는 죽는 게 다반사입니다."

"어리석은 놈, 그렇지 않은 곳에서도 그건 마찬가지야."

그러자 그는 웃는 얼굴로 "예, 그건 일부 질병처럼 전염되기 때문입니다."라고 말했다.

관재인이 크게 웃었다.

"너의 무능을 구차하게 변명하는 그럴싸한 궤변일 뿐이야!"

아라파는 그의 웃음에 용기를 냈다.

"우리는 그것에 대해서는 아무것도 모릅니다. 아마 그럴지도 모르죠. 사람들의 형편이 나아지면 불행은 줄어들 겁니다. 점점 살 만한 가치가 늘어나게 된다면 행복한 사람들은 누구나 주어진 행복한 삶을 지키려고 죽음과 싸워야만 한다고 느끼게 될 겁니다."

"그런 건 아무 소용없는 일이야."

"그래도 마법사들은 죽음에 저항하기 위해 힘을 모을 겁니다. 능력 있는 자는 누구나 마법을 사용하게 될 겁니다. '눈에는 눈'으로처럼 죽음은 죽음으로 위협할 겁니다."

관재인에게서 웃음이 터져 나왔다. 그러고 나서 그는 꿈을 꾸듯 눈을 감았다. 아라파는 담뱃대를 물고 불이 타오르도록 연기를 빨아 깊숙이 삼켰다가 내뱉었다. 잠시 끊겼던 우드 연주가 다시 울리고 감미로운 목소리의 주인공이 「밤아! 천천히 가라」라는 노래를 불렀다.

"아라파, 너는 마법사가 아니라 해시시 중독자야."

"그렇게 해서 죽음을 압도합니다."

"왜 너는 혼자 작업을 하지 않느냐?"

"매일 작업을 하는데 그 친구가 저 혼자 작업하게 그냥 두지 않습니다."

관재인은 잠시 동안 가만히 음악 소리에 귀를 기울였다. "아! 아라파, 만약 네가 성공한다면! 만약 네가 성공한다면 어떤 일을 할 거냐?"

그는 자신도 모르게 말을 뱉은 것 같았다.

"자발라위를 살려 내겠습니다."

까드리가 입을 비쭉거렸다.

"그를 죽인 사람으로서 그건 네가 할 일이지!"

아라파는 고통스럽게 얼굴을 찡그리고 들리지 않게 작은 목소리로 "아! 아라파, 네가 성공할 수 있다면." 하고 중얼거렸다.

111

아라파는 새벽에 관재인의 집에서 나왔다. 그는 잔뜩 취해 잘 보이지도 들리지도 않는 몽롱한 마법에 걸린 세상 속으로 걸어 들어가 몇 발짝 떼기도 힘들었다. 그는 달빛이 고요히 내리비추는 잠든 동네에 있는 집을 향해 걸어갔다. 자신의 집과 관재인의 집 사이 그 한가운데 있는 대저택 대문 앞에서 어디서 왔는지 모르는 유령이 그의 길을 막고 속삭이듯이, "안녕하세요, 아라파 씨." 하고 말했다.

예상치 못한 너무나 뜻밖의 일이라 그는 소스라치게 놀랐다. 그러나 그를 뒤따르던 자들이 달려들어 유령을 붙잡았다. 아라파는 그를 천천히 살펴보았다. 어리둥절했지만 분명히 눈에 보였다. 유령 같았던 사람은 목에서부터 발끝까지 검은 질밥을 걸친 흑인 여자였다. 그가 하인들에게 그녀를 놓아주라고 하자 풀어 주었다.

"무슨 일인가?"

"따로 말씀드릴 것이 있습니다." 그녀는 흑인 특유의 목소리로 말했다.

"왜?"

"상심한 여자가 당신께 설움을 털어놓으려고 합니다."

발을 떼면서 귀찮다는 듯이 한마디했다.

"하느님께서 자네를 불쌍히 여길걸세."

"당신의 소중한 시조를 생각해서 제발 부탁드립니다." 그녀는 마음이 동하게 애원했다.

그는 화난 눈으로 쏘아보며 그녀의 얼굴에서 시선을 떼지 않았다. 전에 저 얼굴을 어디서 봤더라? 가슴이 뛰고 취기가 싹 달아났다. 그 불운했던 날 밤 의자 뒤에 숨어서 자발라위의 방에서 보았던 바로 그 얼굴이었다. 그녀는 자발라위와 방을 함께 쓰던 하녀였다. 그는 겁에 질려 사지에 힘이 풀렸지만 두려움에 떨면서도 그녀를 빤히 쳐다보았다. "쫓아 버릴까요?"

"우리 집 대문 앞에서 기다려라."

그는 대저택 앞에 둘만 남을 때까지 기다렸다. 그곳에 둘만 남게 되자 그는 볼록 튀어나왔지만 좁은 이마와 뾰족한 턱, 그리고 입가와 이마에 주름이 자글자글한 그녀의 검고 야윈 얼굴을 찬찬히 살펴보았다. 그는 그날 밤 그녀가 자신을 보지 못했다고 틀림없이 여기고 있었다. 자발라위가 죽을 무렵 그녀는 어디에 있었을까? 그녀는 무슨 일로 이곳에 왔을까?

"그래, 무슨 일로?"

"저는 불평을 하러 온 것이 아닙니다. 유언을 지키기 위해 당신과 둘이 있기를 원한 것입니다." 그녀는 조용히 말했다.

"무슨 유언?"

그녀는 그에게 고개를 약간 숙여 예를 갖췄다.

"저는 자발라위의 하녀였고 그의 임종을 지켰습니다."

"자네가?"

"예, 제 말을 믿어 주세요."

그는 증거가 필요 없었지만 흥분한 목소리로 "할아버지께서 어떻게 돌아가셨느냐?"라고 물었다.

"하인의 시체가 발견되자 충격을 크게 받으시고 갑자기 사경을 헤매게 되셨습니다. 저는 황급히 그분의 등을 받쳐드렸어요. 사막을 호령했던 거인이셨는데!"

아라파의 한숨이 어찌나 깊은지 한밤의 정적을 깰 것 같았다. 여자는 다시 이야기를 시작했다.

"저는 그분의 유언을 전하기 위해 왔습니다."

그는 바르르 떨면서 그녀를 바라보았다.

"무엇인가? 말해라."

"돌아가시기 전 마법사 아라파에게 가서 내 말을 전하라고 말씀하셨습니다. 할아버지가 그로 인해 마음이 흡족해서 죽었다고 말입니다." 그녀는 달빛처럼 차분한 목소리로 말했다.

"거짓말쟁이! 무슨 음모를 꾸미는 거냐?" 그는 뱀에게 물린 듯 팔짝 뛰고 소리를 질렀다.

"제발 진정하세요."

"무슨 장난을 치려고 하는지 털어놔라."

"말씀드린 것 외에 아무것도 없습니다. 하느님께서는 다 아십니다."

"살인자에 대해 무엇을 아느냐?" 그는 미심쩍어 물었다.

"아무것도 모릅니다. 나리! 주인님께서 돌아가신 후 저는 쭉 몸져누워 있었습니다. 회복되자마자 바로 나리를 만나러 온 것입니다."

"그분이 자네에게 무엇을 말했다고?"

"마법사 아라파에게 가서 할아버지가 그로 인해 마음이 흡족해서 죽었다고 전해라고요."

아라파는 위협적으로 "거짓말쟁이! 교활한 것, 너는 어떻게 알았지? 내가……."라고 말하다 목소리의 톤을 바꿔서 "내가 있는 곳을 어떻게 알았느냐?"라고 물었다.

"이곳에 와 곧바로 나리를 수소문했더니 관재인과 함께 있다고 해서 기다리고 있었습니다."

"사람들이 내가 자발라위를 죽였다고 말하지 않더냐?"

"아무도 자발라위를 죽이지 않았습니다. 아무도 그분을 죽일 수 없었습니다." 그녀는 깜짝 놀라며 말했다.

"아니, 그의 하인을 죽인 자가 그를 죽인 거야."

"거짓말, 꾸며 낸 이야기예요. 그분은 제 앞에서 돌아가셨어요." 그녀는 화를 내며 소리를 질렀다.

아라파는 울고 싶었지만 눈물이 나오지 않았다. 그는 그 여자를 힐끔 곁눈질했다.

"늘 건강하세요."

"네가 한 말이 진실이라고 맹세할 수 있느냐?" 그는 고문을 받는 사람의 목소리처럼 투박하고 숨이 넘어갈 듯 말했다.

"하느님께 맹세합니다. 그분은 다 아십니다." 그녀는 분명히 말했다.

동이 트면서 지평선 너머 하늘이 점차 불바다로 변해 갈 즈음 그녀는 떠났다. 그는 그녀가 보이지 않을 때까지 그녀를 지켜보다 집으로 향했다. 그는 자신의 침실에서 정신을 잃고 쓰러졌다. 피곤해 죽을 것 같았다. 그 후 금방 잠들었다가 두 시간을 넘기지 못하고 눈을 떴다. 내면의 불안이 그를 깨운 것이다. 그는 하나슈를 불러 그 여인의 이야기를 들려주었다. 하나슈는 걱정스럽게 그의 얼굴을 뚫어지게 바라보았다. 그가 이야기를 끝내자 그는 웃었다.

"어제 제대로 취했구나."

"내가 취해서 본 게 아니야. 그건 틀림없는 사실이야." 아라파는 화가 나 언성을 높였다.

"잠을 더 자. 너는 숙면을 취해야 해." 하나슈는 절실하게 말했다.

"왜 내 말을 믿지 않는 거야?"

하나슈가 웃었다.

"네가 관재인의 집을 나올 때 나는 창가에 있었어. 난 네가 우리 집을 향해 길을 가로질러 오는 것을 보았어. 대저택의 대문 앞에서 잠시 서 있더라, 얼마 후 너는 다시 걷기 시작했어. 하인들은 네 뒤를 따라오고."

아라파는 벌떡 일어나 의기양양하게 "하인들을 데려와."라고 말했다.

하나슈는 손짓으로 그에게 주의를 주며 말했다. "안 돼. 그들은 단지 네가 제정신인지 아닌지 의심할 거야."

"너에게 들은 이야기가 옳은지 그른지 그들에게 증언하라고 해야겠다."

하나슈가 간청했다.

"지금 하인들은 우리를 존경은커녕 존중도 하고 있지 않아. 그러니 그것마저 내팽개치지 마."

아라파의 두 눈에서 광기 같은 빛이 나며 번뜩였다.

"난 미치지 않았어. 취해서 그런 게 아니야. 자발라위가 나를 흡족해하시며 돌아가셨대."

"좋아. 그렇지만 하인을 부르면 안 돼." 하나슈가 측은하게 말했다.

"재앙이 일어나면 너부터 당할 거야."

"제발 그러지 마. 그 여인을 불러 직접 이야기를 들어 보자. 그 여자는 어디로 갔니?" 하나슈가 부드럽게 말했다.

아라파는 기억해 내려고 애쓰며 인상을 찌푸렸다가 걱정스럽게 말했다. "어디에 사는지 묻는 것을 잊어버렸어."

"네가 본 것이 실제 있었던 일이라면 그녀를 보내지 말았어야 했어."

"사실이야. 난 미치지 않았어. 자발라위는 나를 흡족해하시며 돌아가셨단 말이야." 아라파가 우겼다.

"그만해. 쉬어야겠다." 하나슈가 다정하게 말했다.

그는 아라파에게 다가가 그의 머리를 어지럽게 헝클어뜨리고 살살 그를 침대로 밀었다. 그러고는 그의 곁을 지키고 있다가 침대에 눕혔다. 아라파는 눈을 감자마자 깊이 잠들었다.

112

"도망가기로 결심했어." 아라파가 차분하고 확고한 태도로
말했다.

하나슈는 너무 놀라 하던 일을 멈추고 조심스럽게 주변을
둘러보았다. 작업실 창문이 굳게 닫혀 있었지만 그는 두려웠
다. 아라파는 그가 놀라는 것에 신경도 쓰지 않고 일에서 손도
떼지 않고 "이 감옥은 죽음밖에 아무것도 생각나지 않게 해.
여흥과 술과 무희들이 마치 죽음의 서곡 같아 보여. 꽃밭에서
도 무덤의 냄새가 나는 것 같아."라고 말했다.

"동네 도처에서 죽음이 우리를 기다리고 있어." 하나슈가
불안하게 말했다.

"우리, 동네에서 멀리 도망가자."

그러고 나서 하나슈의 눈을 들여다보았다.

"언젠가 승리하러 돌아올 거야."

"우리가 달아날 수 있다면!"

"놈들이 우릴 믿고 있어. 탈출할 수 있을 거야."

잠시 아무 말 없이 그들은 일을 계속했다.

"네가 바라던 것 아니야?"

"거의 잊고 있었는데……. 오늘 대체 뭐가 너로 하여금 탈출을 결심하게 했는지 말 좀 해 봐." 하나슈가 소심하게 중얼거렸다.

아라파가 미소를 지었다.

"내가 조상의 집에 잠입하고 하인을 죽였는데도 나를 흡족히 여긴다고 하셔서."

하나슈는 다시 깜짝 놀란 표정을 지었다.

"취중에 본 꿈 때문에 목숨을 걸어?"

"좋을 대로 생각해. 난 그분이 나를 만족해하며 돌아가셨다고 믿어. 그는 침입한 것도, 살인을 저지른 것도 화내지 않으셨어. 그러나 만일 그분이 현재 내가 사는 것을 보신다면 세상의 그 무엇도 그분의 분노를 막아 낼 수 없을 거야."

그러고 나서 그는 목소리를 낮췄다.

"그런 까닭에 그분이 나를 흡족해하셨다는 것이 돌이켜 생각났어."

하나슈는 그 말을 이상하게 생각하며 고개를 저었다.

"넌 존경심을 갖고 그분에 대해 이야기한 적이 없어."

"의심이 들어서 나도 처음엔 그랬어. 그러나 돌아가셨잖아. 죽은 자들은 존경받아야 해."

"고이 잠들게 하소서."

"내가 그분 죽음의 원인 제공자란 점을 결코 잊지 않을 거야! 그렇기 때문에 나는 할 수만 있다면 그분을 살려 내야 해. 내가 성공한다면 우리는 죽음을 모르게 될 거야."

하나슈는 풀이 죽어 그를 빤히 바라보았다.

"지금까지 네가 마법으로 만들어 낸 것은 모두 각성제 알약과 죽음의 병뿐이야."

"우리는 마법의 시작점은 알아도 어디서 끝날지는 몰라."

그는 방을 둘러보았다.

"하나슈, 노트를 제외하고 우리는 모든 것을 파괴할 거야. 그건 비법이 담긴 보물 상자야. 나는 그것을 늘 가슴에 올려놓을 거야. 네가 생각하는 만큼 그렇게 어렵게 탈출하지는 않을 거야."

아라파는 평소처럼 저녁이면 관재인의 집으로 갔다가 동트기 직전 집으로 돌아왔다. 하나슈가 자지 않고 그를 기다리고 있었다. 하인들이 모두 잠들 때까지 그들은 한 시간 동안 침실에서 기다렸다. 그 두 사람은 객실로 몰래 빠져나갔다. 객실 발코니에서 잠자는 하인의 코 고는 소리가 규칙적으로 들려왔다. 그들은 계단을 내려와 대문을 향했다. 하나슈가 침대에서 자고 있는 문지기에게 몽둥이를 휘둘렀다. 몽둥이를 맞은 것은 문지기가 아니라 인형이었고 고요한 밤이라 큰 소리가 났다. 문지기는 침대에 없었다. 그들은 그 소리에 사람들이 깨어날까 겁을 먹고 두근거리는 가슴으로 문 뒤에 잠시 머물렀다. 아라파가 빗장을 조심스럽게 당겨 대문을 열었다. 그가 먼저 밖으로 나가고, 뒤이어 하나슈가 뒤를 따랐다. 그들은 대문을 닫고 담에 바짝 붙어서 고요한 어둠을 뚫고 잔필 어머니의 집으로 갔다. 동네 한복판에 개가 한 마리 누워 있었다. 개는 호기심이 동한 듯 벌떡 일어나 코를 벌금거리며 그들에게 달려왔다가 몇 발짝 떼다 멈춰 서서 하품을 했다. 그들이 공동 주택 입구에 이르자 아라파가 작은 목소리로 말했다. "여기서 기다려. 만일 무슨 소리를 듣게 되면 나에게 휘파람을 불고 무깟탐 시장으로 도망가."

아라파는 공동 주택 안으로 들어가 로비를 가로질러 계단을 올라가 잔필 어머니의 집으로 갔다. 그가 문을 계속 두드리자 누구냐고 묻는 아와티프의 목소리가 들렸다.

"나야. 문 열어, 아와티프." 그가 간절하게 말했다.

그녀가 문을 열어 주었다. 작은 불빛을 통해 졸음 가득한 그녀의 얼굴이 보였다. 그는 다짜고짜 "나를 따라와. 함께 도망가자."라고 말했다.

그녀는 망연히 그를 바라보았다. 그녀의 어깨너머로 잔필 어머니가 보였다.

"우리는 동네를 빠져나갈 거야. 전처럼 살려고. 서둘러."

그녀는 잠시 주저하다 여전히 화난 말투로 "어쩌다 내 생각이 난 거죠?"라고 물었다.

"비난은 나중에 해도 돼. 지금은 일 분 일 초가 소중한 때야." 그가 애타게 말했다.

하나슈의 휘파람 소리가 들리고 연이어 소란이 일었다. 아라파가 겁에 질려 "개자식! 아와티프, 우리는 기회를 잃었어."라고 소리쳤다.

그는 계단 초입부로 달려가 안마당에 있는 유령 같은 사람들과 횃불을 보았다. 그는 실망해서 돌아왔다.

"어서 들어오세요." 아와티프가 말했다.

"들어오지 마." 잔필 어머니가 자기방어 차원에서 거칠게 말했다.

들어간다고 무슨 소용이 있겠는가? 그는 복도 쪽 작은 창을 가리키고 아내에게 다급하게 "저건 어디로 향해 있지?"라고 물었다.

"어디를 내다보려고요?"

"채광창."

가슴에서 노트를 꺼내 잔필 어머니를 밀치고 그곳으로 달려가 노트를 밖으로 던졌다. 그러고는 서둘러 문밖으로 나왔다. 그의 등 뒤로 문이 닫혔다. 옥상으로 난 계단을 몇 개 뛰어올라가 동네 쪽의 건물 외벽을 바라보자 사람과 횃불들이 넘실대고 있었다. 그를 잡으러 올라오는 소란스러운 소리가 들리자 그는 알자말리야 쪽의 옆 건물과 맞닿은 벽을 향해 달려갔다. 그 아래 횃불을 든 사람이 앞장서고 그 뒤로 많은 사람이 그보다 먼저 와 있었다. 그는 리파아 구역의 한 건물과 붙어 있는 다른 벽을 향해 걸음을 옮겼다. 그러자 옥상으로 난 문틈으로 새어 나오는 불빛이 점점 다가오는 것이 보였다. 그는 절망해 질식할 것 같았다. 잔필 어머니의 비명 비슷한 소리가 들린 듯했다. 그들이 그녀의 집을 쳐들어갔나? 아와티프를 체포했을까? 그때 옥상 출입문에서 그를 향해 외치는 소리가 들렸다.

"항복하라, 아라파."

그는 포기하고 그 자리에 말없이 서 있었다. 아무도 그에게 다가오지 못하고 소리만 쳤다.

"만일 네가 병을 하나만 던져도 수십 개의 병으로 되돌려 줄 거야."

"난 아무것도 없다."

그들이 다가와 그를 에워쌌다. 그들 사이에 관재인의 문지기 유니스가 끼어 있었다. 그가 다가와 고함쳤다.

"죄인! 나쁜 놈! 배은망덕한 놈!"

두 남자에 의해 아와티프가 끌려오는 것이 보였다. 그는 큰 소리로 애원했다.

"그 여자를 보내 주시오. 그 여자는 나와 아무 상관없어요."

그의 관자놀이에 꽂힌 한 방이 그를 침묵케 했다.

113

격노한 관재인 앞에 아라파와 아와티프가 뒷짐결박을 당하고 서 있었다. 관재인은 양손이 아플 정도로 아라파의 얼굴을 주먹으로 무참히 때렸다.

"에이, 불쌍놈! 무슨 꿍꿍이속으로 친구처럼 나를 찾아왔었단 말이냐."

"그는 저와 화해하려고 왔을 뿐입니다." 아와티프는 눈물을 흘리며 말했다.

관재인이 그녀의 얼굴에 침을 뱉었다.

"닥쳐!"

"그녀는 죄가 없습니다. 아무 관계도 없습니다."

"아니. 저년은 너와 공모해 자발라위를 죽이고 다른 범죄도 저질렀어."

그는 노발대발해 "네가 도망가길 원했으니 내가 너를 세상에서 아주 멀리 떠나게 해 주겠다."라고 호통을 쳤다.

그가 부하들을 부르자 자루 두 개를 가지고 부하들이 나타났다. 그들은 아와티프를 얼굴부터 자루를 씌우고 재빨리 묶었다. 그녀가 고래고래 소리를 질렀지만 그들은 아랑곳하지 않고 그녀를 자루에 완전히 집어넣은 후 입구를 단단히 조였다.

"원한다면 우리를 죽여. 그럼 당신을 증오하는 사람들이 내일 당신을 죽일 거야." 아라파는 미친 사람처럼 흥분해서 소리쳤다.

관재인은 싸늘하게 웃었다.

"나는 나를 영원히 지켜 줄 수 있을 만큼 병들을 넉넉하게 갖고 있어."

"하나슈가 도망갔어요. 모든 비법을 갖고 도망갔어요. 그는 언젠가 당신이 저항할 수 없는 힘을 갖고 돌아와 사악한 당신으로부터 동네 사람들을 구할 겁니다."

관재인이 아라파의 배를 발로 걷어찼다. 그는 배를 부여잡고 나뒹굴었다. 그자들이 달려들어 아와티프에게 했던 것과 똑같이 그에게도 자루를 씌워서 들고 나와 사막을 향했다. 아와티프는 곧 기절했고 아라파는 맞은 곳이 아파 고통스러웠다. 그 두 사람을 어디로 데려가는 걸까? 그 두 사람을 어떤 식으로 죽일지 준비를 했을까? 몽둥이로 때려 죽일까? 돌로? 불로? 아니면 산꼭대기에서 던져서? 죽기 직전 끔찍한 고통을 견뎌야 하는 마지막 순간은 얼마나 무서울까! 마법조차 질식할 것 같은 궁지에서 벗어나게 할 수 없을 것이다. 샌드백처럼 관재인의 주먹을 맞았던 그의 머리는 자루 바닥에서 마구 움직여 숨이 막혀 죽을 지경이었다. 고통에서 벗어나는 길은 죽음뿐이었다. 그는 죽게 될 것이다. 그리고 죽음과 함께 그의 희망도 사라질 것이다. 큰 소리로 싸늘하게 웃는 자는 아마도 오래 살 것이다. 그가 그토록 구원하고 싶어 했던 사람들이 그의 죽음을 고소하게 여길지도 모를 일이다. 하나슈가 앞으로 무슨 일을 할지 아무도 모른다. 그들을 데려와 죽음에 이르게 한 자들은 침묵할 것이다. 그들의 입에서 한마디의 말도 새어 나오지 않을 것이다. 오로지 암흑만 있었고 암흑 뒤에는 죽음뿐이었다.

이러한 죽음의 공포 때문에 그는 관재인 밑으로 들어가 그의 보호를 받았다. 그는 모든 것을 잃고 죽게 되었다. 죽음이 닥치기도 전에 죽음에 대한 공포로 그는 살아도 살아 있는 것이 아니라 죽은 것과 다름없었다. 만일 살아날 수만 있다면 그는 사람들에게 다음과 같이 외쳤을 것이다.

"두려워하지 마세요! 두려움이 죽는 걸 막을 수는 없어요. 삶을 무참히 짓밟을 뿐이에요. 동네 사람 여러분! 여러분은 살아 있는 게 아니에요. 여러분이 죽음을 두려워하는 한 여러분에게 참다운 삶은 주어지지 않습니다."

"여기……." 살인자 가운데 한 명이 말했다.

"저 땅이 물러." 다른 사람이 말했다.

그들이 뭐라고 말하는지는 알 수 없었지만 그는 심장이 덜덜 떨렸다. 어쨌든 죽음을 의미하는 말이었다. 죽음을 목전에 둔 그의 입에서 죽음에 대한 극심한 공포와 고통으로 죽여 달라는 말이 터져 나오려 했다. 그러나 그는 소리치지 않았다. 갑자기 자루가 땅바닥에 내동댕이쳐졌다. 아라파는 머리를 땅에 부딪치면서 신음 소리를 냈다. 고통이 목에서 척추를 타고 전해졌다. 그는 곧이어 몽둥이찜질을 당하거나 그보다 더 끔찍한 일을 당할 터였다. 그는 죽음과 한편인 악을 위한 자신의 전 인생을 모조리 저주했다. 유니스의 목소리가 들렸다.

"아침 전에 돌아갈 수 있도록 빨리 파라."

왜 그들은 죽이기 전에 무덤부터 팔까? 무깟탐 산이 그의 가슴 위로 옮겨져 가슴이 그 무게에 짓눌리리라는 생각이 들었다. 듣자마자 아와티프의 신음 소리라는 것을 알게 된 그는 묶인 몸을 버둥댔다. 땅 파는 소리가 들렸다. 그는 간이 부어도 한참 부은 그 사내들의 대담함과 잔혹함에 놀랐다.

"너희 둘을 구덩이에 던진 다음 흙으로 덮을 거다. 그럼 아무도 너희에게 해코지를 못할 거야!" 유니스가 소리쳤다. 아와티프는 기진맥진했음에도 불구하고 비명을 질렀다. 우악스러운 손이 그들을 들어 구덩이 속으로 던지고 흙을 퍼부었다. 새벽 여명 속에서 흙먼지가 피어올랐다.

114

아라파의 소문은 온 동네에 쫙 퍼졌다. 그가 죽은 이유는 아무도 알지 못했다. 그러나 동네 사람들은 그가 관재인을 화나게 해서 필연적으로 죽음을 운명으로 받아들이게 되었을 것이라고 생각했다. 어느 날에는 아라파가 자발라위와 사아달라를 죽인 것과 같은 마법의 무기로 죽었다는 소문이 돌기도 했다. 동네 사람들은 관재인과 수장의 가족들과 그들을 돕던 사람들을 증오했음에도 불구하고 그의 죽음을 기뻐했다. 그들은 자신들의 축복받은 시조를 죽이고 박해자 관재인에게 자신들을 영원히 천대하는 데 사용될 가공할 만한 무기를 제공한 그 남자의 죽음을 기뻐했다. 앞날이 암담했다. 아니 모든 권력이 무자비한 그의 수중에 넘어온 후보다 더 암담할 것으로 보였다. 희망이 사라졌다. 그들은 두 사람 사이에 싸움이 벌어져 둘 다 권력이 약화되면 그 두 사람 중 하나가 동네 사람들의 지지를 얻으려 할 거라는 희망이 있었다. 그들은 복종할 수밖에 없는 것으로 보였다. 그들은 재산과 그 상속 조건, 그리고 자발과 리파아와 까심은 이야기꾼들의 이야기에 어울리지, 현실에서는 아무 도움도 안 되는 상실한 꿈처럼 허망한 것으로 생각하고 있는 것처럼 보였다.

잔필 어머니가 알디라사로 향하고 있을 때 한 남자가 그녀의 앞을 가로막고 인사를 했다.

"잔필 어머니! 안녕하세요."

그녀는 한눈에 그를 알아보고 놀라며 곧바로 "하나슈!"라고 불렀다.

그가 웃으며 다가와 "고인이 붙잡히던 날 밤 아주머니 댁에 무언가 남기지 않았나요?"라고 물었다.

그녀는 자신에 대한 의혹을 불식시키려는 듯 서슴없는 말투로 "아무것도 남기지 않았어! 아라파가 종이 뭉치를 채광창 밖으로 던지는 것은 봤어. 그래서 다음 날 몰래 그리로 가 쓰레기 더미에서 노트를 찾긴 찾았는데 그게 아무 쓸모 없는 노트라 그곳에 그냥 두고 왔어."라고 대답했다.

하나슈의 눈에서 일순 섬광이 빛났다.

"그 노트를 찾는 것 좀 도와주세요."

"썩 저리 가. 하느님의 은총이 없었다면 너도 지난번에 죽었어." 노파는 겁을 먹고 언성을 높였다.

그가 동전 한 닢을 손에 쥐어 주자 그녀의 두려움이 수그러들었다. 그는 모두가 잠든 시각에 그녀를 찾아가겠다고 약속했다. 약속 시간에 그는 그녀의 안내를 받아 채광창 밑으로 살

그러니 내려갔다. 그는 촛불을 밝히고 쓰레기 더미 사이에 웅크리고 앉아 아라파의 노트를 찾아보았다. 휴지 한 장, 넝마 한 조각 허투루 보지 않았고 손가락으로 재와 흙, 그리고 담배꽁초와 음식물 쓰레기를 파헤치며 노트를 찾았지만 찾지 못한 채 그의 노력은 헛수고로 끝났다. 그는 화도 나고 낙담해 잔뜩 어머니에게 "아무것도 못 찾았어요."라고 말했다.

"나는 너희들과 아무 상관 없어. 너희들이 오면서 재앙이 뒤따랐어!" 그녀는 경멸하는 표정으로 언성을 높였다.

"제발 고정하세요."

"세월은 우리에게 참을성도 이성도 남기지 않았어. 무엇 때문에 그 노트에 연연하는지 말해 봐."

하나슈는 잠시 머뭇거렸다.

"그것은 아라파의 노트입니다."

"아라파! 하느님! 그를 용서하소서! 그는 자발라위를 죽였고 관재인에게 마법을 주고 갔어."

"그는 좋은 사람이었죠. 그러나 그는 운명에 속았어요. 그는 자발, 리파아, 까심이 당신들에게 해 주고 싶었던 것과 똑같은 것을 그도 바랐어요." 하나슈가 슬프게 말했다.

그녀는 의혹의 눈초리로 노려보았다.

"아마 청소부가 노트가 들어 있는 쓰레기를 가져갔을 거야. 그러니 알살리히야 쓰레기 소각장에서 그걸 찾아봐."

하나슈는 그곳으로 가 자발라위 동네의 청소부를 찾아낸 뒤 그에게 쓰레기에 관해 물었다.

"잃어버린 물건을 찾는다! 그게 뭐요?"

"노트입니다."

청소부는 눈으로는 의심스러워하면서도 목욕탕에 붙어 있는 방 안의 한구석을 가리켰다.

"행운을 빕니다. 거기서 그것을 찾을 수 없다면 불 속에 있을 거요."

하나슈는 희망을 갖고 끈기 있게 쓰레기를 뒤지기 시작했다. 노트는 그가 이 세상에 남긴 유일한 희망이다. 그것은 그의 희망이자 동네의 희망이었다. 불운했던 아라파는 죽으면서 사악함과 나쁜 평판만 남겼다. 그 노트는 그의 잘못을 바로잡고 그의 적들을 제거하고 지옥과도 같은 동네에 사는 사람들에게 희망을 불러일으키기에 족했다.

"찾는 것을 찾았나요?"

"시간을 좀 더 주시면 더 이상 고마울 데가 없겠습니다."

"그 노트가 그렇게 중요합니까?" 그는 겨드랑이를 긁으며 물었다.

"그 안에 가게 계산서가 들어 있어서요. 곧 직접 눈으로 보시게 될 겁니다." 하나슈는 불안을 불식시키려고 핑계를 댔다.

불안감이 점점 커졌지만 그는 계속해서 노트를 찾아보았다. 갑자기 낯설지 않은 목소리가 들렸다.

"미트왈리, 콩 단지 어디 있니?"

하나슈는 동네 콩 장수 샨칼의 목소리를 듣자 겁이 나 사지가 덜덜 떨렸다. 그는 그를 돌아보지 못하고 조마조마해서 속으로 '그 남자가 나를 보았을까? 지금 도망가야 하나?' 하고 생각했다. 마치 토끼가 땅굴을 파듯 쓰레기 더미 속에서 노트를 찾는 그의 손놀림은 더욱 빨라졌다.

샨칼은 동네로 돌아와 청소부가 말한 대로 아라파의 친구 하나슈가 앗 살리히야 소각장의 쓰레기 더미 속에서 열심히 노트를 찾고 있는 것을 봤다고 만나는 사람에게 말했다. 이 소식이 관재인의 집에 전해지자마자 그 집 하인들이 떼거리로 소각장으로 달려왔다. 그러나 하나슈는 흔적도 없이 사라지고 없었다. 청소부에게 묻자 그는 자신이 볼일을 보러 나갔다 돌아와 보니 하나슈는 이미 떠나고 없었고 그가 잃어버린 물건을 찾았는지 못 찾았는지는 모른다고 대답했다. 사람들은 그것을 어떻게 알았는지 수군대기 시작했다. 하나슈가 가져간 것이 바로 아라파가 자신의 기술과 무기에 관한 비법을 적어 놓은 노트로, 아라파가 도망가는 도중 잃어버렸다가 쓰레기에 섞여 앗 살리히야 소각장으로 옮겨졌고 거기서 하나슈가 찾았다고 했다. 아라파가 시작하고 끝내지 못한 것을 하나슈가 끝낸 다음 관재인에게 처절한 복수를 하기 위해 돌아올 것이라는 소문이 해시시 소굴 이곳저곳으로 퍼져 나갔다. 대부분의 사람들은 관재인이 하나슈를 산 채로든 시체로든 데려오는 자에게 어마어마한 포상을 약속할 것이라고 생각했으며, 그러던 차에 그의 부하들이 카페와 해시시 소굴에서 이를 떠들고 다녔다. 사람들은 하나슈가 그들의 삶에 분명 변화를 줄 수 있는 기폭제 역할을 하리라 믿어 의심치 않았다. 그들의 마음속에 엉겨 붙어 있던 절망과 복수심의 더께를 몰아내고 그 자리에 낙관과 기쁨이 밀려들었다. 그리고 그들의 마음속에는 어딘가에 숨어서 지낼 하나슈에 대한 사랑으로 넘쳐

났다. 물론 그 사랑 속에는 아라파에 대한 사랑도 포함되었다. 사람들은 하나슈가 관재인에 맞선다면 기꺼이 협조하겠다고 다짐했다. 그렇게 되면 아마도 그들은 관재인을 무찌르고 자신들과 동네를 위해 승리를 쟁취해 부유하고 정의롭고 평화로운 삶을 보장받을 수 있기 때문이었다. 사람들은 그것만이 유일한 길이라 생각해 가능한 방법을 다 동원해 그에게 협조할 작정이었다. 관재인이 소유한 마법의 힘을 이기는 것은 하나슈가 아마도 준비하고 있을 그와 유사한 무기가 아니면 승리할 수 없다는 것은 분명해 보였다. 사람들이 수군대는 것을 알게 된 관재인은 카페의 이야기꾼들에게 자발라위의 이야기를 하도록 지시했다. 특히 자발라위가 아라파의 손에 살해당하고, 관재인은 그의 마법이 두려워 어쩔 수 없이 그와 잠시 휴전하고 위대한 조상에 대한 복수로 그를 죽일 수 있을 때까지 그와 친구로 지낼 수밖에 없었다고 이야기하라고 지시했다.

하지만 사람들은 이야기꾼의 거짓말에 시큰둥한 반응을 보이거나 경멸스러운 내색을 보였다. 다음과 같이 말할 정도로 관재인은 동네 사람들을 다루기 어려워졌다.

"과거는 이제 우리와 아무 상관없어. 우리의 유일한 희망은 아라파의 마법이야. 자발라위와 마법 중 하나를 택하라면 우리는 마법을 택할 거야."

날마다 아라파에 관한 진실이 모두에게 드러났다. 아와티프를 통해 알게 된 잔필 어머니가 거주하는 공동 주택에서 흘러나온 것도 있었고 외지에 나가 있던 사람들이 우연히 하나슈를 만나 알게 된 것도 있었다. 중요한 것은 사람들이 리파아와 하나슈가 동네를 위해 마법으로 찾고자 했던 꿈 같은 삶을 알게 되었다는 것이다. 그들은 진실을 알게 되자 그에게 절로 감탄을 금치 못하고 그를 기리어 그의 이름을 자발과 까심보다 높이 샀다. 어떤 사람들은 그가 자발라위의 살해범이라는 것은 가당치 않다고 생각했고, 어떤 사람들은 설사 그가 자발라위를 죽였어도 동네에서 가장 위대한 사람이라고 여겼다. 사람들은 앞다투어 그를 추앙했고 드디어 각 구역마다 그를 자신들의 구역 출신이라고 주장했다.

동네 청년들이 잇달아 사라지는 일이 벌어졌다. 그들이 사라진 것을 두고 동네 사람들은 그들이 하나슈를 찾아가 그와 연대하고, 하나슈는 약속된 해방의 날을 대비해 그 청년들에게 마법을 전수하고 있다고 말했다. 두려움에 사로잡힌 관재인과 그의 측근들은 첩자들을 곳곳에 보내 감시하고 집집마다 가게마다 수색했다. 그들은 사람들이 아주 사소한 실수를 범해도 무자비하게 응징했고, 웃고 농담하고 쳐다보았다고 몽둥이 찜질을 가했다. 동네는 다시 폭력 행위가 난무하고 증오와 공포가 팽배한 험악한 분위기에 휩싸였다. 하지만 사람들은 인내하고 끈질기게 학대와 억압을 견디면서 희망의 끈을 놓지 않았다. 그들은 억울한 일을 당할 때마다 이렇게 말했다.

"밤이 지나면 낮이 되듯 불의는 반드시 사라져. 우리는 우리 동네에서 압제가 멸하고 기적과도 같은 날이 훤히 밝아 오는 것을 분명 보게 될 거야."

작품 해설

    1988년 노벨 문학상 수상자인 나지브 마흐푸즈는 아랍 문학을 세계 문학의 반열에 들게 한 이집트 출신의 대표적인 아랍 작가다. 심사 위원단은 그가 "현실을 통찰력 있게 꿰뚫는 동시에 지난 일을 어렴풋이 떠올리게 하는 뉘앙스가 풍부한 작품을 통해 인류 전체가 공감할 수 있는 아랍 고유의 서사 예술을 구현했다."고 평하며 수상의 영예를 안겨 주었다. 아랍인의 노벨 문학상 수상은 이 상이 제정된 이후 팔십칠 년 만에 처음 있는 일이었다. 그는 수상 소감으로 노벨 문학상은 자신과 함께 아랍 세계가 함께 받은 것이라 생각하고 아랍인들은 충분히 인정을 받을 만하다고 말했다.

    1938년 스물일곱 살의 나이로 단편집 『광기의 속삭임』을 발표하면서 본격적인 작가의 길로 들어선 그는 사망하기 전까지 장편과 단편 소설, 시나리오뿐만이 아니라 다양한 산문을 써냈다. 그는 활동 초기에 고대 이집트 파라오 시대가 배경인 세 편의 역사 소설을 발표했다. 이 역사 소설을 끝으로 그는 20세기 어둡고 혼란스러운 사회상을 고발하는 사실주의 사회 소설을 발표하고 1960년대 이후에는 실존주의와 상징주의 소설을 거쳐 '탈'이즘을 표방하는 소설을 쓰기 시작했다. 1952년에는 작가로서 확고한 명성을 가져다준 대작 '카이로 3부작' 집필을 끝내고는 칠 년간 공백기를 가졌다. 소설의 주제가 되었던 기존의 사회가 1952년 나세르 혁명으로 하룻밤 사이에 바뀌면서 혁명 정부 초기에는 그간의 사회적 병폐가 치유되는 듯했지만 시간이 지나면서 다른 병든 모습을 지닌 새로운 사회를 관찰할 시간이 필요했기 때문이었다. 그는 『우리 동네 아이들』을 쓰게 된 연유를 쿠웨이트 일간지 《알까바스》와의 인터뷰에서 다음과 같이 밝혔다.

나는 사회와 나 사이에 간극이 생겼을 때만 글을 쓴다. 처음 나에게 마음의 평화와 확신을 주었던 1952년의 혁명이 길을 잃기 시작한다고 느끼기 시작했다. 많은 모순과 오류가 나를 속상하게 했다. 특히 탄압과 고문, 투옥이 그랬다. 그래서 나는 선지자들과 폭력배 사이의 갈등을 그린 다소 긴 분량의 『우리 동네 아이들』을 쓰기 시작했다. 나는 혁명 지도자들에게 선지자의 길 아니면 폭력배의 길, 둘 중에 어떤 길을 선택하고 싶은지 묻고 싶었다. 선지자들의 이야기가 예술적 뼈대를 제공했지만 내 의도는 혁명과 지금의 사회 체제를 비판하는 것이었다. 나는 성장하며 발전하는 엄청나게 부유한 새로운 집단을 목격했다. 나를 괴롭히는 질문은 우리가 사회주의를 향해 나아가야 하는지 또 다른 형태의 봉건 제도를 향해 나아가야 하는지였다.

그는 오랜 침묵을 깨고 1959년부터 『우리 동네 아이들』을 일간지 《알아흐람》에 연재하기 시작했다. 이 소설은 노벨 문학상 수상으로 많은 비평가와 세인의 주목을 받고 재평가된 동시에 아랍 세계에서 또다시 논란거리가 되었다. 연재 당시에도 이슬람교에 위배되는 신성 모독이라는 이유로 논란이 되어 연재가 끝난 후 이집트에서 출판되지 못하고, 몇 년 뒤인 1967년 레바논에서 유일하게 출판되었다. 1994년에는 파트와(이슬람법에 근거한 법학자들의 법적 판단)가 이 소설이 신성 모독을 범했다고 결론 내렸고, 나지브 마흐푸즈는 이슬람 원리주의자가 휘두른 칼에 목에 큰 상처를 입기도 했다. 영구적인 신경 손상을 입었지만 다행히 목숨은 건질 수 있었다. 우여곡절 끝에 『우리 동네 아이들』은 2006년에야 이집트에서 출판될 수 있었다.

『우리 동네 아이들』은 알레고리 소설이다. 일신교인 유대교, 기독교, 이슬람교의 신앙을 알레고리 기법을 차용하여 본의를 암시하고 알레고리의 특질인 이원론적인 구조와 객관적 현세와 교훈적 메시지를 드러낸다. 소설 내 장들의 숫자는 머리말을 제외하고 코란의 114장과 같은 숫자로 구성되어 있고 주된 인물들은 아라파를 제외하고 코란과 성서 속 성인과 선지자들이다. 이들의 이야기를 알고 있는 독자라면 소설을 읽으며 아주 쉽게 이 소설과 코란과 성서 간의 상호 텍스트성을 간파할 수 있을 것이다.

소설의 구조는 소설을 쓰게 된 동기를 밝히는 머리말과, 주된 인물별로 분류해 아드함 23장, 자발 20장, 리파아 20장, 까심 28장, 아라파 23장으로 되어 있다. 이들은 역사적 관계망 속의 인물들이지 사적인 관계는 없다. 이들을 살펴보면 모세가 하느님을 만난 시나이 산에서 이름을 따온 것이라는 문학 비평가의 견해처럼 '산 사람' 자발라위는 하느님을, 아드함은 아담을, 우마이마는 이브를, 이드리스는 사탄을, 아름다운 정원이 딸린 대저택은 에덴동산의 천국을, 카인과 아벨은 까드리와 후맘을, 자발은 모세를, 리파아는 예수를, 까심과 까마르는 무함마드와 그의 아내 카디자를 의미한다는 것을 알 수 있다. 종교적 인물이 아닌 마법사 아라파와 그의 마법은 과학자와 과학의 힘을 의미한다.

아담이 사탄과 이브의 유혹에 넘어가 금단의 열매인 사과를 먹고 에덴동산에서 쫓겨났듯, 아드함도 이드리스와 우마이마의 유혹에 넘어가 자발라위의 금기 사항을 깨다 징벌로 대저택에서 쫓겨난다. 하느님이 아벨을 천국으로 되돌아오게 했던 것에 질투를 느낀 카인이 아벨을 살해했던 것처럼 자발라위가 후맘을 대저택에서 살게 하려고 한 것에 질투를 느낀 까드리도 후맘을 살해했다. 아담의 자손들이 번성하여 세상이 만들어지고 인류 사회가 번창하듯 자발라위 동네가 커지고 아드함의 자손들의 수도 늘어 한 사회를 이루게 된다.

인류 역사처럼 세월이 흐르면서 동네에는 막강한 권력을

행사하는 지배층(자발라위의 재산을 관리하는 관재인과 그를 둘러싼 폭력배 수장들)과 늘 핍박당하는 피지배층이 생겨나고 그들 간에 갈등이 증폭되면서 권모술수와 폭력이 난무하는 어지러운 세상이 된다. 피지배층 사람들은 생활이 힘들고 지칠 때마다 조상이 사는 '대저택'을 가리키며 한탄하고, 주변 마을 사람들은 그들이 헐벗고 굶주리며 사람대접조차 받지 못해도 부자 조상과 폭력배 수장들이 보호하는 동네에 산다고 부러워한다. 세상에 모습을 드러내지 않고 소문으로 존재하는 은둔자 자발라위는 자발과 리파아와 까심에게 직접적으로 또는 간접적으로 어지러운 동네를 바로잡고 정의 사회를 구현하라고 명령을 내리고 이들은 고통과 고난을 감수하며 이를 완수하려고 한다. 자발과 까심은 그 명령을 따라 어지러운 세상을 바로잡지만, 리파아는 예수가 제자의 배신으로 죽음을 맞고 그의 제자들을 통해 그의 사랑과 메시지가 전달되듯 아내의 배신으로 살해되고 그의 유지는 그와 뜻을 같이했던 친구들에 의해 이루어진다.

혁명가들의 노력으로 어지러운 세상이 전복되고 나면 동네 사람들은 경제적인 어려움에서 벗어나 정의가 구현된 동네에서 평화롭게 살지만 그런 세상은 그리 오래가지 않는다. 다시 예전으로 돌아가는 상황에 대해 서술자는 동네 사람들이 망각이라는 전염병에 걸려 그렇다고 말한다.

우리 동네에 망각이라는 전염병이 돌지 않았었다면 그는 좋은 본보기로 남아 있었을 것이다.

그러나 망각은 동네에 전염병처럼 늘 창궐한다.

— 「자발」 43장, 304쪽

동네의 많은 사람이 입을 모아 말했다. "우리 동네에 망각이라는 전염병이 창궐했다면 이제 이 전염병을 퇴치할 때가, 영원히 근절할 때가 되었습니다."

— 「까심」 91장, 203쪽

주요 등장 인물을 위시한 동네 사람들은 자신의 후손들이 이렇게 참담하고 어지러운 세상에 살고 있는데도 외부 세계와는 철저히 담을 쌓고 아름다운 대저택에 칩거한 시조 자발라위에게 제발 모습을 드러내 세상을 올바로 잡아 줄 것을 간원한다. 그러던 중 몇몇 선택된 인물들이 자발라위와 만나 세상을 바꾸라는 전령을 듣는 신비한 일이 생긴다. 그 말을 전해 들은 주변인들은 쉽사리 믿지 못하고 오히려 후환을 두려워하기도 한다. 그러나 선택된 인물들은 어지러운 세상을 타도하고 정의를 세워 자발라위의 뜻을 실현시키겠다는 약속을 용감하게 실행에 옮긴다. 선택된 인물들은 어지러운 세상을 타도하고 정의를 세워 자발라위의 뜻을 실현시키겠다고 약속하고 실행에 옮긴다. 그들 중 까심은 자발라위의 존재가 자신들의 존재의 이유라고 말한다.

당신은 어디에 계신가요? 어떻게 지내세요? 더는 존재하지 않으신 것처럼 왜 모습을 드러내지 않으세요? 당신의 뜻을 저

버린 자들이 당신의 집에서 엎어지면 코 닿을 곳에 있습니다. 산속에 격리된 이 여인들과 이 아이들이 당신이 가장 아끼는 사람들이 아닌가요? 관재인이 살해되지 않고 수장들이 폭력을 휘두르지도 않고 당신의 뜻이 이행되는 그날 당신은 당신의 자리로 되돌아오실 수 있을 거예요. 마치 내일 태양이 하늘 높이 떠오르듯 말입니다. 당신이 없다면 우리에게 아버지도, 세상도, 땅도, 희망도 없습니다.

—「까심」 84장, 153쪽

그리고 까심은 바뀐 세상을 유지하는 것은 지배층의 문제만이 아닌 바로 피지배층의 몫이라는 것도 분명히 밝히며 스스로 정의로운 사회를 지키라고 당부한다.

예전 상태로 돌아가느냐 아니냐는 여러분에게 달려 있습니다. 여러분의 관재인을 지켜보십시오. 만약 그가 여러분을 배신하거든 그를 해임하십시오. 만약 여러분 가운데 누군가가 폭력에 의존하려 한다면 그를 때리십시오. 만약 누군가가 혹은 어떤 구역이 권력을 장악하려 한다면 그에게, 그 구역에 따끔한 맛을 보여 주십시오. 꼭 그렇게 해야 예전으로 돌아가지 않고 여러분은 앞날을 보장할 수 있습니다. 하느님께서 여러분과 함께하실 겁니다.

—「까심」 91장, 201쪽

까심이 바로 세운 세상도 얼마 지나지 않아 다시 폭력이 난무하고 억압이 지속되는 어지러운 세상이 된 동네에 아라파가 나타난다. 점쟁이의 아들로 아버지가 누군지 몰라 늘 홀대받고 조롱당하던 아라파는 마법을 이용해 사람들에게 인정을 받게 된다. 자발라위의 존재를 확인하려고 대저택에 몰래 들어갔다 우연찮게 자발라위의 충복을 살해하고 그 충격으로 자발라위가 죽는다. 그는 대수장의 집에 몰래 들어갔다가 발각되어 도망치던 중 폭탄과도 같은 마법의 병을 사용해 추격을 따돌린다. 관재인은 아라파가 자발라위를 죽게 했다는 것을 약점으로 삼아 마법의 병을 손에 넣고 그를 자신의 측근에 둔다. 아라파는 무위한 삶과 아내와의 불화를 해결하기 위해 관재인에게서 벗어나려다 아내와 함께 잡혀 죽는다. 아라파는 세상을 바꾸지도 못하고 자발라위를 죽게 하고 자신도 죽음을 맞는다. 아라파가 기록한 마법의 비밀 노트를 그의 절친 하나슈가 찾아내 그것을 갖고 종적을 감춘다. 아라파의 비밀 노트가 미래에 세상을 구원하는 희망이 될 것이라는 암시로 소설은 끝을 맺는다.

동네 청년들이 잇달아 사라지는 일이 벌어졌다. 그들이 사라진 것을 두고 동네 사람들은 그들이 하나슈가 있는 곳으로 찾아가 그와 연대하고, 하나슈는 약속된 해방의 날을 대비해 그 청년들에게 마법을 전수하고 있다고 말했다. (중략) 하지만 사람들은 인내하고 끈질기게 학대와 억압을 견디면서 희망의 끈을 놓지 않았다. 그들은 억울한 일을 당할 때마다 이렇게 말했다.

"밤이 지나면 낮이 되듯 불의는 반드시 사라져. 우리는 우리 동네에서 압제가 멸하고 기적과도 같은 날이 훤히 밝아 오는 것을 분명 보게 될 거야.

——「아라파」114장, 358쪽

소설 속 동네는 카이로의 한 작은 마을이 아닌 우리가 사는 세상 가운데 병든 세상의 축소판이고 주된 등장인물은 사적인 의미를 배제하고 역사적, 종교적 관계망 안에서 해석해야 하는 인물들이다. 시간적 배경은 자발라위가 황무지에 정착한 태고부터 현재에 이르는 시기다. 그리고 그들과 연관된 사건들은 신화적으로나 사실적으로 존재했던 사건들로 역사적 진실과 문학적 진실이 서로 맞물려 생동감을 부여한다. 소설의 주제는 한 개인의 문제에 집중되지 않고 인간이 끊임없이 답을 찾았던 정신적 가치에 대한 탐색이다. 소설은 복잡한 사건 구도나 화자의 시점과 목소리 전환, 주된 인물 간의 치열한 갈등, 복선, 심오한 심리적 묘사와 같은 것 없이 스토리가 전개되면서 독자로 하여금 이집트만이 아닌 전 지구적 문제를 깊게 바라보게 한다. 나지브 마흐푸즈는 또한 소설 속 목소리를 통해 세상의 변화를 가져올 희망의 끈을 놓지 않는다.

2015년 1월
배혜경

작가 연보

1911년   12월 11일 이집트 카이로 알자말리야에서 중류층
          가정의 7남매 중 막내로 출생. 손위 형제들과의 나
          이 차가 많이 나 외아들과 다름없이 성장.

1919년   영국으로부터 이집트의 독립을 요구한 사드 자글
          룰(Saad Zaghloul)의 체포와 국외 추방이 도화선이
          되어 이집트 전역에서 독립 운동이 일어남. 독립 운
          동 진압 과정에서 2000여 명의 이집트인 사상자가
          발생. 어린 나지브 마흐푸즈는 창문 너머로 영국 군
          인들의 무자비한 진압 과정을 목격.

1930년   철학을 공부하기 위해 현 카이로 대학교의 전신인
          푸아드 1세 대학교에 입학.

1931년   제임스 베이키(James Baikie)의 역사서 『고대 이집
          트(Ancient Egypt)』를 아랍어로 번역. 살라마 무사

(Salama Musa)의 도움으로 출간.

1934년   대학 졸업과 동시에 카이로 대학 교직원으로 직장
         생활 시작.

1938년   스물여덟 편의 단편 소설이 수록된 단편집『광기의
         속삭임(Hams al-junun)』출간. 종교성 장관의 의회
         담당 비서로 이직.

1939년   월터 스콧 경의 영향과 식민지 시대에 찬란한 문화
         유산을 지닌 위대한 이집트인들에게 민족주의를
         고취시키려는 의도로 쓴 첫 번째 역사 소설『쿠푸
         의 지혜(Abath al-Aqdar)』출간.

1943년   『누비아의 라도비스(Radubis)』출간.

1944년   『전쟁 중의 테베(Kifah Tibah)』출간.

1945년   말리야에 있는 알구리(Al-ghuri) 도서관으로 전직
         요청. 가난한 사람들을 위한 무이자 대출 기금 프로
         젝트 담당.『새로운 카이로(Al-Qahira al-jadida)』와
         첫 번째 사실주의 장편 소설『칸 알칼리리(Khan al-
         khalili)』출간.

1947년   『미다끄 골목(Zuqaq al-Madaqq)』출간.

1948년   『신기루(Al-sarab)』출간.

1949년   『시작과 끝(Bidaya wa nihaya)』출간.

1952년   『궁전 샛길(Bayn-al qasrayn)』,『욕망의 궁전(Qasr al-
         shawq)』,『설탕 거리(Al-sukkariya)』로 이루어진 '카
         이로 3부작(The Cairo Trilogy)'집필 완성. 아랍의
         대표적인 가족사 소설이라는 평가를 받으며 소설

가로서 명성을 확고히 함. 친영 성향의 부정부패한 왕을 몰아내고 사회 변혁을 추구한 가말 압델 나세르의 7월 혁명 성공 이후 절필 선언.

1953년 문화성으로 자리를 옮겨 예술 감독 국장에 취임.

1954년 아티야툴라 이브라힘과 결혼. 아구자로 이사.

1956년 '카이로 3부작' 1권 출간.

1957년 '카이로 3부작' 2, 3권 출간.

1959년 이집트 양대 일간지 중 하나인 《알아흐람》에 『우리 동네 아이들』 연재 시작.

1960년 이집트 영화 협회 사무총장으로 선임. 이후 십 년간 협회에 근무, 이사장 역임.

1961년 『도적과 개들(Al-liss wa al-kilab)』 출간.

1962년 『가을 메추라기(Al-summan wa al-kharif)』 출간.

1963년 단편 「자발라위(Zaabalawi)」가 수록된 대표적 단편집 『신의 세계(Dunyallah)』 출간.

1964년 『수색(Al-tariq)』 출간.

1965년 『걸인(Al-shabbadh)』 출간. 단편집 『평판이 나쁜 집(Bayt sayyi' al-sum'a)』 출간.

1966년 『나일 강에서의 표류(Tharthara fawq al-Nīl)』 출간.

1967년 레바논에서 『우리 동네 아이들』 출간. 『미라마르(Miramar)』 출간. 이집트와 이스라엘 간 3차 전쟁인 6일 전쟁 발발 이후 오 년간 단편 소설만 발표.

1968년 이집트 국가상 수상.

1969년 단편집 『검은 고양이 주막(Khammarat al-qitt alaswad)』,『버스 정류소 아래(Taht al-mazalla)』출간.

1971년 공직에서 은퇴.《알아흐람》의 명예 작가로 초빙
됨. 단편집『시작도 끝도 없는 이야기(Hikaya bila
bidaya wala nihaya)』,『밀월(Shahr al-asal)』출간.

1972년 『거울들(Al-miraya)』출간.

1973년 이집트와 이스라엘 간 4차 전쟁인 10월 전쟁 발발.
『빗속의 사랑(Al-hubb tahta al-matar)』출간. 단편집
『범죄(Al-jarima)』출간.

1974년 『카르낙 카페(Al-karnak)』출간.

1975년 『존경받는 분(Hadrat al-muhtaram)』,『분수와 무덤
(Hikayat haratina)』,『한밤중(Qalb al-layl)』출간.

1977년 『하라피시(Malhamat al-harafish)』출간.

1979년 단편집『피라미드에서의 사랑(Al-hubb fawq hadabat
al-haram)』,『악마가 설교를 한다(Al-shaytan yaizz)』
출간.

1980년 『연애 시대(Asr al-hubb)』출간.

1981년 『결혼 축가(Afrah al-qubba)』출간.

1982년 『아라비안나이트의 밤들(Layali alf Layla)』,『한 시간
만 남아 있다(Al-Baqi min al-zaman)』출간. 단편집
『나는 꿈속에서 보았다(Ra'aytu fi ma yara al-naim)』
출간.

1983년 『이븐 파투마의 여행(Rihlat Ibn Fattuma)』,『왕좌
앞(Amama al-arsh)』출간.

1984년 · 단편집『비밀 조직(Al-tanzim al-sirr)』출간.

1985년　　『지도자가 살해된 날(Yawm qutila al-zaim)』, 『아크
　　　　　나텐: 진실 속의 삶(Al-aish fi al-haqiqa)』 출간.

1987년　　『아침과 저녁 이야기(Hadith al-sabah wa al-masa')』,
　　　　　단편집 『좋은 아침이에요(Sabah al-ward)』 출간.

1988년　　마지막 장편 소설 『꾸슈투무르 카페(Qushtumar)』
　　　　　출간. 아랍인 최초로 노벨 문학상 수상. 무바라크
　　　　　대통령 나일 훈장 수여.

1989년　　카이로 아메리칸 대학교로부터 총장 메달 수상. 이
　　　　　슬람교 모독죄로 살만 루슈디(Salman Rushdie)의
　　　　　살해를 지시한 이란의 지도자 호메이니를 비판하
　　　　　여 이슬람 원리주의자들의 '암살 대상 목록'에 오
　　　　　름. 단편집 『거짓 새벽(Al-fajr al-kadhib)』 출간.

1991년　　심장 수술차 런던행.

1992년　　미국 예술 문학 아카데미의 명예 회원으로 선출.

1994년　　파트와에 의해 『우리 동네 아이들』이 이슬람법에
　　　　　반하는 '신성 모독'으로 판결받은 뒤, 10월 14일 집
　　　　　근처에서 이슬람 원리주의자들이 휘두른 칼에 찔
　　　　　려 목에 큰 부상을 당함.

1995년　　카이로 아메리칸 대학교 명예박사 학위 수여.

1996년　　'나지브 마흐푸즈상' 제정됨. 아랍 문학 작품을 대상
　　　　　으로 수상작을 결정, 매년 그의 생일인 12월 11일에
　　　　　시상함. 단편집 『최종 결정(Al-qarar al-akhir)』 출간.

1999년　　단편집 『망각의 울림(Sada al-nisyan)』 출간.

2001년　　카이로 아메리칸 대학교 출판부에서 나지브 마흐

푸즈 전집 출판. 카이로 아메리칸 대학교에서 아랍 문학 번역 기금 마련을 위한 '나지브 마흐푸즈 기금'을 제정함.

2002년   미국 학·예술원 회원으로 선출.

2006년   『우리 동네 아이들』이 발표된 지 사십칠 년 만에 고국 이집트에서 출간됨. 8월 30일 아랍어로 출판된 마지막 작품『회복기의 꿈(Ahlam fatrat al-naqaha)』에서처럼 병원에서 사망. 장례식은 다음 날인 8월 31일 국장으로 치러짐.

세계문학전집 **330**

우리 동네 아이들 2

1판 1쇄 펴냄   2015년 2월 9일
1판 5쇄 펴냄   2023년 6월 12일

지은이 나지브 마흐푸즈
옮긴이 배혜경
발행인 박근섭, 박상준
펴낸곳 (주)민음사

출판등록   1966. 5. 19. (제 16-490호)
서울특별시 강남구 도산대로1길 62(신사동) 강남출판문화센터 5층 (우편번호 06027)
대표전화 02-515-2000 팩시밀리 02-515-2007
www.minumsa.com

한국어 판 © (주)민음사, 2015. Printed in Seoul, Korea

ISBN 978-89-374-6330-3 04800
ISBN 978-89-374-6000-5 (세트)

세계문학전집 목록

세계문학전집은 계속 간행됩니다.